世界文学名著讲话

茅 盾 著

中国青年出版社

（京）新登字083号

图书在版编目（CIP）数据

世界文学名著讲话/茅盾著. —北京：中国青年出版社，2010.6
（大家文库）
ISBN 978-7-5006-9387-1

Ⅰ.①世... Ⅱ.①茅... Ⅲ.①文学评论-世界-文集 Ⅳ.①I106-53

中国版本图书馆CIP数据核字（2010）第116932号

责任编辑	熊耀冬
封面设计	瞿中华
出版发行	中国青年出版社
社址	北京东四12条21号（邮编100708）
网址	www.cyp.com.cn
门市部	010-57350370
编辑部	010-57350401
印刷	三河市君旺印装厂印刷
经销	新华书店
规格	700×1000 1/16
印张	14.5
插页	2
字数	180千字
版次	2010年6月北京第1版
印次	2010年6月河北第1次印刷
印数	1－7000册
书号	ISBN 978-7-5006-9387-1
定价	25.00元

本图书如有印装质量问题,请凭购书发票与质检部联系调换　联系电话：（010)57350335

目　　录

第一　《伊利亚特》和《奥德赛》……………………… 001

第二　《伊勒克特拉》…………………………………… 031

第三　《神曲》…………………………………………… 064

第四　《十日谈》………………………………………… 098

第五　《吉诃德先生》…………………………………… 122

第六　雨果和《哀史》…………………………………… 154

第七　《战争与和平》…………………………………… 188

第一 《伊利亚特》和《奥德赛》*

一

亲爱的朋友！也许你没有读过任何译本的《伊利亚特》(Iliad) 和《奥德赛》(Odyssey)，可是我猜想你一定知道古代希腊有这两部杰作，而且你知道这两部名著的作者叫做荷马 (Homer)，是一个盲子，大约生在纪元前八百五十年左右（也许你也已经知道这话是世界第一个历史家，所谓"历史之父"，希腊人希罗多德〔Herodotus〕说的，而这位"历史之父"的生年却是纪元前四百八十四年）；而且，也许你更知道这位伟大的"盲诗人"的"遗著"，虽然据说很早在纪元前五百年就由一位贤明的雅典王庇士特拉妥 (Pisistratus, 560—527B.C.) 召集了一些文人代为编集写定，虽然到而今三千多年来欧洲的文学史家没有一个不尊重这两部杰作是欧洲文学（也可以说是世界文学）最老的"老祖宗"，虽然三千年来有过许多学者研究这两部书，而他们研究的结果印成书的，也可以自成一个小小的图书馆，虽然三千年来这两部"古典名著"翻译为无数种的语文，翻印过无量数版，欧美的青年在小学校时就读了节本的《伊利亚特》和《奥德赛》，然而，亲爱的朋友，你大概想不到吧：这位伟大的"盲诗人"荷马当年是讨饭的！不错，据说他是"讨饭"的，他挟了七弦

---

* 本篇最初发表于一九三四年九月、十月《中学生》第四十七、四十八期。

琴，流浪在热闹的市镇里，唱一曲歌，换一顿饭。他是哪里人，不知道；虽然后来有希腊的七个大城都说是他的家乡，都抢夺这位大诗人去认同乡，可是他到底是哪里人，始终弄不明白。近代有一位作家写下了两句诗，讽刺这件事道：

七大名城抢得了死荷马就心满意得，
可是荷马当年在这七大城里流浪行乞。

闲话少说，书归正传。朋友，这一切关于荷马的传闻轶事，你能够相信么？如果你相信它，你也有理由。因为自从"历史之父"希罗多德以来，古代希腊的哲学家、文学家如苏格拉底（Socrates），亚里斯多德（Aristotle），柏拉图（Plato），都把这位古代的"盲诗人"认为"实有其人"的。但是到了十八世纪末叶，这位古代的光荣的"诗人"之是否真正存在，忽然成了问题了；德国的学者倭尔夫（Wolf）开始怀疑这二千多年的传说。其后，学者聚讼纷纭，关于所谓"荷马问题"的著作也可以自成一个小小的图书馆。朋友！在这里，我们实在没有那么多的篇幅来引证各家的异说，我们只能够把他们研究的结果记下一个大概。第一：荷马这个人，很成问题了。据说希腊姓氏中没有"Homêros"（就是英文写成的 Homer）这一姓，而"Homêros"一字在希腊语中，有"做押头的人"的意义。古代希腊的风俗，凡"做押头的人"就是一种"贱民"，其子孙不得为战士，只能以"卖唱"（所谓"行吟"即是）为业。然则所谓"荷马"者，不是私姓，而是公名了。又古代希腊风俗，凡"卖唱"者大都是盲子，所以"荷马"是盲子的传说大概由此而来。第二：因为所谓"荷马"者既非真有其人，于是《伊利亚特》和《奥德赛》的"著作问题"也就有了新的解释。据那些新说，则此两大杰作并非成于一个时代或一人之手，这是同一主题下许多古代歌曲（自然都是无名氏的作品）之集合；不过据雅典王庇士特拉妥曾经命人编集写定这一说看来,至少这些诗歌的产生是在纪元前四百年左右了。并且据蒲勒(S.Butler)的研究,则《奥德赛》的作者是一个女子(蒲勒以为这伟大的名著至少那"初稿"是出于一人之手的),并且这位作者也不是希腊本土人,并且蒲勒又以为《奥德赛》的"产生"至少后于《伊利亚特》一百年,即在纪元前十一世纪。然则此二大杰作的时代更当推上去,实实足足是三千多年前的东西了。

亲爱的朋友!我觉得什么"荷马问题",什么"《伊利亚特》和《奥德赛》的著作年代"问题,还是暂且丢开不去管它吧。我们倒要先来看一看这两部伟大的名著产生的时候(姑且假定是纪元前十世纪到前十一世纪),希腊的文化程度是怎样的?

二

《伊利亚特》讲的是希腊联军攻占特罗亚(Troy)①城的故事。《奥德赛》是讲打下了特罗亚城以后,希腊联军中一位最有智谋的伊大卡国王攸力栖兹(Ulyses)②航海遇险,十年方得归家的故事。这两件事都发生在希腊有史以前,其中保存着希腊民族最古代的史实。八十年前德国的古物学家舍利曼博士(Dr.Schliemann,1822—1890)在小亚细亚地方发掘得那个特罗亚古城的遗迹,于是证明了特罗亚战争大概是真有的。

朋友,现在我们读西洋历史,就会看见特罗亚战争是希腊开国第一大事件。朋友,也许你读了那短短的"历史"以后,你会想像到希腊当年是一个"文明国",而特罗亚却是"野蛮"的。可是,我的朋友,事实恰正相反。远征特

---

① 特罗亚 通译特洛伊。
② 攸力栖兹 通译尤利西斯(罗马神话),即希腊神话中的奥德修斯(Odyssus)。

图1 荷马时代的特罗亚城
所谓"特罗亚废址",原来一层一层叠着共有九个城,其中第六个方是荷马时代的特罗亚故城。但是舍利曼博士当年发掘的时候却并没有看见那城墙,因为他把掘出的泥土堆在旁边,就把城墙遮蔽了。这是后来继续发掘才知道的。

罗亚的希腊民族那时候的文化程度实在特罗亚之下呢!

让我们来一点简短的介绍吧。欧洲的历史始自希腊。但在欧罗巴有历史以前,小亚细亚沿岸已经开了灿烂的文明之花。而特罗亚城就是小亚细亚沿岸古文明的最后一个大商业中心点。这古文明的主人就是克里底人(Cretans)①或伊琴人(Ægeans)②,他们达到了"文明",远在希腊建国以前二千多年。当特罗亚人轰轰烈烈全盛的时候,希腊人还是欧洲北部平原的野人。他们是印度·欧罗巴种族,自称为希里尼人(Hellenes),他们只会游牧,不懂得农业。大约在纪元前二千年以前,这些自称希里尼人的游牧民族离弃了他们在多瑙河沿岸的老家,往南方去,想找一块新牧场。他们一路往南来,男人们带着石斧石矢,女人和孩子坐在拙笨的车子里;他们带着大群的羊,还有管束羊群的大群猛犬。他们一路上攻击那些弱小的游牧人,夺了牛羊,又把捉来的俘虏喂他们的猛犬。终于他们到了现在我们称为希腊半岛这一块土地上,杀死了岛上的住民,夺了他们的田地和牛羊,又把他们的妻女当作奴隶。但这时候,这群希里尼人还是"野人",没有文字,也不懂得用铜器。他们在那希腊半岛的高山上看得见伊琴人的帆船,看得见沿

---

① 克里底 通译克里特。
② 伊琴 通译爱琴,是希腊与土耳其之间的海域。

海一带都有伊琴人的商业茂盛的城市,他们一定眼热得很;可是他们也看得见伊琴兵丁手里拿的是明晃晃的金属的武器,比他们自己的石斧厉害得多,于是他们暂时不敢去惹这富有的邻人。但是这些希里尼人虽则"野蛮",可并不笨。他们渐渐地从伊琴人那里学会了农业、航海,以及使用铜铸的武器。这是化了好几百年的工夫才学会了的,上古时代的日子就是那么不值钱的!到了纪元前一千五百年左右,做先生的伊琴人就倒霉了!学会了本领的希里尼人开始攻打"先生"的城市。大约是纪元前一千四百年的时候,希里尼人掳掠了克里底北岸的那个最重要的然而毫无防御的克拿索斯(Cnossus)城。此后三百年中间,所有伊琴人的城市全到了希里尼人手里。最后的一次长期战争大约发生于纪元前十二世纪,在小亚细亚,这就是《伊利亚特》所记的特罗亚战争!

　　特罗亚城是"伊琴世界"的最后的根据地,所以特罗亚城的陷落焚毁也就是"伊琴世界"的全部灭亡。①伊琴人虽然灭亡,可是他们的"文化遗产"却被希里尼人(希腊人)承继了去,而且发挥光大。不过这是后话,在特罗亚战争那时候,那班希里尼人的文化程度并不见得怎样高妙。那时候,他们还没有商业,还只是半游牧半农业的民族;他们还没有"国家"的组织,我们在《伊利亚特》和《奥德赛》里所见的许多"国王"实际上只是游牧群中有势力的酋长;那时希腊民族分为许多小小的部落,每部落又有大小不等的酋长,拥有几千人以至几百人的势力(实在后来希腊全盛时代的"邦",至大者亦不过十多万人而已);那时候,他们也许已经有点非常简陋的文字,但此所谓"文字"大概和现在非洲土人的简陋"象形字"差不多,完全不能派作用场;本来他们的"先生"伊琴人有一份好好的克里底的文字,可是这些"克里底文字"

---

① 失败的伊琴人有一部分逃到现在我们叫做巴力士丁的那个地方,算是一个新家,但颇不振了。——作者原注。

跟着"伊琴世界"一齐灭亡了。那时游牧的"野蛮"的希里尼人似乎只看中了伊琴人的船,铜的兵器,以及陶工业,所以自始就不曾学习伊琴人的文字。那时候,希里尼人还不会建筑好好的房子,他们看了他们那些征服地上的伊琴贵族府邸的遗迹——庞大的石柱,他们只有惊异,以为是巨人赛克洛普斯(Cyclops)的手工。那时候,希里尼人甚至还没有好好的衣服,他们穿的是粗羊皮。

那时候,这些好战的希腊人的武器却也简单得很。是在纪元前一千年左右,希腊方始进入了"铁器时代",所以当特罗亚战争时,希腊的战士用的都是铜铸的兵器,大概是剑、矛,还有牛皮做的盾。他们也穿铜片做的甲以及铜质的盔。但是这样的"全副武装",只是"将官"们穿的。"将官"就是酋长,或是拥有若干奴隶的小酋长。不大著名的战士已经没有那么整齐的武装了(所以《伊利亚特》中说到阿契里斯〔Achilles〕①的好朋友柏特洛克劳斯〔Patroclus〕借了阿契里斯的甲盾和战车去出阵),普通的小兵更没有。在战时,也只是两军的"将官"对打,小兵们的厮杀是不关重要的。战胜的"将官"例应掠夺战败者的甲胄兵器,并且把死者的光裸裸的身体缚在战车后面拖着走。打败仗那一方面的财物和女子(这也是财物)照例由战胜者掠夺了去均分,而女子的命运就是为妾为婢。

图 2　这是古代希腊瓶上的绘画,是特罗亚战争之一幕。图中倒在地上的是战死的阿契里斯;为要争夺他的尸身,两军的战士正在拼命相扑。从这图可见希腊战士用的武器。

---

① 阿契里斯　通译阿基琉斯。

这一切,便是特罗亚战争时代希腊人的文化程度。

朋友!现在让我们来想想,当年的希腊人——文化程度那样低下的希腊人,怎样从特罗亚战争的题材产生了伟大的《伊利亚特》和《奥德赛》?

上面我们说过,特罗亚战争那时候,希腊人还没有文字(希腊人有文字是在和腓尼基人通商以后借用了腓尼基文字的字母又加了韵母这才开始的)。但是那时候,希腊人的语言却已发达到相当程度。他们从伊琴人那里学了许多乖,他们征服了伊琴人,他们和伊琴人杂婚——这混合的血族就是现在的希腊人,有些学者以为这血液的混合对于后来希腊文明有很大的关系——然后他们用的语言始终是他们自己的,不过采用了许多伊琴语,内容就更加丰富了。那时候,因为没有文字,一切全凭记忆。有专门"记忆的人"。这些专门"记忆的人"就好像是活的"书橱",他们随时要被酋长们叫了去,查查他们肚子里的"旧档案"。可是他们在一个好战的民族中,并不被重视。干这一行的,通常是"盲子"之类不能打仗的人。虽然他们不会打仗,然而遇有战事,他们却要做随军的"记者"了。战事既毕,这些满载战事新闻的"记者"回到家乡,自然会受热烈的欢迎。同时有些"卖唱"为业的"盲诗人"也要从那些"记者"口中弄些材料来随口编成歌曲到各地去"弦歌"。单纯的战事新闻嫌干燥,就加进了一些民族的"神话"。特罗亚战事首尾亘长到十年,这在上古时代当然是一件惊天动地的大事情。当时希里尼人的无数部落里就会有无数的歌曲讲述这战争的一鳞一爪。而这,就是《伊利亚特》和《奥德赛》产生程序的第一步!

后来经过了几百年,这些描写特罗亚战争的歌曲愈演愈多愈繁复,增饰之处亦愈多,终至成为两大"故事的集团",到了纪元前五百年顷,雅典王庇士特拉妥的时候,这才可以编次删节,由口头的成为书面的,便是我们现在所见的《伊利亚特》和《奥德赛》了。

朋友,这就是我们现在认为最合理的说明——关于《伊利亚特》和《奥德赛》的产生过程。并不是特罗亚战争当时的希腊人就能够产生了这样完美的杰作,而是经过了五六百年的长时期,无数"诗人"的增饰修改然后告成的民族的集团的著作。因而在这两篇名著里虽然还残留着纪元前十一二世纪希里尼人的"野蛮"痕迹,但更多的却是有了国家组织后的"文明"的希腊人的情感和思想——特别是《奥德赛》中的"伦理思想"。

三

朋友,现在我们应该来看一看《伊利亚特》和《奥德赛》所记的"故事"了。自然,我们只能说一点梗概。先讲《伊利亚特》。

《伊利亚特》是一万八千行左右的长诗,分为二十四卷。这样的长篇幅,在小说中也算得长的了(倘使说每行诗平均二十字,就有三十多万言),何况是"诗"?然后尤奇者,这么长篇幅首尾所占的时间不过二十多天——不,倘依书中主要的"动作"而言,不过是四天!而这些主要的"动作"就是打仗。司各德(Sir W.Scott,1771—1832)①的《撒克逊劫后英雄略》(Ivanhoe)也有二十多万字,故事首尾仅占八天,也算得出奇了,然而比起《伊利亚特》来,犹有逊色。

上面说过,特罗亚战争是延长到十年之久的大战。但《伊利亚特》所记的,却是这次大战将近结束那几天。当时希腊是联军,而特罗亚也有帮手;单在希腊军方面,据说有十万兵和一千一百八十六条船(自然这种数目字很不可靠),这在上古时代,也就算得"大规模"了;但是《伊利亚特》所记的战事却只是两军"将官"个人对个人的交锋,小兵的作用差不多看不见。这,就是那时候战争的"特色",而《伊利亚特》的"特色"也就在能把那时候(说是

---

① 司各德 通译司各特。英国小说家、诗人。其作品《撒克逊劫后英雄略》又译《艾凡赫》。

距今三千一百年吧）的"战术"很集中地描写出来。

要是单写上古时代那特异的"战术"，三十多万字是写不满的，并且也太单调了，所以《伊利亚特》中羼入了许多"神话"，"神"像"人们"一样的分为两派，各袒一方面；于是在书中每一次交战后就有三方面的忙碌的会议：希腊军，特罗亚军，和天上的神们。就是这，构成了《伊利亚特》的奇瑰的色彩。

现在，我们就来写一点《伊利亚特》的梗概。

特罗亚军的老将们坐在城头上观看下面希腊兵和特罗亚兵的肉搏。特罗亚城已经被围了九年之久了，战事已经接连了九年。为什么阿加绵农[①]，希腊联军的统帅，要纠集了那么多的人来攻打普赖安的特罗亚城呢？到底为了什么不可解的深仇宿怨？

荷马告诉我们，希腊军中第一勇将阿契里斯因为分不到一个女俘虏，在和统帅阿加绵农斗气了，但是所有一切纠纷的根因却在很久以前，在"神"皮利阿斯结婚的喜筵席前。这位"神"大宴嘉宾，可巧地就漏掉了一位女神厄立斯。于是厄立斯就生气了，以一金苹果投筵上，苹果上写着字："给最美丽者"。神们可真也忒小气，神后希拉[②]，女神阿典娜[③]，爱之女神委娜斯[④]，都争起来了。神王宙斯不能解决，乃命就下界人去裁判。这下界人就是特罗亚的王子巴里斯，方在伊大山中牧羊。三位女神各许以重酬，而委娜斯的却是天下最美的妇人。这恰恰投了巴里斯之所好，于是委娜斯引他到希腊的斯巴达邦，引诱了王后海伦卷逃同回特罗亚去了。全个希腊都愤然大怒。斯巴达王门涅雷阿斯诉于其兄阿加绵农——亚各斯及迈锡尼的王。于是希腊联军出征特罗亚，阿加绵农做了统帅，勇将就有阿契里斯，谋士则有攸力栖兹，伊大卡国

---

① 阿加绵农　通译阿伽门农。
② 希拉　通译赫拉。
③ 阿典娜　通译雅典娜。
④ 委娜斯　通译维纳斯。

的王。

闯祸的是巴里斯，遭殃的却是他的老父和哥嫂，还有侄儿侄女。古希腊还有许多诗歌讲到九年战争中特罗亚的受难情形，可是《伊利亚特》讲的，却是第十年上战事将近结束。特罗亚军中的猛将是巴里斯的哥哥海克托①，能够和他对仗的，希腊军中只有阿契里斯一人，然而现在阿契里斯为的和统帅斗气，自带本部人马退下去，不肯出阵了。

那边特罗亚城中，海克托也在责骂他的弟弟闯下了祸。不料那荒唐的巴里斯也有时能够奋发。他对他哥哥说："海克托，你责备我的话，都有理。但是我做的事，全出神意。神给我的光荣的礼物怎好丢掉？终不成人家说一声'还我人来'，我们就双手奉还去。不过倘使哥哥你要我出阵的话，好，咱们就先讲好，希腊人和特罗亚人大家都莫动手，单看我和门涅雷阿斯单人相斗，分个胜败。让我们两个人性命相搏，谁胜了谁就有海伦和她带来的一切珠宝。你们众人都不要再厮杀，好好地讲和，哥哥你和老父仍在这里做王，他们希腊人也回家去看他们的老婆和牛羊。"

就是这么着，巴里斯和门涅雷阿斯单人相会，而两军的"将官"们齐作壁上观了。特罗亚的老王普赖安和一些老将官都在城楼上。老普赖安一向就没怪怨美丽的海伦，这时候，他就唤海伦也上城头来，要她指认希腊军中那些大将。当海伦徐徐而来的时候，特罗亚那些老将们看见了都轻声说道："无怪希腊人和我们特罗亚人要打了那么多年的仗呀！"只这一句话！然而就这一句，已经描写尽了海伦的"倾国倾城的貌"。不过那些老将们却又悄悄地议论道："话是这么说，到底还不如让她上船回老家吧。"

人人盼望中的解决终于又落得一场空。巴里斯和门涅雷阿斯的单人决斗没有结果（女神委娜斯暗中帮着巴里斯），和议不成功了。

---

① 海克托　通译赫克托耳。

于是"场面"转到了特罗亚的宫闱。交战中,勇敢的海克托抽身回宫和他的妻、他的幼子诀别;这是真正"儿女情长"的描写。海克托微笑着,看着他的襁褓中的小儿子。"唉,海克托!"他的妻叫着,"不要走!你是我的父母,我的哥哥,我的丈夫——我一生的靠傍!敌人们专打你一个!"

"我知道总有一天,"海克托回答,"老普赖安以及他的臣民全都完了。可是请你想着我的父亲,我的母亲,和我的诸兄弟罢,请你不要提起你的归宿使得我心乱呀。"他伸手想抱他的小儿子,但是这小孩子怕他那一身的铜甲,特别是他的铜盔上颤动的缨毛,躲在乳母的怀中,不肯抬头。海克托立即除下了盔,放在地上。他吻他的儿子,抱他在怀中,祷告大神宙斯和诸天众神道:"神呀,保佑我这儿子,使他将来是特罗亚人中最出色的一个,是一位好心而伟大的王。他将来打仗回来,让人家赞他一声'比他父亲还强',让他的妈妈听得了心里快乐。"于是他把儿子交给他的妻——妻在泪光中微笑地接了;于是在怡然的话别声中,海克托出宫再上战场。

以后是许多的交锋,许多的各式各样的"动作"。实在,《伊利亚特》可说是世界上一部伟大的短篇故事集子,描写了上古时代那些"贵族"们的生活。平常人是没有地位的。并且,这虽然是希腊的"史诗",但是海克托的地位却近于"主角"。海克托也许还不是阿契里斯的真正对手,但阿契里斯一直不肯出阵,希腊军就被海克托逼得慌了。阿契里斯的部下骁将又是好朋友的柏特洛克劳斯请借了阿契里斯的甲胄兵器战车去挡一阵。这一去,柏特洛克劳斯被海克托杀死,并且夺得了战车甲仗。于是阿契里斯又一次大怒,第二天(那一夜里,女神西底斯,她是阿契里斯的母亲,求天上的铁匠弗尔甘漏夜给阿契里斯赶造了一副新盔甲),和海克托在战场上相见了。这一场恶战写来精彩得很。阿契里斯追逐海克托,绕特罗亚城三匝。神王宙斯在空中把两位英雄的命运放在金天平上,海克托的竟沉下去了。命运注定他必死!于是女神阿典娜执行了命运的规定,帮了阿契里斯一下。海克托死了。两军的人都悲悼这位英雄,最后连阿契里斯也感动了。所以当老普赖安不顾众人的劝阻,身入敌营求见阿契里斯索还海克托尸身的时候,阿契里斯祷告道:"请不要怪我,柏特洛克劳斯,要是你在阴间知道了我把海克托的尸身还给了他的爸爸。"

特罗亚城里举行了盛大的海克托的葬仪,《伊利亚特》也在这里完了。

图3　老普赖安入敌营求见阿契里斯

四

《奥德赛》比《伊利亚特》短些,约一万五千行,也分为二十四卷。前十二卷写攸力栖兹自述他在归国途中的经验,充满了"神话"的材料,可说是他和"神"的奋斗;后十二卷则写他归国后的事情,是他和"人"的奋斗了。全书"故事"所占的时间,首尾共约十年,和伊利亚特之仅得二十余天,刚刚相反。

下面就是《奥德赛》的梗概。

这是特罗亚城攻陷以后第十个年头了。虽然《伊利亚特》只讲到海克托的死,但别的诗歌告诉我们:阿契里斯如何死,希腊联军如何用了攸力栖兹的"木马奇计"攻破了特罗亚,如何这小亚细亚的古城被烧成一片瓦砾,老

图4　希腊联军用"木马奇计"攻破特罗亚

普赖安如何死，他的后赫丘巴，女儿卡散德剌，媳安德洛马岐（就是海克托的妻）如何被希腊的"将官"们侮辱，海克托钟爱的幼子如何被害；还有，特罗亚皇族里的小小的埃涅阿斯如何逃出了特罗亚，在意大利半岛找得了新家，是为罗马的始祖。

特罗亚既然烧毁了，"子女玉帛"也都分派完了，希腊联军的兵头儿快快活活回家了。统帅阿加绵农想出了一个新奇的"报捷"方法——在山头上举起烽火，一山一山联结，跨海直到希腊——报告他的后克利丁尼丝特拉，特罗亚已经攻陷，而他快要回家。可是这位骄傲的统帅凯旋回国就被他的后杀死（这一段故事见于希腊悲剧家亥斯奇洛①的三部曲第一部《阿加绵农》）。至于美丽海伦的前夫门涅雷阿斯呢，则运气较好；他和海伦重做夫妻，就好像没有过特罗亚战争那回事，他们安然回到了斯巴达，并且再不必怕有第二个巴里斯来捣乱了。其余的希腊"将官"各人都满载而归，不在话下。

只有那位"智多星"攸力栖兹却碰到了种种磨难。特罗亚城须得十年工夫才能攻下，可是又过了十个年头，这位多计的攸力栖兹尚在海上飘泊。他那时被美丽的卡力普索软禁在妖岛。在这以前，攸力栖兹和他的部下已经在海上遇见了许多危险，因为他触怒了海神涅普条因②，这位神处处和他为难，现在他被妖女卡力普索软禁了七年之久，也是涅普条因从中主谋。

图 5　攸力栖兹

那时候，攸力栖兹的妻皮涅罗皮③在家里却

---

① 亥斯奇洛　通译埃斯库罗斯（Aischulos，约公元前525—公元前456），希腊三大悲剧诗人之一。
② 涅普条因　通译尼普顿，罗马神话中的海神，即希腊神话中的波塞冬。
③ 皮涅罗皮　通译珀涅罗珀。

也不得安闲。许多的贵族少年包围了她,向她求婚;他们天天在攸力栖兹宫里喝酒胡闹,把攸力栖兹一份家产几乎花光了。有耐心的皮涅罗皮很巧妙地应付这一群求婚者,说须待她把一个网织成,方才能够谈到再嫁;可是她白天忙着织网,晚上又把那织好的统统弄坏,这样一天一天挨过去了。

《奥德赛》第一卷就写女神密涅发①请求神王宙斯传谕妖女卡力普索释放攸力栖兹回家,同时密涅发自己幻化为退菲安国王孟提斯的模样,亲自到伊大卡国寻访攸力栖兹的儿子忒楞马卡斯,指点他去寻父亲回来。在这里,就从密涅发的眼中写出了那班求婚人的无赖行径。忒楞马卡斯依了神的指示,遍访派洛斯的国王涅斯忒和斯巴达国王门涅雷阿斯及后海伦,知道了父亲的所在,一时不得脱身,只好回转伊

图6 攸力栖兹乘巨人熟睡时,用烧红的树干戳盲他的眼睛。

大卡先去对付那班求婚的无赖。这一大段的故事算是《奥德赛》开场的"引子",以下方入攸力栖兹本人的"冒险"。

正当忒楞马卡斯访寻他父亲消息的时候,攸力栖兹也从卡力普索的妖岛上脱身了。那美丽的卡力普索自然不敢违抗宙斯的命令。但是海神涅普条因(他和宙斯是兄弟行)却还不肯甘休。他兴风作浪,又把攸力栖兹的木筏弄破。这时候,又亏得水中女仙爱诺赠给了一条宝带,而密涅发女神也在暗中相助,攸力栖兹这才能够从险恶的波浪中游泳到了菲细亚岛的港口。这菲细亚岛上的国王名为阿尔卒诺阿,有女名诺息揆亚,先一天晚上就得密涅发女神在梦中启示,要她次日往河里去洗衣。诺息揆亚遵了神示,带领宫女们到河边

---

① 密涅发 通译密涅瓦,罗马神话中的智慧女神,即希腊神话中的雅典娜。

洗衣,果然遇见了攸力栖兹,知非常人,就给了他衣服,教他直到宫中找着王后请求援助。为的处处有密涅发神帮忙,落水的攸力栖兹又做了菲细亚岛国的上宾。岛王替他准备好船只和食粮,还有许多珠宝金银,送他回去。不料在饯行的宴席上,攸力栖兹听得歌者歌唱着"木马破特罗亚"的故事,忍不住下泪,被岛王窥破,质问原因。于是攸力栖兹乃直陈真名姓,并自述离开特罗亚城后在海上的种种冒险经过。这一大段追述就是《奥德赛》的前半部的骨骼。

原来十年前攸力栖兹带领部下从特罗亚航海归国,先到了伊斯马鲁斯,此地有西可尼安人的城市;攸力栖兹杀了居民,掠获了无数的钱财女子。次晨岛民回攻,攸力栖兹部下颇有损丧,开船急去。以后风向不定,他一行人只在海中飘流,曾到了"食莲人"所住的地方,这里有一种莲花,外来人吃了就不想回家;攸力栖兹部下有两个人吃了那莲花。攸力栖兹急忙开船,总算脱离了那可怕的诱惑。可是随即又闯进了巨人族赛克洛普斯所居的荒岛。这些巨人有很大的肥羊,攸力栖兹带了一些伙伴,上岸去偷羊,就被赛克洛普斯幽囚在石洞里。关了两天,攸力栖兹的伙伴被巨人吃掉了两个。但是攸力栖兹却也想好一条计策,乘巨人熟睡的时候,用烧红的树干戳盲了巨人的眼睛,逃回到船上。不料那巨人就是海神涅普条因的儿子,因此涅普条因和攸力栖兹有了仇,处处阻难他的航行了。离开巨人岛后,攸力栖兹他们又到了那快乐的伊奥拉斯所住的浮岛。伊奥拉斯款待攸力栖兹很好,一住就是三十天,后来临走时,伊奥拉斯送给攸力栖兹一只大皮袋,里边装着各样的恶风,却只留西风在外,吹送攸力栖兹他们回家。航行了九日,已经可见祖国了,不幸攸力栖兹的伙伴们以为那皮袋内藏的定是宝物,私下开了袋口,立刻恶风大作,将他们吹回原路。途中在拉摩斯又遇巨人族,攸力栖兹丧失了所有的船,仅剩他自己所坐的一条。然后飘流到了太阳神的女儿塞栖所住的伊耶岛。这塞栖能作魔法,变人为猪。攸力栖兹的伙伴都被变成猪了,独攸力栖兹因先得神黑梅斯赠以仙草,得不变。塞栖见自己的魔术不灵,又知来人是攻破特罗亚的英雄攸力栖兹,就把余人尽复为人形,留攸力栖兹在岛上做了夫妇。这一留,又是一年。攸力栖兹和他的伙伴再也耐不住了,塞栖也答应放他们走,可是她教攸力栖兹先到冥国找预言人泰里纳阿斯问明将来的吉凶。于是攸力栖兹游了冥国,见着了特罗亚战役中的许多死者。其中也就有被妻谋杀了的阿加绵农。游过冥国后再到塞栖的家里,塞栖当真不再留他们了;她并且告诉攸力栖兹道:"你此去将与赛轮相值,那妖魔会唱歌,善使过路人昏迷。"她把躲避那些赛轮(据说是些女首鸟身的海怪)的方法也告诉了攸力栖兹;她又警告着:倘过日神女儿牧羊的岛,千万莫伤那岛上的神牛神羊。但是后来他们竟忘记了塞栖的叮嘱,到了那日神岛边时竟把那岛上肥腯的神牛杀来吃了,于是日神怒诉于神王宙斯,立降飓风,将他们全都溺死,惟攸力栖兹没有吃牛肉,保得一命,飘流到奥吉吉亚岛,被美貌的女妖卡力普索留作夫妻,一直住了七年。最后方始来到这菲细亚岛国。

图7　攸力栖兹飘流到太阳神女儿塞栖的伊耶岛

这便是攸力栖兹自述的海上冒险。菲细亚国王听了这一切故事,就又加送攸力栖兹许多金宝,派人送他回来。

攸力栖兹既到了自己国土,女神密涅发又来指点他如何化装为乞丐回家去试探皮涅罗皮的贞洁,并惩罚那班无赖的求婚者。攸力栖兹依言行事。他化装为老乞丐,到了家门时,恰值他的儿子忒楞马卡斯也从斯巴达回来。可是儿子已经不认识他的父亲了。倒是家里的老狗还认识,刚要跳起来舔攸力栖兹的手,一跳却就死了。皮涅罗皮也不认识她的丈夫(因为攸力栖兹的化装是女神密涅发帮了忙的),只对他讲了些求婚人的无赖,以及她处境的窘迫。后来攸力栖兹先与儿子相认,密议定了惩罚那些求婚人的办法,却仍不使皮涅罗皮知道。最后的一个场面是很精彩的。皮涅罗皮令求婚人试弓箭,胜者得为丈夫。可是那些求婚者没有一个拉得动那张著名的攸力塔斯大弓。末了是攸力栖兹上来,仍然是乞丐模样,轻轻一拉便开,并且一箭射倒十二把列成一线的战斧。这时候,攸力栖兹就现出本来面目,和他的儿子以及两个忠心的牧人将那班求婚的无赖杀死,又杀了十二个不贞的宫女。皮涅罗皮仍为攸力栖兹的妻,这长诗就这样团圆结束了。

五

朋友!也许你觉得上面记述的"梗概"太简略了吧?但在这篇短文中,我们要讲的话太多,没有法子弄得太详;并且"梗概"只是"梗概",不是"节本";倘使你的希望只在更多知道些"故事",那么,"节本"或者能够使你满足,但假使你要鉴赏这两部名著的"好处"——或是说,你想在这两部名著里学得点什么,那就连"节本"都不够了,你得读原文或者可靠的译本。

然而抽象地讲讲这两部名著的"好处",在这里倒是可能的——或者也是必要的吧?

首先,我们一眼就看得见的,是这两部古代名著包含着基本的"文艺技巧"。《伊利亚特》的主要写法是"第三人称"的写法,《奥德赛》主要的却是"第一人称";《伊利亚特》不过是几天内的"故事",而《奥德赛》却是十年间的记录;《伊利亚特》描写的中心点是"战争",而《奥德赛》的却是"人情世故",《伊利亚特》的中心人物是"男子",《奥德赛》的却是"女人"——这都是显而易见的。如果我们再进一步看,则《伊利亚特》是"雄伟"的,而《奥德赛》是"瑰奇"的;《伊利亚特》有的是所谓"阳刚之美",《奥德赛》是

"阴柔之美";《伊利亚特》给我们看一些狮子般勇猛、老虎样暴烈的男子——自然,这些男子也不是粗鲁的,海克托宫中诀别妻儿那一个场面(我们的"梗概"里有的)固然凄美动人,而容易生气、傲慢固执、报仇要报到底的阿契里斯接待他的敌人特罗亚老王普赖安的光景,也是温柔大量,感动人心到深处,可是《奥德赛》写的女人却柔媚如猫,狡谲如蛇,皮涅罗皮对付那些求婚人的态度不像一位"贞烈的妇人",而像一个老练的交际花,即如会魔术的塞栖,奥吉吉亚岛上的女妖卡力普索也都不是一副"泼妇脸",都是怪温柔的。再说到那些"神"罢,女神密涅发在《伊利亚特》和《奥德赛》中都居于"主角"的地位,可是《伊利亚特》中的密涅发是一个"战士",不是女人,反之,《奥德赛》中的密涅发却是个"女人"而非战士。就从"结构"一方面讲,《伊利亚特》是紧凑的,激动的,处处火惹惹地;然而《奥德赛》却是舒缓幽闲,一步一步引人入胜。

这一切,就充分说明了这两部名著各擅胜场,合起来就成为西洋古代"文艺技术"的高度发展的结晶。

也是因为从各方面看来,《伊利亚特》是那么"男性"的,而《奥德赛》是那么"女性"的,所以蒲勒(本文第一节里提到过他)以为这两部书绝非出于一人之手,而且以为《奥德赛》的作者是一个女子。"绝非出于一人之手",自来研究"荷马问题"的学者都这么说(如本文第二节末所述)。可是蒲勒的辩证却别有其立场。他以为《奥德赛》的作者是一个女子,年青而出身贵族,而且是现在我们叫做西西里(Sicily)岛上的人民——就是说,并非希腊人。他以为《奥德赛》里那位菲细亚国的公主诺息揆亚就是作者自己的影子;他并以为攸力栖兹的"海上冒险"实际只是从特罗亚到西西里,在西西里四周绕了一个圈子。他列举了许多论点,证明《奥德赛》的观点是一个女人的观点,而这女人是西西里人。在这里,我们没法详细引据,因为蒲勒研究这个问题是写了二十多万字的专书,名为《奥德赛的作者》(The Authoress of the

Odyssey, Dutton & Co.），谁对于这个问题特别有兴趣，还是请去读这本书罢。可是有一点，我们却不能不多说几句话，就是：假定我们承认了蒲勒的议论，则"荷马问题"的翻案文章就又来了。上面（第二节）我们说过，《伊利亚特》和《奥德赛》是同一题材下许多歌曲的"集团"，经过几百年的演变，无数"盲诗人"的增饰，然后形成了的。这"假定的说法"要是不能适用于《奥德赛》，自然也就不能适用于《伊利亚特》。现在若据蒲勒的"一面之辞"，则《奥德赛》既是古代一位女子的"创作"，自然《伊利亚特》也可以是"个人的作品"了，这个"个人"说他是荷马也好，不是荷马也好，总之是一个人而不是数百年无数集体的盲诗人（也许不一定全是盲的）。然而据现在我们推想得到的纪元前一千年到五百年那时候的希腊文化程度来看（本文第二节），这样伟大的"个人作家"是断断不能产生的。

现在推想起来，当时从"特罗亚战争"所产生的口头文学，本来多到不可胜数，而且具备了各种的体式；当时也许各篇各自有独立的名称，而没有《伊利亚特》和《奥德赛》那样的名称的；即使有了，也不过是无数篇名中之一罢了。后来从口头文学厘定为书面的时候，雅典王庇士特拉妥朝的那些文士们（他们的文学才能一定也不小罢），大概很尖利地看到了那大群诗歌里分明有两种风格，有两个中心点，于是各从其类，"整理"出《伊利亚特》和《奥德赛》这么两部来。

所以仅据《奥德赛》是"女性的"这一点来推定必为女人的作品，且为女子个人的作品，像蒲勒之所辩证，也未必妥当。我们只能说，古代希腊那些无名诗人中，一定也有女性的。因为古希腊不但有伟大的女诗人莎福（Sappho）——我们现在还有她的著作的断片——而据斯密司（Smith）的《古代名人字典》（Dictionary of Classical Biography）所记，则莎福以外，与莎福齐名对立者有古尔古（Gorgo）和安特罗美达（Andromeda），而莎福的弟子中有厄林娜（Erinna）尤为特出，她写过一篇长诗，在当时以为她足和荷马匹敌。

古代希腊是曾经有过许多天才的女诗人的。蒲勒引此以证《奥德赛》作者之为女性的可能，但是我们却以为也可以证明有些无名的女诗人曾经也取"特罗亚战争"为题材，因而在那"特罗亚战争"诗歌大集团中增加了"女性的"或"女性观点"的一部分，却未必遂能断定《奥德赛》乃出于某某女性一人之手呵！

朋友，这些"作者是谁"的问题，大概你听得厌烦了吧？不错，管他作者是谁呢，总之《伊利亚特》和《奥德赛》是两部好书就完了。两部好书，然而是完全不同的两种体裁，完全不同的两副笔墨。不过这两部书在"不同"之中，又有其"同者"在。有人说，《伊利亚特》的主要关键是阿契里斯的两次发怒。第一次是因为分配在他名下的一个女俘虏被统帅阿加绵农硬夺了去；女子在当时是看作财产的，所以这一怒是经济的意味。阿契里斯第二次发怒是因为他的好朋友被海克托杀死，但这并不怎样了不得，两军相战，死伤是难免的，最使阿契里斯生气的，是海克托夺了他的甲盾战车；这也是财产，因而这一怒也是经济的意味。至于希腊联军攻打特罗亚，是为了一个女子；女子是财产，已经明白了，但尤关重要的，是这女子还带了许多财产到特罗亚，书中凡说到海伦的时候一定附带一句"以及她带来的宝贝"，所以这一战争的基本意义也是经济的。《伊利亚特》又说"海伦拐逃"的原因是为的神们争一金苹果，那么连这也有着经济的意味了。我们再看《奥德赛》。这是"复仇"的故事。但是攸力栖兹最痛恨的，倒不是那班无赖的求婚人想骗他的妻，而是其几乎花光了他的家财。书中每逢写到那班无赖们浪费攸力栖兹的家财，都是用重笔的。不但攸力栖兹，他的儿子忒楞马卡斯最最痛心的，也是看着家财耗费将尽。不但忒楞马卡斯，女神密涅发把攸力栖兹家中情形提起时，主要的也是说他的家财快要弄完。这经济的意义也是很显然的。而这一点，却是体裁风格完全不相同的两部书所共同的。

并且也就为的这一点，《伊利亚特》和《奥德赛》虽然充满了荒诞不经的

"神话"以及"超人"式的英雄,可是我们所感得的精神却是写实的。

六

最后,我们要讲到像《伊利亚特》和《奥德赛》那样的东西在文学中是归入哪一个部门的,并且我们还要看看别的民族里有没有同样的东西。

朋友,你大概已经知道《伊利亚特》和《奥德赛》是被称为"史诗"的。史诗(Epic)又与另一种东西叫做"Saga"①的相类,北欧古代的"半神"的故事就称为"Saga"。据亚里斯多德的《诗学》所说,则"史诗"与"戏曲"不同之点在于:(1)史诗的幅面广阔,其中包含着许多事件,每一事件可用为一篇"戏曲"的题材;(2)史诗叙述者为过去之事,而"戏曲"则表演"现在"的;(3)史诗可以叙述同一时间在各地发生之事,而"戏曲"则不能(朋友,我提醒你,这里亚里斯多德所说"戏曲"自然是指希腊悲剧,受着"三一律"的束缚的;我们以后自然也要把希腊悲剧来讲讲)。但是后来的文学史家又把"史诗"分为二类,一是"民间的"或"民族的"史诗,例如《伊利亚特》和《奥德赛》,二是"个人著作的"或"文艺的"史诗,例如维琪尔(Virgil)②的《伊泥易德》(Aenied)③和密尔顿(Milton)的《失乐园》(Paradise Lost)。

一个民族总有点"神话"和"传说",现在尚未开化的布西曼族(Bushman)——他们还不知道火食,也有他们的简陋的"神话";但每一民族不一定都能够产生伟大的"史诗"。像《伊利亚特》和《奥德赛》那样雄伟奇瑰的史诗更不多见。巴比仑的"古文明"在上古时代并没有比希腊人逊色,可是现

---

① Saga 通译萨加,为冰岛的一种散文叙事文学,意为"话语",有关的作品数量很多,主要写成于十二、十三世纪,大都反映北欧古代氏族社会生活。
② 维琪尔 通译维吉尔,古罗马著名诗人。
③ 《伊泥易德》 通译《埃涅阿斯纪》。

在所见巴比仑的不完全的史诗《吉尔伽麦西》（Gilgamesh）远不及《伊利亚特》和《奥德赛》那样富有"文艺的价值"。这巴比仑的史诗大概产生于纪元前三千多年，比《伊利亚特》老得多了。这史诗最初也是"口头文学"，直到纪元前六百年顷，亚西利亚（Assyria，即巴比仑帝国的后身）的末代大皇帝亚苏摆尼派尔（Assur-bani-pal）命人写定，用楔形文字刻在泥砖上，藏于宁爱凡（Nineveh）城的图书馆。但那时，亚西利亚帝国的"命运"也不长了，宁爱凡城被陷后，那伟大的图书馆里庋藏的无数"芦纸"抄本古籍都付之一炬，那些"泥砖"刻本则埋在瓦砾堆里了。然而幸是"泥砖"，二千年后发掘出来，尚可阅读。这中间就有《吉尔伽麦西》的大半部。

这部巴比仑的"史诗"就讲述"半神半人"的英雄吉尔伽麦西的故事。主要人物共三个：一即吉尔伽麦西，二为"半兽半人"的厄巴尼（Eabani），三为巴比仑神话中治洪水的英雄（后肉身成神）乌忒捺泼以西丁（Ut-Nap-ish-tim）。故事的梗概如下——

巴比仑洪水时代以后的第一个皇帝沙喀罗斯得神启示，说他的女儿将来生子必篡帝位，因此，沙喀罗斯就把女儿闭禁在高塔中，严密看守着。但是过了些时候，那女儿居然无夫而孕，产一子；看守的人恐怕皇帝知道了此事要大怒，赶快把这婴孩从塔上扔下去了。那婴孩在半空中就被一只鹰接住，带他到一个园子里，被一个农夫拾去，抚养成人，后来果然篡了帝位。这孩子就是吉尔伽麦西。他在巴比仑神话中，相当于太阳神；而在巴比仑历史上则是一代的暴君（所以这史诗一半是神话，一半是神话化的历史）。神们是不愿意吉尔伽麦西长大成人而且得帝位的，就派了"野人"厄巴尼去捣乱。这厄巴尼是人头兽身的怪物，头上又有两只大角。可是吉尔伽麦西用了个美人计，倒把这厄巴尼收为帮手，干了许多冒险事业；他们打败了怪妖孔巴巴和一条神牛；这都是神派来杀害他们的。然而后来因为吉尔伽麦西不肯接受女神伊西泰的恋爱（被这位神恋爱的人都没有好收场），伊西泰发怒，就先杀死了厄巴尼。于是吉尔伽麦西要到他的祖先乌忒捺泼以西丁那里请求"不死之药"。他旅行到日落之山,渡过了死水,看见了乌忒捺泼以西丁了,可是这位治洪水的英雄却告诉他"凡人必死",给他一个大大的失望。在这里,又由乌忒捺泼以西丁的嘴巴讲述了巴比仑洪水的故事。最后,吉尔伽麦西回到本国,仍旧做皇帝。

巴比仑史诗《吉尔伽麦西》就是这样。泥砖的原刻本,现收藏于不列颠博物馆,可以看见这部史诗的本来面目。这和《伊利亚特》、《奥德赛》比起来,无论在"思想"上或"技巧"上,都差得远了。有些神话学者以为吉尔伽麦西是太阳神;太阳到了正午——全盛时代,就要没落,所以吉尔伽麦西在胜利的顶点就有失败,而他的旅行到日落之山,进入地下世界,也象征了太阳的西落。最后又说到他仍旧做皇帝,那又是太阳在第二天的再升起来了。所以《吉尔伽麦西》这部史诗,主要的材料还是神话,不过我们可信它中间也夹杂着远古的史事,成为历史的神话化。

《吉尔伽麦西》而外,世界上年代最古的史诗就要算着印度的《麻哈布哈拉塔》(Mahabharata)和《喇麻耶涅》(Ramayana)①了。这是东方民族最伟大的史诗,也是世界上最长的史诗。这是用梵文(Sanskrit)写的,是韵文。在梵文学中间,"史诗"也分为两类:一为"Purana",意义相当于前述之"民间的"史诗,《麻哈布哈拉塔》属之;一为"个人著作的"史诗,《喇麻耶涅》属之。并且两者的体裁亦小有不同:《麻哈布哈拉塔》虽用所谓"çloka"体的诗②,但中间对话部分也有用散文的;至于《喇麻耶涅》则全体是格律谨严的诗了。

---

① 《麻哈布哈拉塔》和《喇麻耶涅》 通译《摩诃婆罗多》和《罗摩衍那》,印度的两部史诗。

② "Çloka"体的诗 梵语文学中的"颂"体诗,即每节两行共32音称为一"颂"(音译为"输洛迦")。

《麻哈布哈拉塔》现在的写本里共有十万行以上的诗①，即等于《伊利亚特》和《奥德赛》二者总数的七倍。这是文学史上最长的诗篇。这共分为十八卷，另加附录一卷。各卷长短颇不一致；第十二卷最长，凡诗一万四千行；第十七卷最短，仅得三百十二行。这部史诗产生的时代已不可考，但知最初也是口头的流动文学，经过了许多年代的发展而成现今所传的形式——这，至迟不过纪元前第十世纪。在这书里，有"神话"，有"传说"，也有许多古代的"格言"。

和《伊利亚特》相似，这《麻哈布哈拉塔》的主要故事也是战争，而且是十八日中间的战争；但这战争不过是故事的一副骨架罢了，写战争的诗总共不过二万行罢了，其余八万行都是"枝叶"，引用了许多神们以及帝皇们、圣哲们的古老的"传说"，甚至宇宙观、宗教观、哲学、法律、格言，应有尽有。所以有些学者以为这部书最初大概只有描写战争那一部分（不用说，这是一部分的古史），后来经僧侣逐渐增饰，成了现在的样子；而僧侣们所增的部分也就是教训意味最浓者，其用意无非使印度的那些国王知道僧侣阶级之特权不可轻视而已。然而那副瘦小的骨架（十八日间的战争），却在全书中非常有力，成为最精彩的艺术品。这里，我们只能说个大略：古代印度有两个兄弟，是一国之主；因为兄盲目，由弟治理国事，治得很好；其后弟殁，兄乃自理国事。兄有一百个儿子，称为科洛氏诸亲王；弟有五个儿子，称为邦度氏亲王。邦度氏五子中，长者最贤，那位盲目的伯父思将王位传给他，然而因此堂兄弟中间就发生阴谋了。邦度氏五子自忖不敌，遂去国浪游，到了班恰拉国；适值国王的公主陀罗巴提公开择配，各小邦的国王和英雄都聚集在此竞争；邦度氏五子中的老三亚求涅能弯国王的强弓，并且射中标的，照规矩他是驸马了，可是其余四兄弟的本领也和他一样，互争不决，于是公主自己解决争端，做了他们

---

① 十万行以上的诗 应为"十万'颂'以上的诗"；二十多万行才约为两部希腊史诗总行数的七倍。紧接下文的"行"均同于"颂"。

兄弟五人的公有的妻。他们在班恰拉国住下，又和另一国的亲王克利西涅成了好朋友。他们的行踪传到了他们本国的时候，那位当国的老伯父就要他们回去，并且把国土分为两半，一半给他自己的儿子，一半给了这五个侄子。于是邦度氏五兄弟治理他们的新国，治得很好，他们有许多的珍宝。科洛氏诸亲王看着妒忌，就又想出个恶计来，请邦度五子掷骰子赌博。邦度氏那边是老大代表。他不是一个好赌手，每掷必输，愈输，赌兴愈狂。他输完了珍宝车马，又输完了国土，最后他拿他的四个兄弟来作注，也输掉了；他拿自己作注，也输了；拿公主陀罗巴提作注，也输掉了。这玩笑可开得太大！末了，再掷一次，赌一个奇异的"注"，就是谁输了谁得到野树林子里去住十二年，而在第十三年这一年中间要隐姓变名不使人家知道，倘使被人家知道了就得再在野林子里住十二年。可是邦度氏又输了。于是这五兄弟带着陀罗巴提离开了他们的国，住在荒野的树林里。十二年居然过去了，到第十三年上，他们变姓名去做麦朱耶司国王的仆人。不料就在这一年里，科洛氏诸亲王联合了别的国王，进攻麦朱耶司国，所向无敌。这可激起了隐姓埋名中的五兄弟了。他们打败了他们的堂兄弟科洛氏，宣布了自己的真姓名，和麦朱耶司国王联盟。他们派人告诉科洛氏，要返还"故物"，因为科洛氏不答，他们就起兵进攻。科洛氏也准备拒敌，两边都有许多联盟国。战事继续十八日，科洛氏诸亲王都战死，邦度五兄弟尚留得性命。于是他们回国，他们的老伯父传位给那个老大。后来这五兄弟也倦于国事，浪游山林间，死后升天去了。

以上所记，只是《麻哈布哈拉塔》最主要的骨架；这部书中还包括了无数的小故事，每一故事都可以自成一本书。这些故事也有完全与正题无关者，例如所记喇麻的历史——这就是《喇麻耶涅》这史诗里的喇麻。

现在我们就可以讲讲《喇麻耶涅》。这部书分为七卷，共计二万四千行，比《麻哈布哈拉塔》小得多了。相传是一个名为法尔弥吉（Valmiki）的婆罗门所作；这个人名，也就和希腊的荷马一样，很不可靠。据《喇麻耶涅》本身所记,则所谓法尔弥吉这位作者也许是和喇麻(即此史诗的主人公)同时代的人;但又谓此史诗本为无名的职业歌人所作,口头流传下来,而最初的传者就是喇麻的两个儿子;第三说则谓法尔弥吉作以教喇麻的两个儿子。近代的梵文学者以为喇麻的两个儿子的名字"kuça"和"lava"恐怕就是梵文中"kuçilava"一字的分拆,而"kuçilava"一语有"歌人"或"优伶"之意,然则此史诗在梵文学中虽被称为"个人著作的"史诗,实在也许是"民间的""口头的"文学。

《喇麻耶涅》的故事是这样的:阿育特哈耶(无敌)国王有三妻,妻各有一子,第一妻之子即名喇麻,娶了尾迭哈国王的女儿西泰。阿育国王因为年老,要传位于喇麻,可是他的第二妻却替她自己所生的儿子布哈拉塔打算,固求王以布哈拉塔嗣位,而放逐喇麻,期限十四年。王忧愁不能决。喇麻知道了,就自愿去国。他的妻西泰和他的异母弟腊克司玛涅(即国王第三妻所生之子)都愿意跟他出亡。阿育国王感念长子,遂常宿喇麻生母的宫中,不久染病而死。此时喇麻和妻西泰、弟腊克司玛涅居于达尼达卡林中,倒也快乐。而布哈拉塔自其兄出亡后,亦避嫌居于外祖家。至是阿育国王既死,朝臣迎归,将以为王,可是布哈拉塔则要让兄,自往林中迎喇麻回国。喇麻虽为其弟的诚意所感,却仍不愿自破诺言,因以绣金靴付之,谓此即"信物",他把王位让给布哈拉塔了。布哈拉塔拿了靴子回国,供奉靴子在宝座里,而自己则旁座摄政。喇麻在树林中因赖先知阿伽泰耶的指点,得了雷神音陀罗的武器,先杀林中巨人,后又诛妖魔甚多。魔首拉法涅要想报复,遂使手下一妖变为金色鹿,出现于西泰之前,西泰请喇麻及腊克司玛涅逐鹿,二人方去,魔首拉法涅即幻化为苦行僧,至西泰前,劫了她去,并伤了保护西泰的大雕。喇麻回来不见了妻,又损失了大雕,自然悲痛得很;可是当他埋葬那死雕的时候,芦苇忽作人言,告以如何报仇。于是喇麻乃与猴王哈纳玛及苏格里法联盟。靠了后者的帮助,他杀了凶恶巨人拔里。而猴王哈纳玛则潜入魔首拉法涅所居之岛,访探西泰。

他在一个深洞里找着了西泰,告以不久可得救,就回去和喇麻共筹救援的方法。他们定好了作战方略。猴王命群猴搭成了一座桥,渡海到拉法涅的岛上。他们又得海神相助,遂杀了拉法涅,救出西泰,西泰以火浴证明自己并未被污。于是喇麻欢欢喜喜偕同妻弟回国,和布哈拉塔同理国事。

从上面的节略看来,《喇麻耶涅》开头所叙虽为"人事",而主要题材却是人和妖魔的斗争。并且和妖魔的斗争还是起因于一女子之被掠。这和《伊利亚特》又有几分相似了。又在奇瑰方面,《喇麻耶涅》却也不下于《奥德赛》。这东西两个古民族的史诗实在比其他民族的同类作品要高妙得多了。

七

这篇短文,现在应当收束了。虽则"民族的史诗"项下我们还剩下了北欧的"Saga"没有讲到,而"个人著作的史诗"项下也有几篇很重要的,例如波斯的大诗人费尔杜西(Ferdusi,义为"天堂",他本名是 Abul Casim Mansur,约生于第十世纪末),曾以三十年的工夫写了波斯的史诗《削·娜玛》(Shah-namah),而罗马的维琪尔摹效《伊利亚特》而作的《伊泥易德》尤其有名,都应当说一说,可是我们在这里只好从略。

然而,另有一个问题,却不能轻轻放过。朋友,也许你早已读得不耐烦了,你一边不耐烦,一边心里也许这么说:"老是搬弄那些外国货,怎么没有一句话讲到咱们国货的史诗呢?"不错,就是这个问题不能轻轻放过。

并不是每一个民族都能产生史诗的——这话已经说过了。原因是有些民族只停滞在"神话时代"——原始时代,例如前面提过的布西曼族;另有一些民族即使达到了相当高度的文明,例如在希腊兴起以前的巴比仑,以及为希腊所灭的伊琴人,还有南美洲已经灭亡的印加(Inca)帝国,可是他们在成熟到可以产生史诗的时候,就灭亡了,即如巴比仑,虽然留下了泥砖上的《吉尔伽麦西》，可以算得是史诗，但也粗陋到难以过分恭维。不过讲到咱们中国，自然不同。中国是有"五千年"连绵存在的文明史的，照"理"应该有史诗那样的东西。

《诗经》是中国最古的一部"诗选"，那里头有"史诗"么？有人以为《大雅》里的《生民》就是一种"史诗"。说来原也有点像，因为《生民》里讲到姜嫄如何踏了巨人的脚印，感而成孕，乃生后稷；又讲到这无父之子如何扔在"隘巷"里，牛羊避而不践踏他，放在寒冰上，鸟会来展翼暖和他，于是乃取回养育。但是只此而已。全诗七十二句，倒有一大半是非常"合理"的正经的颂祷。这同西洋的"史诗"实在排不上兄弟辈。

我们再找找中国有没有近于"史诗"题材的"传说"。这倒不是完全没有的。《史记》上记着黄帝涿鹿之战。太史公说"三皇五帝之事，荐绅先生难言之"，因为太不"雅驯"。可知关于涿鹿之战，有许多"不雅驯"的传说未为太史公所采了。不过后来有些书上却记着那些"不雅驯"的传说的片段；《山海经·大荒北经》里说：

蚩尤作兵伐黄帝，黄帝乃令应龙攻之冀州之野。应龙畜水，蚩尤请风伯雨师，纵大风雨。黄帝乃下天女曰魃。雨止，遂杀蚩尤。

这里所谓"天女魃"，在别的书上却作"玄女"。

黄帝摄政，有蚩尤兄弟八十一人，并兽身人语，铜头铁额，食沙，造五兵，威振天下。黄帝以仁义，不能禁止蚩尤。天遣玄女下授黄帝兵符，伏蚩尤。（《龙鱼河图》）

黄帝与蚩尤九战九不胜，有妇人人首鸟形，是为玄女，授黄帝战法。（《黄帝玄女战法》）

蚩尤铜头啖石，飞空走险。以鵤牛皮为鼓。九击而止之，尤不能飞走，遂杀之。（《广成子传》）

白龙赤虎，战斗俱怒，蚩尤败走，死于鱼口。（焦氏：《易林》）

黄帝与蚩尤战涿鹿之野,蚩尤作大雾,帝乃命风后作指南车,遂擒蚩尤。(刘凤:《杂俎》)

蚩尤出自羊水,八肱八趾疏首,登九淖以伐空桑,黄帝杀之于青丘。(《归藏启筮》)

三代彝器多着蚩尤之像,以为贪虐之戒;其状如兽,附以两翼。(《博古图》)

武帝时,太原有蚩尤神昼见,龟足蛇首。(《汉书》)

轩辕之初立也,有蚩尤氏兄弟七十二人,铜头铁额,食铁石。轩辕诛之于涿鹿之野。蚩尤能作云雾。涿鹿今在冀州,有蚩尤神,俗云,人身牛蹄,四目六手。今冀州人掘地得髑髅,如铜铁者即蚩尤之骨也。今有蚩尤齿,长二寸,坚不可碎。秦汉间说:蚩尤氏耳鬓如剑戟,头有角,与轩辕斗,以角抵人,人不能向。今冀州有乐名蚩尤戏,其民两两三三,头戴牛角而相抵。汉造角牴戏,盖其遗制也。(《述异记》)

解州盐泽卤色正赤,在坂泉之下,俗谓之蚩尤血。(《梦溪笔谈》)

有宋山者……有木生山上,名曰枫木。枫木,蚩尤所弃其桎梏。(《山海经·大荒南经》)

综合上引各条,我们可知蚩尤的"传说"在秦汉间似乎还很多,而涿鹿之战是"半神"的黄帝与"半神"的妖怪蚩尤(相当于西洋神话中的巨人族)的斗争。从民间有"蚩尤戏"这一点看来,又可知关于蚩尤的传说且演化而为舞曲。"两两三三头戴牛角而相牴"的时候,大概也唱着什么歌曲,而这歌曲大概也是敷陈涿鹿之战的猛烈的罢?并且从蚩尤血、蚩尤桎梏都有"传说"这一点看来,又可以推想当年必有很多的讲到蚩尤的故事,成为"蚩尤传说集团"。《史记》上暗示了涿鹿之战的重要,很像是汉族开国史上第一次存亡关头的大战;所以"传说"一定很多。《汉书·艺文志》尚著录《蚩尤》二卷,也许就是一部近于"史诗"的东西,可惜后人的书籍上都没有提到,大概这书也是早就逸亡了。

我们很可以相信中国也有过一部"史诗",题材是"涿鹿之战",主角是黄帝、蚩尤、玄女,等等,不过逸亡已久,现在连这"传说"的断片也只剩下很少的几条了。至于为什么会逸亡呢? 我以为这和中国神话的散亡是同一的原因。这,说来话长,这里只好"拉倒"。

第二 《伊勒克特拉》*

一

戏园散场时,已经是十一点半了。我们踏着水泥地上的月光,一声不响,各自走路。戏园里人多,空气混浊,我们的头脑还有点昏胀。忽然笑了一声,我们的朋友站住了,望着我们的脸,说道:

"喂,记得鲁迅有一篇小说叫做《社戏》的么?——一句真话,我也觉得在乡下空场上看草台戏有味得多!大锣大鼓,呐喊似的唱,原只配在空旷的野外。"

我们也都站住了。这时吹来了一阵凉风,身上一爽,就想到房子里九十度的高热,大家都不想回家。我们随便找了个冷静些的街角,站在那里乘风凉。有一搭没一搭谈着,又谈到戏园上去了。我说:"世界上的古老民族第一个发明了最完美的戏剧的,大概不能不推希腊。古代希腊官办的戏园就是露天戏园,在山脚下。一个希腊的'自由市民'要看戏,不用自己挖腰包。"

"做古代的希腊人倒还舒服。"大家都笑着说。

"只可惜这样的戏,一年只看得一次。"我不肯替古代的希腊人吹牛。

但这一来,我不能不把古代希腊人为什么要做戏,怎样做,以及做的是什

---

* 本篇最初发表于一九三四年十一月、十二月《中学生》第四十九、五十期。《伊勒克特拉》,通译《埃勒克特拉》,索福克勒斯和欧里庇得斯根据同一的希腊神话分别创作的悲剧。

么戏,讲个大概了。好在是夜凉如水,大家又不想睡觉。

二

也许读者诸君也喜欢听听古代希腊的"梨园旧事"罢,那么,我在这里打算多说几句了,因为我现在不是站在街角电灯柱旁边,我是坐在书桌前了。有些记不准的地方,我还可以查书。

上回我们说过,纪元前五百年左右,雅典的"执政"庇士特拉妥召集了一些文人编集写定了荷马的《伊利亚特》和《奥德赛》;现在我们要讲希腊戏剧的兴盛,也得提到这位贤明的"执政"(这里我要来放个马后炮:上次我不是称这位贤明的庇士特拉妥为"王"么?这并不是我封定的,历史上都称他为tyrant——直译便是"暴君",但在古代希腊,这个名号并没有多少"暴君"的意味,说来话长,下文再表,现在只把他的"王"割掉,来杜撰一个"执政"的名号罢)。上回我们又说过,《伊利亚特》和《奥德赛》产生的时候,希腊民族还是半游牧半农业的民族,他们攻打特罗亚时用的兵器还只是些青铜的家伙。那时他们也没有像样的政治组织。那时候,个人的笔头的文学作品是没有的。

但是现在我们要讲庇士特拉妥"执政"时代开始兴盛的希腊戏剧,我们可要记得,经过了四五百年的比较算是不长的时间,希腊人已经出落得完全跟从前不同了。我们应得先看看从前的粗野的游牧希腊人怎样进入了"文明",而产生了那些在古代民族中独一无二的戏剧艺术。

希腊的第一个悲剧家亥斯奇洛(Aeschylus)曾经称"铁"为"渡海来的陌生人",或者"哈利勃客人"。亥斯奇洛写了这样的话时,"铁"在希腊已经通行了五百多年(大都从小亚细亚那边的喜泰国输入);是这"铁"使得希腊民族所成就的文化比它前代的用铜的伊琴人高得多。这些希里尼人从北方到了希腊半岛的时候,还只有石器,后来他们就享用了伊琴人的铜,现在他们又享用了喜泰人的铁,就好像他们专会享现成,自己没有"创造"似的——你也许要这么想罢?然而也不尽然。这些希里尼人是有点古怪的。他们对于一件事不注意的时候,他们好像呆瞪瞪的,可是当他们注意了时,他们就会发挥出可惊的创造的天才。这在艺术上是很明显的。他们把艺术当成生活的一部分来严肃地注意的时候,他们就创造了一份比同时代的其他民族要高明得多的艺术。而在艺术创造以前,因为实际上的需要,他们又早创造了同时代其他民族所没有的政治组织。

我们就在这方面先来个简略的叙述罢。

希腊人掌握了"伊琴世界"以后一二百年,还只是半农业半游牧的民族,主要的还是牧畜。他们虽然是岛民,但那时候他们无所谓"航业",为的他们连最简陋的手艺工业还没有,只见别人(腓尼基商人)来他们那里销货,他们自己是没有工艺品拿出去卖的,因此他们谈不到什么"海外贸易"。他们那时忙的是"家务"——设法要把那件疏松的"政治组织"的外套改一下。这件"外套"还是纯粹游牧群的祖宗传下来的,可是现在他们觉得不很适合他们那"发福"了的身体了。

因为他们现在也种田,总算住定了下来,形成了所谓"村"。可是田地这东西以及由此而生的问题(例如划分疆界,兄弟析产时你得了好田我得了坏地那样的争执),却比计算牛羊的数目既复杂而又麻烦,他们从前那种遇有争执便由部落中的"长辈会谈"几句话解决了的办法,现在是不适用了,他们得有一个经常设立在那里的解决争端的"组织"。同时,他们村庄的逐渐增多而且逐渐密集成了"城市"模样的中心点——住在这一带的他们一族的中心点,也促成了固定的"政治组织"的需要。这结果,便是(1)"长辈会议"由临时召集的而变为经常办事的,(2)"国王"这职位也由半军事半政治的而变为偏重于政治了(从前他们学了伊琴人的样,把自己的酋长上了"王"号,但这"王"只管打仗,部落中的争执以及政治意味的事情,他都懒得管,都交给了"长辈会议"的)。但是请你不要把这"国王"看得太大。他所统治的地面不及我们的一个小小县官。我们不妨想像现在我们站在高处(略高的土山就行了)望着那个"国";那是一簇的村庄,中间房屋略密的一点,便是"国王"的堡,或"Acropolis"——其实只是有一道围墙保护着的"市中心",每天,"国王"和那"长辈会议"里的老头儿们就坐在那"市中心"解决民间的纠纷。他们的"解决"自然粗暴而且不一定公平,他们没有成文的法律,甚至也还不会写字,然而他们就是希腊人第一次建立的"政府",他们权力所及的地面就是"国",通常叫做"城国"（city-state）①。

这样的"城国"是希腊民族"政治创造"的第一件新花头,而且成为它以后的政治发展上最重要的一步骤。古代希腊人的民族观念就限于那么一个小小的"城"（所以古代希腊人没有大联合,各邦之上没有"共主"或中央政府）。在纪元前第九第八世纪,希腊半岛以及伊琴海一带的岛上,布满了这样小小的"城国"总有几百个。就当希腊人在这种"城国"和"国王"的治权下,希腊文化开始兴起来了。

三

朋友,倘使我们再讲一点"王"政时代的希腊"城国"的社会经济生活,也许你不至于讨厌罢？其实我们也不能够讲得怎样清楚详细,因为这时期的希腊人没有留下文字纪录（他们还没有文字）,我们现在所知道的一点,大都靠了地下发掘出来的古物。

这时代的希腊人还没有高大的房屋。他们的"前辈先生"伊琴人的几乎可

---

① "城国" 通译为"城邦"。

说是近代式的建筑,只剩得石柱子了,耸立在那些"希腊村"中间,成为神话的材料。甚至于那时"国王"的住房也不过是日晒砖造的很简陋的东西,又矮,又没有窗,也没有什么地板,只是泥地上铺了些小石卵。"国王"自己的财产,也无非是些牛羊猪,他"王宫"的院子角落里就常有些肥猪躺着。不过在日用的器具方面,他们却在竭力追踪他们的"前辈先生"了。他们早已学会了制陶器,他们在陶瓶上也绘了花(都是学的伊琴人的样),一些人,一些马(纽约的都城博物院 Metropolitan Museum 藏有这时期——纪元前第八世纪的希腊陶瓶,上面画的花草都还美丽,人和马却很幼稚了)。在这上头,我们又可以知道一千多年前克里底的美术工艺的残渣还留在希腊人手上。

这时候的希腊"城"里人已经从外国商人手里买羊毛织的大褂来穿,丢开了游牧时代那件羊皮衣;他们在海边看那外国商船来,他们到船上见了那些嵌象牙的美丽家具,青铜的或者简直是银子的刻花盘子,深青色的瓷器,挂在桅杆上的羊毛织的镶金线的紫色长袍,以及许多别的小小的美丽的用具,例如象牙的雕刻着狮子的女人用的梳子——他们都喜欢,可是他们最中意的,还是那羊毛织的宽大的长褂子,外国商人叫做"Kitōn"的。他们也依着这么叫。

这些外国商船是属于腓尼基人的。那时地中海一带几乎全是他们的商业范围。他们带给希腊人的,不单是"Kitōn",还有雕刻着种种花样的陶器和金属器。这可让希腊的手艺工人大大地学了个乖去。他们开始把腓尼基人家伙上的花样(这是尼罗河畔美丽的棕树,莲花,亚述神话里的"生命树",东方式幻想的天马,狮身鹫首的 Gryphon,狮身人首的 Sphinx 等等),也装饰在自己的陶器上;说不定他们还跟伊琴诸岛上腓尼基人开的作坊里的老师傅们实地学习了些。他们渐渐也会制造金属的空心模子。然而腓尼基人带给希腊人的最了不起的东西,却是字母。常常到腓尼基船上看货色的希腊人最初见了腓尼基的账单很是疑惧,以为是什么妖法的符咒。后来明白了不是那么一回事,就开始学习。在这上头,希腊人的天才立刻现出来了。他们注意到腓尼基字母里没有"韵母",又注意到腓尼基的几个"声母"是他们希腊话里没有的,于是他们就将这几个"声母"当作他们的"韵母"用,建立了很完备的字母表。到纪元前七百年光景,连希腊的手艺人也会在他们手制的瓶上写着字了。然而这时只有事务上应用文字,这时的文学还是口头的,这时无数的"歌者"(行吟诗人)就特罗亚战役的故事层层累积增饰的诗歌还是靠口头流传诵习的。

但是这时期希腊的"贵族"(主要的战士)却用了另一种手段来促进希腊的社会变化。他们有的是很完备的武装,精熟的使用武器的本领——这是他们的"资本";他们用这副"本钱"干的事业就是劫掠。他们抢劫外国商人的财产,也强夺本国人的田地,他们有时联合了去攻打邻国,掳劫了值钱的东西,又捉了许多人来做他们的奴隶。他们用这种方法来积聚财富,自然比农民商人和手艺工人要快这么十倍百倍(所谓"国王"者也是管不了他们的)。于是过不了多久,希腊的"城国"里就产生了这么一个特种阶级,叫做"eupa-trids"——大地主和富人,就是"战士"变化来的新兴的"贵族"。他们为要操纵"政府",大都住在"城"里,他们争夺"长辈会议"里的座位。结果,那原来不以贫富的阶级为标准而以年龄资望为标准的"长辈会议"就变成了清一色的"贵族"集团了。因为有钱,他们可以购买高价的武器;因为不务农,不经商,也不做工,他们有时间来练习武艺;于是在国家有战事的时候(战事是一年会有几次的),他们又成为"保护"国家的唯一的武士,这使得他们的势力更加大了。他们劫掠的范围又扩充到了海外,每一次都满载了财产和俘虏(奴隶)回来。终至"出海劫掠"成为这些"贵族"们主要的事业和发财的捷径。

于是"城"里和"乡下"的关系完全跟那些"城国"最初发生的时候不同了。"城"是统治者,而"乡村"是奴隶。农民们原来有的田地因为一代一代兄弟分家的结果,弄得每人所有的田地愈加少,就愈加穷了。他们还只能穿了破的羊皮袄,他们的工作是没有完了的一天的。他们再没有时间练习武艺了,也买不起兵器;他们无形中失却了"当兵的权利",在社会上的地位就更加低落。他们能够勉强生活下去的,还是大幸;他们多数负了几年债,就不得不把田地卖给"贵族",或者卖身为奴隶。失了田地而还有一个"自由"身体的人则做了雇工。奴隶和雇工阶级也就这样一天一天扩大。

渐渐地,"国王"也成为虚有其名的空号了。约在纪元前七百五十年左右,有许多"城国"就把"王"废掉,由"贵族"的代表机关统治。雅典的"贵族"则自己选一人出来做军队的总司令,另外又选一人帮助"国王"处理政务——名为帮助,实在"国王"一点权力也没有了。在斯巴达的"贵族"则举出一个副国王来限制"国王"的权力。到了纪元前六百五十年顷,希腊的"城国"大都没有名实相称的"国王"了。这一大政治上的变革对于希腊文化发达的影响是很大的。从纪元前第八世纪后半到第七世纪这一百多年就称为希腊的"贵族时代"。

四

"贵族时代"成就了希腊的扩张。以"海盗"为主要事业的"贵族"自然刺激起了希腊的造船工业,而另一方面希腊商人也开始向海外做生意。腓尼基的商船是模仿埃及的形式再加以改良,现在希腊人又模仿腓尼基的形式却更改得好些。当时亚的加(Attica)就成为希腊"航业"的根据地。伊琴海中渐渐布满了希腊商人的船舶了。

同时,那些受不住压迫的穷苦农民也要到"伊琴世界"以外找新的家。他们有移住到黑海区域的;约在纪元前六百年左右,黑海沿岸就点满了希腊人的市镇。在东方,沿着小亚细亚的南岸,希腊人的"居留地"直到了塞浦路斯(Cyprus)。南边呢,埃及人欢迎他们在尼罗河三角洲上建立了一个"通商埠"。但是希腊移民最得意的地方却是西边的素来少人知道的"意大利靴子"。大约是纪元前七百五十年，希腊的"殖民地"在这西方的"新世界"出现了。而在一百年内，这南部意大利从靴尖到后跟全部塞满了希腊人的村庄。他们又把西西里（Sicily）岛上的腓尼基人赶掉，只留给这些先来者一个西边的小角。他们在这岛的东南角上建立了塞拉库西（Syracuse）城，是为"希腊世界"西端最文明最有势力的中心。

殖民地的扩张就引起了希腊本土各"城国"的工业发达。新的"殖民地"和本土的商业往来是一天一天在增加，本土的"城国"为供应这需要，就把工业扩大。先是科林斯（Corinth），随后是雅典，都有很像样的金属工业、陶工业，以及毛织工业了。技术上也进步了许多（我们现在可以看见纪元前第六世纪初叶希腊的绘花陶瓶，那上边绘着的马比上文说过的纪元前第八世纪陶瓶上的马好得多了）。他们不再模仿腓尼基人工艺品上的装饰，他们自己创造，取材于自己身边的景物了。在工业上，他们从腓尼基人的"东方式"里解放出来，在商业上，他们把腓尼基人的海上势力打倒。这是纪元前第六世纪初叶的事。当时雅典的工业兴起较后，然而发展得最快。近年来出土的古物，证明了那时候雅典有六大工场（陶器、金属器等），其营业范围东至小亚细亚，南达尼罗河，西至意大利；这在古代不能不说是庞大。同时，海上商业的发展自然使得造船工业更加进步；老式的"五十支桨"的大船已经嫌太小太慢，更大的海船愈造愈多，船坞与码头也因需要而发明了。更为的要保护商船，不得不有海军，科林斯人首先发明了有甲板的大战船。

在这工商业发展以外，再加上一件新事情——钱币的使用——就促成了希腊社会关系更快的变化。最早的当作交易媒介物的银块，是从小亚细亚那边来的，单位叫做"mina"（原是巴比仑的重量名儿，约合一磅），雅典人又把一"mina"分为一百份，每单位称为"drachma"，意即"一握"，因为它的价值适等于一握的小铁条或铜条——这些铁条或铜条，希腊人用来当作"小钱"

的,就跟我们现在用"铜元"一样。

　　从前希腊人所谓财产,无非是田地和牲畜;现在他们又可以用"钱币"的形式来积累他们的财富。而用"钱币"这媒介物来图利,也方便得多。过不了好久,希腊社会里就产生了一个新的"中间阶级",就是工商业兴旺潮中起来的"暴发户"。这个新的"中间阶级"的金钱势力渐渐影响到政治,就是"贵族"们也不能不顾忌他们几分。在纪元前第六世纪初,像梭仑(Solon)那样的"贵族"也说"金钱提高了一个人的身份"。

　　但是工商业虽然发展,希腊的"城"依然还是很小;那时的雅典不过二万五千人口,比起我们近代的都市来,差得远了。并且农业还是主要的国民经济,虽则农民的贫乏比前更甚。无数的农民丧失了田地,甚至于卖身为奴。"城"里的工业家的工场里正需要"做手",他们常常买进了大批的奴隶,训练成工场的劳动者。在纪元前第七世纪中,这样的工场劳动者已成为下层阶级里一个重要的队伍。希腊社会就此有了统治者的"贵族",有钱的"中间阶级",以及贫农和工场劳动者三个阶级的对立了。渐渐地到了纪元前六百五十年左右,"中间阶级"利用了下层阶级的不平,又联络了一些失势的"贵族",把"贵族政治"推翻,改建了代表他们"中间阶级"的政府。这政府的首领就叫做"tyrant"(执政),实权等于一个"王",不过"中间阶级"不满意他的时候,就可赶掉他。纪元前第六世纪可以称为"执政时代",就是希腊的"市民政权"的初期。

　　希腊的文学,艺术,乃至建筑,都在这个"执政时代"开了花。

五

　　朋友,也许你已经读得很不耐烦了罢?如果这样的史实你早已知道,那我真要万分抱歉,我空费了你的光阴。但假使你还没知道,那我倒觉得我的话虽然噜苏些,可是对于你也有点用场。你将更加明白希腊戏剧产生的背景,及其所代表的阶级意识。尤其重要的,你将更能明白为什么希腊的"自由市民"(就是实际上支配政权的)把戏剧看得那么郑重。

好了,现在我们就一直来讲希腊的戏剧罢。

上面说过,"贵族阶级"已经退出了政治舞台(自然他们中间的个人仍旧有在新政府里担任要职的),但在"公众事业"方面,他们的活动力还是很大。不但每年举行的盛大竞技会中贵族青年显了"好身手",不但所有的神的祭日还是"贵族"在那里主持,不但竞技会后的"市民大铺"席上"贵族"还是很重要的角色,并且日常生活的好尚、趣味、时行式样,等等,也都是贵族在那里创造,给一般市民模仿。刚刚染指了政权的"自由市民"对于"贵族"生活的豪奢风雅是很想学步的。在意识方面,他们不自觉地受了贵族的极强的感染。那时候的贵族诗人品得(Pindar,522—442B.C.?)①的竞技颂歌是称扬贵族政治与贵族生活的,然而"自由市民"对于这位诗人也跟在贵族后面崇拜。"自由市民"自己的队伍里还没有诗人产生,而"自由市民"自己的艺术的新式样则刚刚在那里起来——正在那里从古老的民间的舞曲村歌一点一点演变着来。

这就是我们要讲的希腊戏剧。

朋友,也许你已经知道希腊的戏剧分为两种:悲剧和喜剧;而且也许你也已经知道悲剧是希腊古时(自然比我们现在讲的"执政时代"要古得多又多了)春祭(四月)的舞曲演化来的,而喜剧则源自秋季"社祭"时的村歌——那就是你已经知道这悲剧和喜剧的最初形式是平民的"艺术",虽然也是

图8 狄奥尼索

---

① 品得 通译品达。

一种"宗教仪式",然而跟"贵族"们为要练习武艺而举行的竞技会颇不同了。所谓"春祭",大概是"迎春"的宗教仪式,意在"祈求人畜禾稼之长养",农民在祭时欢呼歌踊,原没有一定的歌

图9 狄奥尼索当作酒神时祭日的歌队

曲,后有歌曰"Dithyrambos"(春之歌),这是叙述狄奥尼索神(Dionysus,本为"兴旺利市之神",后来转为"酒神",亦称 Bacchus)①的事迹,相传为阿赖温(Arion,620B.C.)②所作,但也许早有那样的歌,他不过编定一下;这个歌队大概是五十人,除队长外,都扮作"羊",所以后来一再转变有了"tragoidia"(羊歌)的称呼,即我们译为"悲剧"的英文字"tragedy"的原型。

　　这一种"舞曲"在希腊乡村间流行了无数年(好像狄奥尼索祭也只在乡间举行,不像 Olympian, Nomean, Pythian, Isthmian 四大祭之为全希腊各邦之大会),到了"执政时代",雅典的庇士特拉妥"执政",这才把狄奥尼索祭引进雅典城。五百三十五年(纪元前),庇士特拉妥在这狄奥尼索祭日举行赛歌会,忒斯匹斯(Thespis)得了首奖,这时的"舞曲"已经是"悲剧"的雏形了。忒斯匹斯的大发明是在原来的歌队队长之外,再增加一个"做戏人"。原来那乡村的"舞曲"因为增加兴味起见,早已使那个歌队的队长在每段歌唱之前"站出来说话",或者是说明歌词里所包含的神的故事,或者简直拉扯到别的神们的身上;忒斯匹斯再加一个人去和那队长对答,却就有戏剧的意味了。这

---

① 狄奥尼索　通译狄奥尼索斯,希腊神话中的酒神,在罗马神话中称巴库斯。
② 阿赖温　通译阿里昂。

图 10 萨梯与曼那特及幼年的狄奥尼索

一个新加上的人用面具（据说也是忒斯匹斯创始的）来轮流做着神、国王、王后、传令官，种种人物，主要的就是"做戏"——他就是"演员"。

但是把这雏形的"演剧"发展为完全的"悲剧"，却在五十年以后希腊第一个悲剧家亥斯奇洛的"时代"。而这光荣的所有者，便是雅典这小小的"城国"。

亥斯奇洛（Aeschylus）是贵族出身，他的家乡是邻近雅典的一个小城厄流息斯（Eleusis）。他生在忒斯匹斯得首奖的十年后，所以他的时代正是一个"戏剧的生长时期"。廿多岁的时候他已经写了剧本，也参加过竞赛，可是没有得奖。据说这是纪元前四百九十九年的事。这当儿，波斯人的势力忽然侵进了"伊琴世界"，并且企图攻犯亚的加；纪元前四百九十年初夏，波斯军登陆，

图 11 西利尼斯送狄奥尼索上学校

要直冲雅典了。"自由市民"都要拿了武器保护他们的"祖国"了。著名的马拉松（Marathon）一战，就有这位未来的伟大悲剧家亥斯奇洛和他的哥哥在内。波斯军终于败北，雅典得救了；亥斯奇洛的哥哥是两百个战死的希腊军人中的一个，可是年青的亥斯奇洛没有死，从战场上回来再拾起悲剧的面具来，他在纪元前四百八十四年第一次得了首奖。他的大发明是加了第二个"演员"，新添了许多"道具"。纪元前四百七十二年，他又得了一次首奖，这是一个"三部曲"，其中一篇就叫做《波斯人》，就是纪元前四百八十年希腊海军在萨拉米斯湾（Bay of Salamis）打

败了波斯海军的光荣的记录。亥斯奇洛也曾参加了这场大战。这一战,虽然又是希腊胜了,但雅典城却被波斯军烧成一堆瓦砾。这一次的恐怖,雅典人永久忘记不了。但是纪元前四百六十八年的悲剧竞赛,亥斯奇洛败于青年作家索福克利①之手,愤而离开雅典,跑到西西里岛的塞拉库西"城国",做了国王喜洛的"食客"。

索福克利(Sophocles)比亥斯奇洛小了三十岁;他不是贵族,而是"中间阶级"的子弟。纪元前四百八十年萨拉米斯大胜的时候,十六岁的索福克利以美少年资格被选为祝捷大会中唱歌队的队长。二十七岁的时候(纪元前四六八年),他从年老望重的第一个贵族悲剧家亥斯奇洛手里夺取了"首奖",直到二十七年后方才被

图 12　狄奥尼索航海图

又一个"中间阶级"出身的悲剧家幼里披底(Euripides)②打败。这位幼里披底却就是萨拉米斯大战那年生于萨拉米斯岛上的。

三大悲剧家中间,索福克利是最被雅典人拥护的一个。他得了十八次首奖,比亥斯奇洛多了六次。纪元前四百四十年他的《安提峨尼》(Antigone)③上演,大得欢迎,雅典的"自由市民"竟举他为十个统兵官(stratêgi)之一,在当时大政治家贝理克(Pericles)统率之下,去攻打萨摩斯(Samos)。他虽然比幼里披底大了十五岁,他却死在幼里披底之后;他一生得雅典市民的敬爱,他跟他们也相处得很好。我们在他身上,看见了一个"自由市民"自己的而且最足代表他们的思想意识的戏曲家。

---

① 索福克利　通译索福克勒斯。
② 幼里披底　通译欧里庇得斯。
③ 《安提峨尼》　通译《安提戈涅》。

六

这不是偶然的,索福克利的时代正是雅典的"自由市民"的全盛时期。我们上面说过,纪元前第六世纪的"执政时代"是工商业暴发户的"中间阶级"的"市民政权"的初期,那时候,贵族还有相当的势力;但在波斯战争以后,希腊的"自由市民"已经壮健到成为独一无二的统治阶级了。在纪元前四百六十一年,贵族派的赛梦(Cimon)被"市民"赶走以后,"政治组织"上又来了一个新花样:旧存的"Areopagus"(长辈会议,这个名字是从那会议是在市中心的一个叫做 Aeropagus 的小山上举行而得的)被限制到只有审问刑事犯和宗教事件的权力,什么政治问题都不许它过问;另外却又建立了一个五百人的会议(自然议员全是"自由市民"了)掌理政治,是一个事实上的政府。同时又把从前梭仑"执政"所创立的"市民法院"里的"市民审判员"扩充为六千人之多。他们又决定,一切"自由市民"(除了无资产的劳动者),都可以充任行政首领(Archon)。高级官吏的选举法也废止了,而改用"抽签法",一切"自由市民"都有被抽到的机会。只有"统兵官"还是选举出来,因为这要"专门人才"方能胜任。

图 13 狄奥尼索往见一诗人

雅典当时所谓"民主政治"就是如此。倘使我们一想到那时候的雅典还不过有十万人口,便是阿的加全境也不过二十万人口,也许我们会觉得这样的政治真可以称得上"全民政治",因为十万人中就有六千五百人是直接负政治责任的;然而我们却也不要忘记,阿的加全境二十万人中就有八万的奴隶,他们是被摒在政治门外的"不自由"的市民。这许多奴隶,不但替"自由市民"种田,做工,烧饭,洗衣服,做裁缝,木匠,泥水工,写账,以及说不尽的种种事务,他们还做小"自由市民"的教读先生。聪明的雅典人却没有公立的学校,也少有"自由市民"的私塾,孩子们是交给年老的奴隶去"教育"的;这个奴隶叫做"paidagogos",意即"带领孩子"的人。雅典的"自由市民"是看不起教书先生的。除了奴隶以外,只有穷极了的"市民",或者老兵,或者流落在雅典的外国人,才开个"私塾"那样的东西。

但是也请你不要以为雅典的"自由市民"就此没有受教育的机会。不是的,这些小"自由市民"在先虽然不过学点读写和音乐,可是十八岁后他正式有了"市民权利"以后,他就可以在政府机关办事,那是他"受教育"的机会。而每年一次狄奥尼索祭日他们去观悲剧也是受教育的机会。

因为在悲剧中就有希腊人的宇宙观、人生观和伦理思想。统治者的"自由市民"虽然不曾建立了学校教育制度来训练他们后辈的思想,也没有政府办的宣传机关(好像我们现在报馆那样的东西)来整一他们同阶级的"市民"的意识,可是他们很明白戏剧在这方面的用处。他们在这"他们自己的艺术的新式样"里看出了很大的教育群众的意义,并且他们尽量发挥了它。他们每年花了许多的金钱来发展悲剧不是全然为了娱乐。

图14 生了胡须的狄奥尼索与萨梯

然而也一直要到了他们取得政权以后一百多年的时候——既在政治上完全杜绝了贵族政治复活的可能,又在思想意识上也完全脱离了贵族的笼罩和影响,这才成熟了完全是他们自己的"艺术"——演剧。亥斯奇洛自然也多少代表了些"自由市民"的思想意识,可是他的一颗心却是"贵族的"。他搬在舞台上的,是一些伟大的英雄、古帝王,他极端尊重传统的法规和传统的特权,他把"神"说成了全智全能正直无私(这在民间作家集体著作的"荷马的史诗"里也不是那样说法),他以为人们的行动都受着"神"的主宰,人们的命运一旦决定了就无可逃避。他咏叹希腊人战胜波斯人的光荣的事业,然而他把这伟大的胜利归于"神"助。他容许奥勒斯提(Orestes)为报父仇而杀母(他的三部曲 Agamemnon, Libation Bearers, The Furies①),然而他把这赦免,归之于"神"的意旨。这一切都跟自由思想的、爱均衡调和对称的、自己决定自己命运的"自由市民"的思想意识不相谐和。

这就说明了为什么索福克利更能得"自由市民"的热烈的爱好。索福克利的成功不单靠他的加上了第三个"演员"(这样使得悲剧更能表演复杂的动作),以及别的许多演出上的技巧(例如加用了绘画的布景),也不单靠他的剧本结构的紧凑和刺激力的强劲,主要的却在他刚好代表了"自由市民"的情感思想。他的《安提峨尼》所以能够感动当时的"自由市民"到那样深刻,就因为他在这篇剧本里反对了不合理的传统的法规而拥护了更合理的高贵的人道的思想。"人应当怎样做人",这是索福克利在他的剧本中要说明的一切。而这,正是统治者的"自由市民"要说的话。政权巩固了的"自由市民"正需要一种"高贵的"道德的信条。

但是雅典的"自由市民"的政治也不是完全理性的、光明的;这政权的基础建立在人口大半数的奴隶以及并无"市民权利"的妇女的身上。这政权的维持是靠了帝国主义式的侵掠。这个政权的运用者——六千五百个受了俸给的"自由市民"负着立法的和行政的重任,却并不是很有智识的人,他们只是些平常人中的平常人。这一切就形成了"自由市民"政权内部的矛盾。同索福

---

① Agamemnon, Libation Bearers, The Furies 《阿伽门农》、《奠酒人》、《报仇神》,埃斯库罗斯的《奥瑞斯特亚》三部曲。

克利一样是"自由市民"出身的悲剧家幼里披底以及那时候的一派哲学者(Sophists,守旧的自由市民是不喜欢他们的),就用了怀疑的眼光去看社会。幼里披底对于当时"自由市民"的思想、信仰,乃至政治,都有过大胆的批评。这也不是心满意得的"自由市民"所能容受。幼里披底所写剧本也许是最多,但得奖最少,只有五次。

然而幼里披底以后,也就没有伟大的悲剧家。"自由市民"的钱袋也不像先前那么饱满了。因为雅典和斯巴达的两次战争弄成了两败俱伤。"市民政权"的黄金时代已经过去,跟着悲剧也完全衰落。

七

朋友,也许你读过英国小说家威尔斯(H.G.Wells)的一部"空想的科学小说"叫做《时间机》(Time Machine)的罢?这是一部三分科学原理七分空想的小说。这是假想着我们人能够不受时间的拘束,自由自在要看什么就是什么。好!现在让我们也就来假想一番。我们假想着,我们到了古代的雅典,而且有一位雅典的"自由市民"陪着我们玩。

我们碰得凑巧,这一天正是狄奥尼索的祭日。雅典的"自由市民",老老小小,都穿上了新衣服,兴高采烈到亚克罗坡利(Acropolis,这是雅典文化的圣地,离海岸大约三英里远,是高出平原大约一百八十英尺的长形的小山,阔约五百英尺,长约一千一百英尺,古代雅典有名的大建筑和美术品都在这上面,在雅典城中心,其实这就是从前"王政时代"所谓"国王"者的"堡"的故址,我们在本篇第二章里已经提到过的。)脚下的"露天剧场"看戏去。早一天,他们就从国库里领到了看戏的钱,当然陪我们游玩的那位"自由市民"他也领到的。现在他也要上剧场去了,我们就跟着他走吧。

呵呵!多么伟大的一个"露天剧场"呀!你也许会忍不住这样喊起来。

但是我们的朋友,那位雅典的"自由市民",一定很和气地微笑着。他会告诉你:他们雅典的公共建筑全是壮丽伟大的。你不见亚克罗坡利上面那些神殿?这跟那些简陋卑小的政府机关的公署简直不能比,更不用说"自由市民"的住宅了。"自由市民"是不讲究他私人的住宅的。

我们这样说着,已经走到了那"露天剧场"的门前,我们进去了,里边真可以说一句:人山人海。似乎雅典的"自由市民"全体都在这里了。我们睁大了惊异的眼睛,这可要把这伟大的"露天剧场"看得更加仔细点了。

这里的看戏人的座位是依着亚克罗坡利的斜坡建筑成的,是一个巨大的半圆形,十几层的座位,一层比一层高。座位是木制的,但下面的层层高起来的基础却是山石,而不是木架;因此,这巨大的能容一万七八千人的"看台"就不怕坍台了。我们的朋友,雅典的"自由市民"也许会告诉我们道:从前他的高祖时代在"市中心"临时建筑起来的剧场就用了木架的"看台",很不稳当;现在这永久性的剧场还是四百八十年(纪元前)波斯军烧掉了雅典城以后"复兴"的建筑。来这里看戏的"自由市民"永远不能忘记他们祖先的英勇的血战以及他们的祖辈父辈"再造共和"的艰苦!

你一边听着我们的朋友——"自由市民" 背诵他们民族的光荣的历史,一边你也许抬起头来朝前面远处望一下。呵!那远处蓝的,不是海么?从前波斯战争时代,波斯的海军不是布满了这一带海么?呵!那远处深绿的不是森林么?从前希腊的勇敢的步兵不是在那边截击上陆的波斯军么?是的!这伟大的"露天剧场"好比一个历史博物馆,这对于每个来看戏——古代英雄事业的悲剧——的雅典"自由市民"该是怎样强烈的鼓舞呀!雅典的"自由市民"把狄奥尼索祭日的演剧看作一桩"大事件",并不是无意义的!

但是让我们从"历史"回到"现在"罢。你不见逼近那圆形的平台(过一会儿,歌队就在这平台上开演了),最前的一排座位中间有一个高背曲臂的大椅子么?这是那伺候狄奥尼索神的祭师的特别座儿。你不见那圆形平台的后面还有一个略高几尺的狭长方形的平台么?这是真正的"舞台",过一会儿戏剧开演时那些戴面具装扮成剧中人的"演员"就在这上面做戏了,然而最初这狭长方形的平台只是附带物,倒是前面那圆形的平台居主位,这上面就列着"歌队";在亥斯奇洛的时候,"歌队"还是悲剧中的重要部分,所以"歌队"所在的圆形平台叫做 Orchestra,倒有我们所谓"舞台"的意思,而那狭长形的平台只称为 Proskenion,只是个"布景"(skene)"前边"(pro)的意思。你还可以看见紧贴着那狭长方形的平台后面,有一排房屋,这就叫做 skene,因为这就用作"布景",同时也是"演员"们化装的地方,我们叫做"戏房"。也许你觉得奇怪,一排房屋怎么能够当作"布景"用呢?可是希腊人想的很巧妙:他们是把"景"画在房屋顶上和门上。"演员"上场下场,另有旁边的小门。后来,他们也把"景"画在三根可以旋转的三角柱上,三角柱是有三面的,恰好每面画一组"景",只消旋一下就换一场背景了。还有那圆形平台上的"歌队",虽然通常是不算剧中人的(他们只合唱一些和剧情有关联的诗,当台上"演员"不说话的时候),但有时也可以借用作剧中人,例如《阿加绵农》(Agamemnon)一剧中他们借用作城中的老人,《厄狄帕斯》(Oedipus)①一剧中他们充当了向厄狄帕斯王请求设法消弭大疫的请愿人了。

我们的朋友,雅典的"自由市民",这时也忙得很。他的邻座,或是他的朋友,或是亲戚,而那边"歌队"中也许还有他亲戚朋友的子弟,总之,他在伟大的"露天剧场"里,有许多熟人,他来到这里,就好像参加一个"同乐会"。他跟许多人打招呼,并且很自在地讨论着当天排演的那几个剧本。

然而看哪!有一队青年人排队进场来了。他们走到那圆形的平台上一字儿站定,脸向着观众。

"是歌队么?"也许你要这么问。不是的。我们的朋友,"自由市民"会告

---

① 《厄狄帕斯》 通译《俄狄浦斯王》,索福克勒斯的著名悲剧。

诉你,这些青年人不是"歌队",而是刚刚在拜里厄司(Piraeus)受完了一年的军事训练的勇敢的年青"自由市民"。照老规矩,他们必须在这盛大的狄奥尼索祭日站在全市的"自由市民"面前受"检阅"。

这仪式过后,戏剧就要开始。

八

我们的朋友,雅典的"自由市民",很带着点惭愧的样子对我们说:"今天没有新戏。自从幼里披底故了世,我们还没有第四个伟大的悲剧家;近年来我们只把旧戏来排演。自然,新诗人新作品的竞赛典礼还是举行的,不过开演新作之前,必须演一出已故的名作家的悲剧。"

听这么说,我们也觉得很扫兴似的。但我们是从"时间机"上来的,我们早知道希腊的悲剧在幼里披底以后实在不值得看,倒不如旧的好。

可是趁这当儿,让我们来研究一下为什么希腊的悲剧一度衰落就永远不振?这不是三言两语说得明白的,也不能给它个结论像二加二等于四那样正确。因为古代希腊到底离我们太远了,而且可靠的"文献"也不多。我们只能给它一个最合理的假定。原来每个悲剧上演很要花些资本。照希腊古代的规矩,这笔费用是由政府指定了一位有钱的"自由市民"去担任,这被指定的人叫做 Choragus,意即"歌队"(choros)的"领班"(ago),但也是"捧场人"的意思。政府也拨给少些的津贴,就是"歌队"和一个笛工的薪俸。在雅典"市

图15 "厄狄帕斯王"(索福克利所作很著名的悲剧),中间的一场:厄狄帕斯猜司芬克司(Sphinx)的谜。

民政权"全盛的时候,自然不缺富人们挖腰包来做"捧场人",但到了这"市民政权"的末期,"自由市民"的钱袋不大饱满的时候,就觉得花了许多钱给一位未可知的新作家的作品去"捧场",未免是"冒险"——也可以说是"不值得"。希腊悲剧的衰落,大概是由于这样经济的原因(当然也就是整个"市民政权"衰落现象之一),并不是希腊民族再产生不出"天才"。

我们不妨再将他们"竞赛"的规矩说一说。悲剧竞赛是古代希腊一件郑重的事。"行政长官"亲自主持事先的"预赛"。他须将所有要求参加"竞赛"的剧本通读一遍,然后选出了三人,作为初选的入选者。这三位的作品就在狄奥尼索的祭日开演,共演三天。每个看戏的"自由市民"都是评判人。但事实上的正式评判人却只有十个,每一人代表希腊的一族。这是预先由每族推举了他自己一族里的若干人作为候选的评判人,然后用抽签法决定了一个。演剧完毕以后,评判人就把自己的意见写在纸上,投入一个瓮里,再由主持的长官从瓮里抽出五张评判书,看是哪一位剧作家"得票"多,他就是首奖第一名了。希腊人是喜欢"公道"的,而最"公道"的办法,在他们看来就是"抽签"。我们上面已经讲过他们的行政官是用抽签法选出来的,现在这悲剧竞赛却在理智的评判以外再加个"听从天意"的抽签。不过最大的决定力还是在评判员的理智,因为假使一位剧作家得到了半数以上评判员的赞美,那么抽出签来大概总是他当选的。

现在,我们再没有时间费话了。第一个悲剧已在开演。反正我们是"假想",我们就说这第一剧是亥斯奇洛的《奥勒斯提雅》①"三部曲"中间的一曲《捧祭酒者》,第二第三就是索福克利和幼里披底各人所做的《伊勒克特拉》罢。这是事实上一定不会有的,然而我们不妨这样"假想";这对于我们研究上有很多的便利。

---

① 《奥勒斯提雅》 通译《奥瑞斯特亚》,此为三部曲之二《捧祭酒者》,通译《奠酒人》。

图 16　奥勒斯提被"复仇女神"所追逐

这三篇悲剧是根据了同一的希腊古代的"传说"。要是你对于古代希腊的"传说"很熟悉,你看这三出戏就更加有味了。首先,你觉得奥勒斯提(Orestes)这一家的历史是"罪"与"罚"的循环:这一族的始祖是坦塔拉斯(Tantalus)①,据说原是神王宙斯的儿子,但因泄露了宙斯的一件秘密事,被罚在"地狱"里受苦,攸力栖兹游"地府"的时候就看见这位坦塔拉斯站在水中,渴得了不得,却是他伛身想喝点水时,水就没有了,同样地,他头上往往有好的果子挂在那里,但他伸手去采时,果子就不见了;坦塔拉斯的儿子皮罗普斯(Pelops)谋杀了密尔底罗斯(Myrtilus),一个善于驾驶战车的车手,但皮罗普斯这罪孽的报应却移到下一代里显现;皮罗普斯的两个儿子,泰阿斯提(Thyestes)奸淫了弟妇,但那受害的丈夫亚特鲁斯(Atreus)却杀了泰阿斯提的儿子,把他们的肉烧成一道菜请泰阿斯提吃;再下一代,亚特鲁斯的儿子,就是有名的阿加绵农,他做了希腊联军的主帅远征特罗亚的时候,为的要求一路顺风吹送希腊军的战船,就把他自己的女儿易菲机奈亚(Iphigenia)牺牲了;而阿加绵农战胜回来,刚一到家里,就被他的有外遇的妻克利丁尼丝特拉(Clytemnestra)所杀;于是阿加绵农的儿子奥勒斯提报父仇,又手刃了自己的生母克利丁尼丝特拉。这是一串的"罪与罚",亥斯奇洛的"三部曲"《奥勒斯提雅》(Oresteia)就写了阿加绵农的被杀(第一部曲《阿加绵农》),奥勒斯提报父仇(第二部曲《捧祭酒者》〔Choephori〕),以及奥勒斯提怎样为这重罪所苦,那些象征着冤鬼的复仇女

---

① 坦塔拉斯　通译坦塔罗斯。

神 Eumenides（那是全身发出火焰而且头发是毒蛇的女神）怎样日夜追逼他（第三部曲《复仇女神》〔Eumenides〕），到后来才因女神阿典娜的赐惠而得免。亥斯奇洛在第一部曲《阿加绵农》的末尾借了"歌队"的嘴巴道出了他这悲剧的主要思想说：

> 看呀！罪上加罪，冤冤相报——
>
> 谁又知道牵连到几时为止？
>
> 今天杀人者，明天将要被人杀——
>
> 以杀报杀，不亦悲哉！

亥斯奇洛把奥勒斯提一家的"血史"看成了不可避免的"命运"：杀人者和报仇者都是执行了"命运"的支配——"神"的意旨。在第二部曲的《捧祭酒者》，这是表现得非常明显的。

现在让我们回到"戏"罢。你看见戴了软木或麻布做的大面具——所谓"悲剧面具"的人物，在那狭长方形的平台上出现了。那些面具是用了粗大的线条画出了那是男，是女，或者是悲，是怒，是喜。你知道这边一个戴着愤怒而悲哀的面具的男子就是那自小在外而现在奉了神阿博罗（Apollo）[①]的意旨回家来报父仇的奥勒斯提；你也许要觉得为什么这个扮演奥勒斯提的"演员"那么魁梧，跟平常人不同呢？（实在是所有的剧中人都异常高大的。）哦，这又是希腊悲剧的技术之一。"演员"是穿了一种名字叫做 cothurnus（buskin）的厚底靴子，所以高了；他那长大袍子的里面，两臂上也包扎上许多衬垫的东西，所以身材也雄伟了。这都是为的使你远远看去不会不惹眼。听呀，他们开口了，他们不像平常人说话的口吻，他们是用了特别的腔调在那里

---

① 阿博罗　通译阿波罗。

图 17 古代希腊象牙雕刻的悲剧演员模型，注意脚下的"高底靴子"。

高声叫喊。而这，也无非为的要你听得见。在野外，在一万七八千人的大剧场，这一切的夸大的化装——面具，厚底靴，以及高声叫喊都是必要的！不然，你会在座儿里打瞌睡的。

戏在那里做下去，你看见你邻座的雅典"自由市民"聚精会神在看。奥勒斯提和他的朋友匹拉第兹（Pylades）乔装为旅行人，进了王宫，先把克利丁尼丝特拉的情人，也是谋杀阿加绵农的"帮凶"，先杀死了，然后奥勒斯提和他母亲克利丁尼丝特拉面对面。当奥勒斯提说明了他的"使命"以后，他的母亲就诉说阿加绵农的许多坏处，以及她在十年长时间的"守活寡"的痛苦生活；说到末了，她就自己袒开了胸脯对奥勒斯提说："孩子，你下得手么？呵，我的儿，这胸脯是你小时枕着睡的，是你那没牙齿的嘴巴吮吸了奶，养你大来的。"这，引起了奥勒斯提对于母爱的回忆，不能下手了；他悲苦地转脸问匹拉第兹，可否饶过了他的母亲。但是匹拉第兹叫犹豫中的奥勒斯提想想神阿博罗的命令，以及他对神所发的誓必报仇的重誓；他劝告奥勒斯提道：应该服从"神"

图 18 奥勒斯提和匹拉第兹在叨里国王之前。（这是他因受"复仇女神"之苦出亡在外时所到的一国。）

的意旨，而不是人的话语。于是奥勒斯提心一硬，执行了他的"义务"。然而刚刚杀了母亲，他就看见了"复仇女神"来了。这些喷火的女神，一绺绺头发全是毒蛇变的，到处追逐他，使他永不能安息。"罪"是必须"罚"的！《奥勒斯提雅》的第二部曲到这里完了。

这时候，你留神看看满座的

雅典"自由市民",你也许会在那一万几千的看客中间发见不多的几张深深受感动的脸。但是我们的陪伴人,也是雅典的"自由市民",也许要松一口气告诉你道:他是觉得那同一题材的索福克利的《伊勒克特拉》(Electra)更加对劲些。至于幼里披底的同一题目的那一篇,则据我们那陪伴人说来,好也是好的,不过总有点太那个——太多了那些 Sophists①的"邪说"。

我们不要忙,索福克利和幼里披底各人的《伊勒克特拉》马上就要陆续开演。我们瞧了再说罢。

九

刚才亥斯奇洛那篇悲剧不是把报仇的事使阿加绵农的儿子奥勒斯提去执行的么?现在索福克利却把这件事的重心放在一个女子身上了。阿加绵农还有一个女儿,就叫做伊勒克特拉。她是一直在家里的,和奥勒斯提的从小在外不同。她家里那悲惨的血债,她是几乎目击的。在亥斯奇洛的剧本中,复仇的主动者是"神",而在索福克利的《伊勒克特拉》,则主动者是"人",就是这女儿伊勒克特拉。

索福克利是把伊勒克特拉作为"复仇"的主角的,所以全剧的精神都集中在这女主角。他告诉我们:伊勒克特拉是怎样一个"意志坚强"的女子。当阿加绵农被杀的时候,奥勒斯提年纪还小得很,伊勒克特拉苦心保护这小兄弟,免遭她母亲的情人伊吉斯塔斯(Aegisthus,现在他僭窃了王位了)的毒手。伊勒克特拉把这小兄弟托付给一个忠心的家臣匹拉第兹,叫他们避难到阜基斯(Phocis)。她自己忍受着种种的痛苦,留在家里,等候机会。她生活中唯一的大事件就是杀人者应该伏罪而王位应该归还她的兄弟奥勒斯提。她

---

① Sophists 英语,诡辩家,指以诡辩著名的古希腊哲学、修辞学学者。

图 19　奥勒斯提和伊勒克特拉在他们父亲阿加绵农坟上

不失望。甚至在谣传奥勒斯提已经死了的时候,她虽然一时觉得希望断绝,但她的志愿还是不放弃。于是从极悲忽然转来了极乐,奥勒斯提——长大了,有力复父仇的奥勒斯提到她面前了。伊勒克特拉一生的愿望终于成为事实。

这样曲折惊奇紧张的剧情,在演出上,已经胜过了亥斯奇洛。你也许会留意到我们的陪伴人,雅典的"自由市民",一边看着,一边频频地叹息击节。他被这悲剧感动到了顶点。假使我们不怕冒失,轻轻拍着我们的陪伴人的肩膀,问他道:"你觉得索福克利更对劲,是不是因为他给我们看的,是一个很近人情的故事?是不是因为伊勒克特拉的苦难使你下泪,而她的坚强的百折不回的意志又使你感奋?可是在亥斯奇洛那里,我们却只有惶恐——对于不可知的命运只有畏惧,我们十分阴沉地感到,'人'只是命运——或者'神'手中的傀儡。"于是我们的陪伴人会同情地微笑着点头,然而他也许还要补充着说:"是的,但还有。看呀,索福克利写这一件复仇的故事并不是没有神助的;不过亥斯奇洛写奥勒斯提完全受神的指示去复仇,甚至奥勒斯提自己没有意志似的,然而索福克利却写伊勒克特拉的正义观和坚强的意志正和神的意旨吻合,所以她的事业必然可以成就。索福克利并没叫我们不信神,也没叫我们专一盲目地依靠神,他叫我们按照正义去做,勇敢坚决地去做,然后神的福佑自然而然会到的。是在这一点,我们深深地感谢索福克利!他用悲剧来教导我们:应该怎样做人!"

说到这里,我们的陪伴人就背诵了《伊勒克特拉》里头几句诗,也是"歌队"所唱的几句诗;他说这几句诗是点明了全剧的意思的:

> 在你(伊勒克特拉)头上,你仇人的势力山样高!
> 虽然你的境遇自来就黑暗,你的命运里多苦难,
> 但是为的你坚决地信赖着神之圣明无边,
> 你因此戴的是最光荣的无瑕的宝冕,而且
> 你的丰盛的妆奁是威权无上的法律。

在希腊悲剧中,"歌队"唱的那些诗,常常是说明了剧情并解释了剧作者的主要意义的。

以后,第三次开演的,便是幼里披底作的也叫做《伊勒克特拉》的一篇(让我们再提醒读者一句:这样一个上午开演了三个已故名作家的三个剧本,在事实上是不会有的)。

我们不是说过,索福克利作品中的故事已经比亥斯奇洛的更近人情么?现在我们又见幼里披底的《伊勒克特拉》更比索福克利的"写实"些了。索福克利笔下的伊勒克特拉还不免是夸张了的英雄——超人,但幼里披底给我们看的伊勒克特拉,却是一个平常人。并且索福克利的作品中还有"神"的意旨在幕后活动,幼里披底却全然撇开了"神"。

幼里披底跟他的两位前辈先生最不同的地方,是在那成群的王子公主中间加进了一个种田人。僭窃王位的伊吉斯塔斯对于伊勒克特拉自然不怀好意的,他将她嫁给一个种田人。剧本开场时第一个上场的,就是这个种田人,"落难"的公主伊勒克特拉的丈夫。他一上场,就是一大篇独白,说明了他自己并不敢把伊勒克特拉当作真正的老婆;他敬重她的忠心于前王阿加绵农,他和她只有夫妻的名目。他是将他的茅屋献给伊勒克特拉,作为她的避难所。(这一段独白,其实和全剧的故事发展并没有多大关系,所以有些批评家认为这是幼里披底的败笔,不过我们暂且不讨论这些小节罢。)接着是伊勒克

特拉上场了。她是拿着壶,要到河里取水。种田人看见"公主"要这样操作,很是骇然,就劝她不必做这些粗生活。但是从小受惯了磨折的伊勒克特拉倒说她很高兴帮忙他工作。

后来是奥勒斯提和他的忠心的旧仆而兼朋友的匹拉第兹上场了;当种田人请这两位到他家里去的时候,伊勒克特拉(她不认识她的从小就分离的弟弟)又轻轻埋怨她那"假丈夫",说是不应该随便请陌生人来家,可是埋怨尽管埋怨,客人既已来了,主人之礼是要尽的,伊勒克特拉立即又叫她的"假丈夫"到邻家去借些食物来待客。在这里,我们又看见幼里披底的"写实"的倾向。

接着是展开了"复仇"的场面了。亥斯奇洛写奥勒斯提有一时的迟疑,但"神"阿博罗去掉了他的迟疑。索福克利写奥勒斯提只是轻轻带过,他主要的是写伊勒克特拉,而伊勒克特拉的复仇心是坚决得很,永不动摇。现在幼里披底又把"复仇"这件事的重心放在奥勒斯提身上,可是他写奥勒斯提在动作的进行中充满了理智与感情的矛盾。他迟疑得很。他觉得那所谓"神"的命令不是个好命令,他想到流血后的结果;他恐怕那是什么不友谊的"神"假冒了阿博罗叫他去上当;而在他进了房子要去杀他母亲的时候,他还是心绪不宁,他说:要他去做这样可怕的事,难道就是"神"的意旨?要不是他的姐姐催促,他简直不能下手呢。在这里,幼里披底也用"歌队"唱的诗表示了他的意见道:

> 忍心的伊勒克特拉,你怎么能够忍心
> 看见这样一件事?你怎么能够忍受
> 你的母亲在你眼前这样的死?

而且他更使奥勒斯提自己说:"我用衣襟遮住了我的眼睛,然后我举起刀,刺进了我母亲的胸脯。"这动作,没有一点"英雄气"!还有,幼里披底写出了这"罪"是两姊弟共同的行为。他使伊勒克特拉自己说:"我在催促他;我也碰着那把刀。"幼里披底把他的奥勒斯提写成了一个跟韩姆列德(Hemlet)①差不多那样的人!

自然,我们是会跟古尔利治(Coleridge)②抱同样的意见,觉得"幼里披底把悲剧带近真实的世界许多步"。但是我们的朋友,陪伴我们的那位雅典的"自由市民"却不能跟我们同意。他也许并不反对幼里披底将悲剧人物写得更像实在的平常的人,但是他不能饶恕幼里披底的不信神的"邪说";他以为幼里披底中了苏格拉底他们的该死的"邪说"的毒!

也不仅我们的朋友一个,你看邻座的那些中年以上的雅典"自由市民"都在骂幼里披底那种对旧制度旧信仰怀疑的论调。

然而也不是没有赞许幼里披底的人。年青的"自由市民"大都是瞒过了他们的长辈跟那些 Sophists 有过交游;他们觉得那些被长辈视作危险人物的哲学家实在懂得许多事,他们对于"神"的存在早起了怀疑。他们又对于"祖国"的"现代的繁荣"也起了疑问。因此他们看了幼里披底的表现了怀疑思想和心里苦闷的悲剧,就觉得辣生生地很对胃口。

因为希腊民族这时正临到一个难关了。过去不久,雅典和斯巴达的"内战"既已消耗了大部分的"民族力",而雅典的民主政治的"市民政权"到这时也成为一架破旧的机器——六千五百个直接负政治责任的"自由市民"实际成了"寄生者"(虽然从前这"普遍的民主政治"制度初建立的时候,"自由市民"借此得了磨练政治能力的机会,而且扫除了贵族们的残余势力,但经过了半世纪多些,他们却养成为变相的"官僚"——寄生虫),这个曾经使得雅典兴盛起来的民主政治,现在却变为阻碍雅典再进步的大石头。所谓

---

① 韩姆列德 通译哈姆雷特,莎士比亚悲剧《哈姆雷特》中的主人公。
② 古尔利治 通译柯尔律治,十九世纪英国浪漫主义作家。

"民主的市民政权"到后来变为"菜市政治"。一个普通的"市民"在十字街头一阵叫嚣——如果他有相当的口才,能够迎合大多数不学无术的市民的心理,就可推倒一个行政长官,或者他自己跃登行政的高位。过了几天,他自己又被别人推倒,行政中枢再换了新角儿。市民们今天拥护甲打倒乙,明天又拥护丙打倒甲,全出于一时的冲动,并没什么一定的"主义"。这样一种政局,逢到了民族利益吃紧的关头,是很危险的;而当时恰就有马其顿的强兵在北门窥伺。再者,占人口半数的奴隶实在是"市民政权"的"基础",而这"基础"却因为生活的一天一天更坏,而至于生产力减低,而至于到处蓄积着不平之气。这一切情形,都使得"良善的"自由市民对于"民族的前途"发生疑问。叫做Sophists的批评社会的哲学家是这样发生的。可是老年的守旧的"自由市民"却以为人心全是这班Sophists弄坏了的,他们憧憬着"过去的好日子"。只有一班年青的头脑清晰的"自由市民"知道不是那么一回事。但是怎样才能挽救"民族和颓运"呢? Sophists 也没有具体的确定的主张。于是怀疑和苦闷成了普遍的现象,而幼里披底就是这样一个时代和社会的产儿。

倘使说亥斯奇洛代表了没落的贵族的意识,那么,幼里披底就反映着"市民政权"衰落时期一般的怀疑苦闷心理。只有索福克利是代表了"市民政权"全盛时期那种坚决的向上的自信的心理。他作品中的人物大都是意志坚强的;伊勒克特拉如此,安提峨尼也如此。

议论太多了;让我们收住,仍旧回到戏上头去。

你已经看过了希腊三个时代的悲剧,你知道在亥斯奇洛的戏里只有两个"演员",在索福克利和幼里披底的戏里也只有三个,而你看见戏中人物却多得很,也许你要诧异三个"演员"怎么能扮串那样繁杂的戏呢?对了,希腊悲剧只用三个"演员"。但是请你不要忘记,希腊悲剧的"演员"是戴了"面具"的;"演员"虽只有三位,"面具"却可以有许多。他们这些"面具"不但跟我们旧戏里的"脸谱"似的表示了那剧中"人物"的个性和情感,还解决了三个

"演员"要扮许多人物的难问题。同一的甲"演员"换了三次"面具"就化身为三个剧中人了。譬如上面说过的索福克利的《伊勒克特拉》，开场时台上是三个人：奥勒斯提，匹拉第兹，和另一老人。但说话的只有那老人和奥勒斯提，他们两个是戴了"面具"的演员。不说话的匹拉第兹却不是"演员"，只戴了面具在台上摆样。后来这三位将要下场时，后台来了伊勒克特拉的一声道白，于是三个人下场，伊勒克特拉上场；这伊勒克特拉就是那第三个"演员"扮的。再后是克立索塔米（Chrysothemis，伊勒克特拉的姊妹）上场了，她就是先前扮那老人的"演员"，换了个面具就变成姑娘了。这样换进换出，三个"演员"可以串成许多角色，不过同时在台上的，只有三个，不能再多：这是希腊悲剧的规矩，有时因为剧情的关系，等不及台上的"演员"下场去换"面具"和"服装"，必须先留第三个"演员"在后台等候上场，而此时台上又必须有三个人，那就挑出三个角色中间不说话的那一个叫一个非演员戴了面具在那里摆样，或者竟用一个木头人代替着。例如上举《伊勒克特拉》开场时的匹拉第兹就是了。希腊的悲剧家在编剧的时候必须用心支配那三个"演员"的上场下场换装，使不冲突。他们把三个"演员"串出极复杂的故事，他们使得看客们并不因为台上至多只有三个角色而感到单调：这都是他们特有的技巧！

这样只用三个"演员"的死板的规矩也正同希腊悲剧有名的"三一律"——Three Unities，就是"时""地""动作"三者之必须"一致"似的，实在是一副镣铐，然而希腊人却好像以为戴着镣铐还能做出好戏来，才算是有本事呵！

十

照老例，狄奥尼索祭日的上午演悲剧，下午则演喜剧。

我们不妨再来一次"假想"：我们的陪伴人，雅典的"自由市民"，邀我们再看看他们的喜剧。

说起喜剧，也是从民间来的。在希腊文，"喜剧"称为 komoidia（这就来了英文的 comedy），原是"村社之歌"的意思。并且本来这"村社之歌"只在秋收后谢神时行之，到了纪元前四百六十五年，始用于"春祭"，跟悲剧并列。喜剧当初因是秋收后谢神时的一种"舞曲"，所以没有悲剧那样严肃；笑谑讽刺成为喜剧特有的色彩。喜剧的题材也不像悲剧那样专取古代神话传说，它可以是时事，也可以是创造的寓言。希腊悲剧衰歇后，喜剧尚在流行；希腊的喜剧作家现在尚有作品流传者，不过一二人，其中属于"古期"（希腊喜剧分古、中、近三期）的大作家亚理斯多芬（Aristophanes, 450—385B.C.）[①]的作品，今尚存十一篇，算是希腊喜剧的代表。

雅典的"自由市民"很喜欢亚理斯多芬。我们的陪伴人当然也不是例外。好，我们就说那天下午演的喜剧竟是亚理斯多芬的《蛙》罢。

亚理斯多芬生在"市民政权"衰落的时期，他用喜剧来讽刺时事，然而他是个守旧派，他所以能得市民欢迎，就因为他讽刺了那时的 Sophists 和幼里披底。他也看到那时雅典的政治社会都有点不对，但是思想守旧的他不会看出那不对的根本原因，他写了《骑士》、《蜂》、《鸟》等篇来讽刺当时"菜市式"的民主政治以及司法制度，可是他的讽刺除了供那些颓唐苦闷的市民破颜一笑而外，实在别无什么积极的意义。

现在是《蛙》开场了。我们的陪伴人也许会高高兴兴地告诉我们：这《蛙》是讽刺幼里披底的。他又告诉我们：亚理斯多芬又写过一篇《地母祭》，也是嘲笑幼里披底的，又有一篇《云》，则专骂苏格拉底；现在这《蛙》却是讽刺到死了的幼里披底。

《蛙》的开场是酒神狄奥尼索（他也是戏剧神）带了个当差的要到阴间

[①] 亚理斯多芬　通译阿里斯托芬。

去。因为悲剧的艺术衰落了,他感到寂寞,要去跟冥王商量,放一个已死的悲剧家回阳世。他借了海勾力士①的狮皮和巨棒,因为海勾力士大闹过冥府,冥界的守门人很怕他,冒充着他去,可以不受留难。但是狄奥尼索到了冥间,宣布了来意后,亥斯奇洛和幼里披底就争夺起来了。没办法,只好用角力来解决,结果是亥斯奇洛胜。

老实说,这样一出戏,我们看了并不觉得怎样够味儿,但是我们的陪伴人以及和他同样的守旧的"自由市民"却很感愉快。他们觉得亚理斯多芬拿幼里披底来嘲笑得痛快极了。

---

① 海勾力士 通译海格立斯,罗马神话中的英雄,即希腊神话中的赫拉克勒斯。

第三 《神 曲》*

> 方吾生之半路
>   恍余处乎幽林，
>   失正轨而迷误。
> 道其况兮不可禁
>   林荒蛮以惨烈
>   言念及之复怖心！

将檀德①比屈原，《神曲》比《离骚》，或许有几分意思。这两位大诗人都是贵族出身，都是在政治活动失败以后写了诗篇以寄悲愤。

自然，《神曲》比《离骚》规模大得多；这全体百曲（Cantos）都凡一万四千行，分为"地狱""净界""天堂"三部，被称为"中世纪史诗"的《神曲》，是中世纪文化之艺术的结晶（《神曲》第一部《地狱》凡三十四曲——或"章"，第二部《净界》，第三部《天堂》，各得三十三曲，合为百曲，惟《地狱》部第一曲是全书"引言"的性质，所以《地狱》部实在也是三十三曲——这样的结构是非常整齐的）。《离骚》跟它比起来，似乎渺小得多了。但是，倘使我

---

* 本篇最初发表于一九三五年五月、六月《中学生》第五十五、五十六期。
① 檀德　通译但丁（1285—1321），意大利大诗人。

们不仅以《离骚》而以屈原的全部著作跟《神曲》比拟,那么,我们会看见这东西两大诗人中间有不少有趣味的类似。

檀德的《神曲》的基本思想是基督教的禁欲主义,可是构成这"孔雀羽"(檀德的后辈,大作家薄伽丘〔Boccaccio〕将《神曲》比为孔雀,这个,我们在后文还要说到)的灿烂的,也有"异教"(Pagan)的传说和神话。同样地,屈原所"上下而求索"者,虽然是尧舜的"纯萃",可是他也喜言 Paganism 的"巫俗"(《九歌》)。《神曲》是"梦的故事",而《离骚》和《九章》也是"神游"的故事。《神曲》开头的文豹、狮子和牝狼是象征或隐喻的,《离骚》等篇的椒兰凤鸩也是隐喻。《神曲》托毗亚德里采①为天堂之向导,檀德是把这个纯洁的女子作为信仰之象征的;同样地,《离骚》也托言求"有娀之佚女"。《神曲》包罗了中世纪的社会的政治的现象,交织着中世纪之哲学的和科学的思想;屈原在他的一气发了一百八九十个疑问的《天问》内,也颇有包举一切——从传说到屈原那时的社会政治,从哲学以至自然现象的解释,等等古代文化的气概。不过有一个大不同在,即檀德是站在自己的立场肯定地批判了一切,而屈原则是皇皇然求索。

是的,将檀德和屈原比较,也许是一件有趣味的事;然而我们这搭题还是就此为止罢,我们还是谈谈《神曲》产生的时代背景罢。

一

《神曲》是"梦的故事"。这"梦",照《神曲》开头的"序曲"所记,是一千三百年四月八日,即基督被难纪念日——这一天的下午开始的。檀德自说他那时"方吾生之半路",这是依《旧约》时篇"人生七十"的话,以三十五岁

---

① 毗亚德里采 通译贝雅特丽齐。

作为人生之半路的,檀德托言他的周历地狱、净界、天堂的"梦",正在他三十五岁那一年。

檀德选定了这一年作为他这"梦的故事"的日子,固然一则为了"方吾生之半路",但二则也为了这一年的六月十五到八月十五他做了两个月的一任"执政官",后一年,他就被放逐,终身不能再回佛罗伦萨(Florentia)。一千三百年不但是檀德个人的纪念年,也是贵族阶级(檀德所属)的政治势力在佛罗伦萨"共和国"最后的一年。《神曲》的写作,约当一三一三年"日耳曼皇帝"亨利第七之死,结束了他的征服意大利诸"共和国"的雄图,而且檀德也断念于政治那时候。《神曲》的完成也在檀德去世前不久。这一部伟大的"中世纪的史诗"是结束了中世纪贵族文化的纪念碑,以后便是欧洲商业手工业资产者文化的所谓"文艺复兴"开始了。

檀德的一生正当封建制度没落而商业手工业资产者兴起的社会转型期时代。他的故乡——佛罗伦萨"城国",正是南欧的商业手工业最发达的中心点。

这是一个很长的故事,我们在这篇短文中得给它相当的篇幅。

十世纪时,欧洲是一个混乱的"军营"。西部各地都受蛮族的侵掠。有些商业和手工业的中心点为自保计,就建筑起坚固的城垣来,不多时就有许多的非正式的"城国"(那时它们还不是完全独立的政治单位,本应称为"市"的),耸现在欧洲的西部和南部。十一二世纪,欧洲的封建制度极盛的时候,这些"城国"或"市"也成为封建组织中的单位,分属于封建"君主"的什么大公爵,什么国王,或皇帝的麾下,担任了供给钱财和兵丁的义务。因为这些"市"是商业和手工业的中心,那自然是封建组织中比较富庶的单位,所以封建"君主"逢到要花钱的时候,总是向这些"市"开口。封建"君主"那时年年打仗,需要钱很多。那些"市"渐渐觉得不能担负。于是在十一世纪时就有商人和手艺人的"市民"反抗封建"君主"的事实普遍地发生。他们有坚固的城墙,他们已经会使用武器,他们关了城门拒绝封建领主派来的收税人,他们还敢拒绝封建领主本人——不管他是"国王"呢,或是什么皇帝。这一种抗争,延长了二百年光景,结果是"市民"的完全胜利,当十三世纪后半叶,莱因河沿岸以及"平阳意大利"靴子就有许多模仿希腊的民主政治的"自由的"城国了。

在"市民"对封建贵族的长时期的抗争中,并不是常常动刀枪的。"市民"们除了不得已而流血,他们的饱满的钱袋常常能够代替了刀枪,从封建领主那里一点一点地买回他们的"权利"。这所谓"权利",有时不过保证了封建领主的不再新添苛税,然而即使只这一点点儿,已经足够使得那些"市"一天一天富庶强壮,到后来摆脱了封建领主的束缚,成为独立的政治单位。因为那时候正逢着前后八次的十字军东征,那些出征的贵族急需现钱,而现钱则大都在"市民"手里,利用这一机会,"市民"借钱给封建领主们的条件就是让他们(市民)享有某某一些权利,这一些权利在封建领主手里本来半个钱都变不来的,但到了"市民"手里可就成为生财之道了。出征的封建贵族有些死在东方了,那么,他们的采地归到了更大的封建领主的手里,这样由许多小的政治单位归并为一二大的政治单位,又是非常有利于"市民"的商业发展的。而十字军本身又刺激起了商业的扩张。当时位置在十字军东行要道上的几个"市",例如威匿思①和热那亚,就造成了极繁盛的商业和手工业的都市。十字军结果造成了商业手工业的兴盛,而这新的经济机构就蛀蚀了封建制度。

十二三世纪时,意大利诸"市"发展到最有势力,而且最先建立了"市民政权",最先形成了商业手工业资产者的都市文化。这些意大利的"市"除了受十字军之赐而得商业的繁荣,还有一些特殊的原因,使它们的地位胜过了

---

① 威匿思 通译威尼斯。

莱因河沿岸的一些自由市。首先,因为封建势力在意大利半岛上是比较的弱,所以"市民"的兴起所受的阻力也比较小了;在别处是商业手工业的"市"成为封建领主的隶属,而在意大利诸"市"却是吸收小的封建领主到"市民"的组织内,率先形成了封建贵族与市民的混合政权。在意大利诸"市",因为"市民"势力的雄厚,使得封建贵族不能以封建领主的资格来保持政权,而不得不降入"市民"群中,以"市民"身份来攫取政权。这是中世纪意大利诸"市"的特殊现象。而这就也造成了意大利诸"市"政争的特别形态:贵族和市民的争斗不在野外而在市街。我们的诗人檀德也就是一个贵族而加入了"市民"组织的医药师公会,且以此公会代表的资格而为佛罗伦萨市"执政"的一员,且从而代表着贵族的利益和"市民"派作政争的。诗人檀德的政治生活就是佛罗伦萨市贵族和"市民"政治斗争的表现。

其次,因为长须族(龙巴特 Lombards)的侵入(第六世纪)早就破坏了意大利半岛上政治的统一,也给那些"市"以政治发展的便利。在没有强力的中央政权时,这些"市"的趋向于独立的政治单位的组织,是颇自然的。

最后,从十一世纪起变成非常剧烈的"教皇"和"皇帝"间的斗争,也成为意大利诸"市"的政治发展的好机会。"教皇"或"皇帝"都要拉拢这些有实力的"市"做自家的帮手,而那些"市民"却就利用这机会来增长自己的政治势力。在诗人檀德那时,佛罗伦萨市的封建贵族派和"皇帝"有关系,而市民派则和"教皇"联络,檀德在此两势力间动摇了一些时,终结则是投在贵族派一边,然而在一三〇一年以后,市民派的绝对支配权就巩固了。

檀德在他的《神曲》中把他的政敌都罚在地狱深处,可是他这种"春秋之笔"无补于封建贵族事实上的没落。《神曲》——这可怖的孔雀鸣声(薄伽丘这样比喻的),事实上只是中世纪贵族文化之最后的哀声罢了。

但是另一方面,檀德无论如何是生于发展中的商业手工业资产者社会中的,这新的社会经济条件一定要在檀德的思想,以及他的艺术作品上留一印痕。所以"中世纪的史诗"的《神曲》是二重性的：它一方面是过去的贵族文化的总结账，又一方面却是未来的市民文化——所谓"文艺复兴"的前驱。这一点，我们以后再详细说罢，现在我们且介绍檀德的生平。

二

佛罗伦萨（Florentia, Florence）据说有"花城"（flora, 花）的意义，本为罗马人所筑的小城，也相当的富庶。后来北方蛮族汪达尔（Vandals）侵掠意大利半岛的时候，佛罗伦萨也被烧成一堆瓦砾场。过了三百年后，这废墟上方才建起新城，罗马的古贵族迁移来了许多，其中就有佛兰齐巴尼（Frangipani）一族的少年贵族（骑士）大家叫他爱列色哇（Eliseo）的一个人。这一位骑士在佛罗伦萨住下，传了几代，他的子孙就用"爱列色哇"为姓，自称爱列色绮（Elisei）氏。后来又传了几代，这一族中有青年骑士名卡恰绮达（Cacciaguida），娶了佛拉腊（Ferrara）的贵族亚尔提吉利（Aldighieri）氏的女儿为妻，生了几个儿女，其中一个男孩子因为他母亲特别喜欢他，就给用外祖家的姓当作名儿，呼为亚尔提吉利·爱列色绮。这位亚尔提吉利也是出名的骑士，因此他的后代便又废了"爱列色绮"一姓，用"亚尔提吉利"为姓了。不过久而久之，又掉了个d字，成为"Alighieri"（亚理吉利）。一千二百六十五年，春末夏初，这亚理吉利家生了个男孩子；那母亲在生产以前，得了个古怪的梦，一惊醒来，就觉腹中震动，不多久就生产了，这就是后来的大诗人檀德（Dante）。

那母亲得的怪梦，据薄伽丘所作的《檀德传》，算得是一桩"艺林佳话"。那梦是这样的：

怀孕中的母亲梦见自己站在绿草地上一棵高大的桂树下，桂树旁边有一泓清泉；她站在那里，就生产了一个男孩子。这婴孩落地后就会吃桂树上飘下来的桂子,喝清泉的水,立刻就长大了,成为一个牧羊人,于是努力要攀折那桂树的叶子。攀着攀着,忽然失足滑了一跤,可是再站起来的时候,那母亲看见他不复是人而是一匹孔雀了。那母亲一惊,就此梦醒。

薄伽丘曾经在他的《檀德传》内详解了这个梦。他以为这梦是檀德一生事业的预兆。产于桂树下,就预言了这孩子将来是一代的大诗人,因为诗人的荣耀的冠冕是桂叶做的;又把桂子当作食粮,这就表示了檀德后来摄取古来大诗人的精髓,而成就了他自己的伟大;他饮的清泉就是古哲的伦理的和哲学的思想;因为文学词藻若不辅以伦理的哲学的思想便只是雕虫小技,所以既吃桂子亦必饮清泉;忽然长大变成了牧羊人,这就暗示了檀德后来的骤然成名执政;牧羊人是庶民的领导者保护者的意思,而领导和保护又有精神的和物质的二途,檀德以诗人而从政,所以是双料的"牧羊人";他又努力要攀折桂枝,这就是他殚精竭虑制作伟大的"史诗"《神曲》的象征。他攀折桂枝时跌了一跤,就预言着他完成了《神曲》以后不久即去世;而跌了一跤以后他变成孔雀,这一变又指出了他的著作虽然不仅是《神曲》,但使他传世不朽的却是《神曲》,而"孔雀"就是这伟大的《神曲》的象征。

于是从这孔雀身上,薄伽丘又作了很有趣味的详解。

他说,依他的判断,《神曲》一书,跟孔雀的德性是完全合符的。孔雀有尊贵的特点凡四:第一是它那金碧辉煌的羽毛,特别是它的美尾有一百只翎眼。这正如《神曲》有绝艳的词藻,有巧妙精细的想像,有整严的章法和韵律,而且全体共为百曲,恰当于孔雀尾的一百个翎眼。孔雀羽的色彩看起来好像变幻无定,而《神曲》的"地狱""净界""天堂"三部分也是光怪陆离,变幻无穷。第二,孔雀的肉,香而防腐,这也是孔雀的尊贵的特点;而《神曲》在形式上之美丽绝伦外,它那内容的崇高的道德意义正也是芳冽醉人,有劝世警俗的伟大作用(这就是防腐)。第三,孔雀的脚,看相极为猥琐,孔雀的步伐是轻轻的,谦逊的,若恐惊人。这又符合了《神曲》的风调。这伟大的诗篇,作者只题名为"喜剧"（Commedia——檀德本来只题了这一个字："喜剧"，为的这伟大的诗篇虽然起首哀切悲惨而结尾是光明愉快；后人为敬崇此杰作起见，特加上了"Divina"〔神圣〕这形容字，所以直译应为"神圣的喜剧"，今通译为《神曲》，取其简洁而已），多么谦逊，而又全体为"白话"，看相多么平凡猥琐！（檀德那时候，写作通行拉丁文，即如"骑士文学"也用那叫做"罗曼司"的不规则的拉丁文，意大利方言——白话，只用于口头，不是写作的工具，檀德是第一个用"白话"写诗的人。）然而正像孔雀的平凡不出奇的脚，谦逊的惟恐惊人的步伐，是实际支架了它那美丽的身体一样，《神曲》的"白话"的文体，以及它那不靠雕琢堆砌的明快浅易的表现手法，也是实际上成为《神曲》的矞皇典丽的基础。第四，孔雀的鸣声是可怖的（这庄严美丽的鸟，鸣声却惨厉可怖）；而《神曲》呢，虽则我们（薄伽丘的意见）初读时觉得它的词句温柔得很，但倘使我们深考其内潜的调子，则也像孔雀鸣声那样的惨厉可怖的檀德创造了可怕的"故事"——九层地狱中的形形色色，严厉地检举了许多活人以及死人的罪恶，这样的喊声还不够可怕么？还有比檀德的诅咒，檀德所诅咒的人们（住在地狱里）的呼声，更惨厉的否？没有！至少在檀德以前没有！这样说来，《神曲》的呼声，骨子里是惨厉可怖的。

  这便是薄伽丘用详梦的形式对于《神曲》的一种评价。如果我们拘泥于那莫须有的梦，我们自然会觉得薄伽丘的话未免太附会了，但如果把它当作只借了详梦的形式，而实际是檀德以后"文艺复兴"期的一位大作家对于《神曲》的认识，那我们就觉得所谓餐桂子，所谓饮清泉，所谓一变而为牧羊人，再变而为孔雀——一切这些比喻，似乎也颇值得一顾的了。至少我们得承认，这是代表了文艺复兴期对于前一代的大诗人的评价（当佛罗伦萨共和国要给檀德的作品特设一讲座的时候，薄伽丘被聘为讲师，受职不久，即因病而辞），虽然薄伽丘无论在思想上和艺术上正与檀德绝对相反。

三

檀德出世的时候，佛罗伦萨正是欧洲一强"国"，商业和手工业发展到空前的大规模。这时候，佛罗伦萨"共和国"的贵族与市民的政争已经延续了二百多年而未有决定的胜败。但新的经济条件之日渐扩展却也早已宣告了贵族之终必没落。檀德出世后二年，佛罗伦萨的政局展开新的一页，在贵族与市民平分政权之形式下，设立了十二人的贵族出身的"执政官"，但别有一百人的"市民议会"操立法和监督行政的大权。这十二人的"执政官"就好比现在的"内阁"，而"市民议会"就好比是"国会"。当时佛罗伦萨这一政制，已经表示了"市民"是政治的后台老板。当时佛罗伦萨的市民组织，有各业的"同业公会"（guild），最有势力的七大"公会"是律师、布业、银行业、毛织业、丝业、医药业和皮革业，此外还有十二个势力较小的"公会"。总之，市民各以其所执的业组织"公会"，而这些"公会"就是佛罗伦萨"共和国"的支配政权者。不过在各业公会中也有贵族的分子，特别是商人和自由职业的"同业公会"中，贵族的势力较大。

檀德是"骑士"世家，但已衰落，小小一份家产，仅足温饱而已。他老早就失了母亲。他从小就大人气得很。十岁前，他读了维琪尔（Virgil）、贺拉司（Horace）、奥维得（Ovid）、斯推西阿司（Statius）[①]——这些"古典的"大名家的作品。维琪尔尤其是他所服膺；他在《神曲》中把这位古代罗马的大诗人作为"理性"的象征，引他出了"幽林"。

佛罗伦萨的风俗，每年五月有嬉春的宴会。富有的市民往往备了酒席，招

[①] 维琪尔，贺拉司，奥维得，斯推西阿司　通译维吉尔，贺拉斯，奥维德，斯塔提乌斯，皆古罗马诗人，贺拉斯又是文艺理论家。

呼他的邻人去同乐。檀德九岁那一年,一位有钱有势的市民唤做福尔柯·宝底那吕(Folco Portinari)的,在五月一日在他自己家里举行了这样一个宴会。赴席的邻人们中间就有檀德和他的父亲。这也是当时的风俗,凡赴春宴的,一定带着夫人和儿女们。那一天福尔柯·宝底那吕家的春酒,就有许多和檀德年纪不相上下的男孩子和女孩子。檀德和那些孩子游戏的时候,忽然注意了一位也是八九岁的小姑娘,她就是主人的女儿毗亚德里采(Beatrice)。她是又天真又庄重,又美丽又温柔的小姑娘。檀德在她身上,第一次发生了所谓恋爱那样的感情。这爱感,檀德以宗教徒对圣母那样的虔敬,永志了一生。然而自从他九岁时见了毗亚德里采一面后,仅在他们都已长大时路上遇见过一次,交谈了不多几句话语,后来毗亚德里采也就出嫁了,而且正在二十六岁的盛年忽然死了。据说是毗亚德里采的死,感发了檀德的诗心,他用短诗抒泄他的哀痛。后来他又给那些短诗加了散文的说明,成为一半是诗一半是散文的长篇故事,这就是《新生》(Vita Nova)。从《新生》看来,檀德的恋爱诗即使在毗亚德里采逝世以前已经做了,但当毗亚德里采逝世以后,哀伤的激情使得檀德将他的旧作加以改定(而且散文的说明也显然是追记的形式),因而这部《新生》就处处有哀伤的暗影。檀德给他这书中的第一首短诗作注解,说是他离开了初见毗亚德里采以后九年的一天,在路上遇见了她以及她的二个女伴;这回她穿了雪白的衣裳,她向檀德招呼,说了一二句话;那天檀德回家,"在相思越是厉害的时候,却被一个甜蜜的瞌睡所袭",于是他得了一个梦,看见一位面貌庄严的神,一手捧着一颗热心——便是檀德的心,一臂中却抱着一个睡美人——便是毗亚德里采,神将那热腾腾的心令美人吞下,便流着眼泪抱紧那美人一同升天去了。檀德自说为了记述这奇梦,他写了这下面的一首短诗(我们只抄了这诗的第二部分——即主要部分):

长夜是过了三分之一的时光,

繁星都正为我们辉煌在,辉煌在天上。
"爱情"的大神在这时便突然下降,
他来时气象的庄严,真使我现在还不敢回想。

可是对我,他却好像在表示着快乐,
他底手中是紧握着我底热心一颗,
他底臂间是抱了个睡美人,裹着轻罗。

我看见他轻轻地摇醒了那位美人,
他使她战兢兢地吞下了我底热心,
最后,我看见他是含着悲泪,离开了凡尘。

据薄伽丘所记,檀德哀悼毗亚德里采既刻骨,且日久,以至瘦得可怕,憔悴得不像样了;檀德的家族和朋友都担心着他的健康,急急要为他找一位配得上那"短命美人"的少女来排解他的苦相思了。这结果,便是檀德的结婚。新妇名耕玛(Gemma)。后来他们中间生了子女六人,檀德对于他的夫人似乎也没有什么不满意,然而自从一三○二年檀德亡命在外,他和他的夫人就此永久分离了。

四

一二八二年,佛罗伦萨的政治组织又来了一次可纪念的改革。"执政"的人数减为八人,任期二月,而且必须是各"同业公会"的代表始有被选为"执政"的资格。

这是市民扩张其支配权的又一长足进步。然而"市民"和"贵族"的对立也因此更见紧张。这时候,佛罗伦萨的市民的党名为匿尔夫(Guelf),亦称黑党,贵族的党名为琦勃林(Ghibellini),亦称白党;前者与"教皇"有关系,而后者则勾结了"教皇"的政敌神圣罗马"皇帝"。前者的政治主张是意大利各"市"之完全的政治独立,而后者则要奉"神圣罗马皇帝"为共主而建立"一统的神圣罗马帝国"。属于"骑士"世家的檀德因为当时的法律规定了非为"同业公会"的会员而经"公会"推选为代表,则不能参与政治,所以檀德就以医药师的资格加入了医药业的同业公会,在政治舞台上现身了。这时候,他是匿尔夫党,因为属于"同业公会"的一员且是代表,自然是匿尔夫党。这时候,他和琦勃林党(白党)的首要也多交好,他是在这两党中间很动摇。

他曾经以"团结一致"的老生常谈为口号,企图组织第三党。但是这样没有社会基础的空想只有失败而已。一三〇〇年六月十五日到八月十五日,檀德以医药业同业公会的代表党选为一任的"执政官",这时的党争已经到了"短兵相接"的时期;檀德在这"幽林"(《神曲》开首所谓"恍余处乎幽林"的"幽林"便是暗指这时的混乱政局),固然"失正轨而迷误"了;他既以医药业同业公会的代表而执政,他理应是匿党(黑党)的,然而他对于白党不无偏袒;他又要表示超然,力主将黑白党首领一概放逐。两月的"执政官"任期转瞬届满,檀德复以"友谊"关系偕白党中人同使于罗马。翌年春,他尚留在罗马未归,而黑党已在佛罗伦萨起了政变,很快地扫荡了白党势力,掌握大权,宣告檀德永久放逐,并没收他的财产——不过檀德的夫人以她自己资财的名义尚保留了一部分去。檀德自此以后就没有再回到故国的可能,而且也是自此以后他坚决地倾向于贵族派的琦勃林党了。

薄伽丘——这个"市民的儿子"、"市民的艺术家",在《檀德传》中很形容了当时贵族派(琦勃林党)的无能:"真的和假的谣传宣告着檀德一派的敌人用了聪明而神奇的计划已经增厚了实力,而且已经获有大量的武装;只这谣传就将檀德一派的首领吓得没了主意,什么计较,什么远见,什么理智,全都没有了,只剩下一个念头,赶快逃命。"薄伽丘又很委婉地讽刺着檀德的不智道:"啊,尘世荣利的欲望啊,你的力量比那不知道你不信你有多么厉害的人,大了不知有多少倍呢!这个人(檀德),即使是那么干练,即使是在哲学的神圣的怀抱中长成,生息,而且受训练,即使是亲身见闻了古代和近代国王的倒败,许多国家、省、城的毁灭,以及大势的不可逆挽,虽则他所求者除了至高的理想更无别物,然而他既没有智识来抵抗你(尘世荣利)的诱惑,也没有抵抗的能力。"

对彻头彻尾是禁欲主义的《神曲》极致其推崇的薄伽丘在这里是用了嘲笑的怀疑的口吻来评量禁欲主义在檀德本身的行动上到底有多少实践的!

五

檀德既被放逐,单身流浪了二十年。他的夫人和六个子女都留在佛罗伦萨。他知道他的家小留在那里不至于碰到危险,因为他的夫人跟黑党里一个首领有亲戚关系。但他自己要是回去,他的敌党早已宣言过了:捉得了檀德,要用火刑处死的。

他在外时,轮流在许多小国的宫廷里做食客。最初他寄食于味罗那(Verona)的斯嘎拉大可汗(Can Grande delle Scala)——这位欧洲的君主不过袭用了东方的尊称"可汗"且自号为"大"而已,实际只是个小小的封建诸侯(或谓檀德最初投奔的,不是斯嘎拉,而是亚雷错国的法鸿屋拉(Faggiuola);《神曲》第一部《地狱》篇第一曲言诗人(檀德)在幽林中迷了路,文豹、狮子、牝狼阻道的时候,幸遇了古罗马诗人维琪尔,劝从游三界,有这样的话语:

既群兽与联宗,

> 弥增益兮滋蔓,
>
> 待灵豻之歼凶。

这里所说的"灵豻",或以为泛指有力的君主,或以为即指法鸠屋拉或斯嘎拉,但总之,是檀德所盼望的能够重振贵族势力的外国君主。流浪中的檀德也兼事游说的。

在味罗那的宫廷里,檀德很受优待。然而檀德的流浪自有政治目的,不为口腹,所以他在味罗那住了几时,便又到了嘎生底奴(Casentino)的萨尔伐谛科(Salvatico)伯爵那边,又到了罗涅乔那(Lunigiana)的莫罗乌洛·玛腊司比那(Moruello Malaspina)侯爵的采邑,最后到了法鸠屋拉处;他这样"席不暇暖",并不是不受优待,而是因为他到处找不到他所期待的政治目的。他再换地方去碰运气了,他到了波伦耶(Bologna),到了巴土亚(Podua),还是一无所成,终于又回到味罗那。

这几年无结果的"周游列国",使得檀德感觉到回去的路(恢复贵族派势力的路)差不多全已断绝;于是他要远离意大利了,他穿过戈尔(Gaul)省,直到了巴黎。在巴黎,他暂时舍弃了政治活动,专心于哲学和神学的研习。

然而正当檀德对于政治活动将要断念的时候,忽然意外来了一桩事,又使他重燃起最后的希望来。因为卢森堡(Luxemburg)的亨利伯爵既得教皇的同意立为国王以后,不久又加冕为"日耳曼皇帝",一三一〇年顷,这位"皇帝"因为意大利那些国中间有反抗他的分子,所以就带兵来征伐了。"皇帝"的大兵先围困了布里西亚(Brescia)。檀德听到了这消息,就相信"皇帝"一定会打胜,而且"皇帝"一定还要征讨其余的反抗者,而佛罗伦萨也当然在内。檀德幻想着可以借这位"皇帝"的兵力回到佛罗伦萨了,于是他匆匆爬过了阿尔卑士山,跟散在意大利各处的同党联络,派专使去见"皇帝",请他移动围困布里西亚的大军转而攻取佛罗伦萨。檀德上书给"皇帝"说,如果佛罗伦萨——全意大利最强的"共和国"——打了下来,那么,整个意大利就在"皇帝"的支配下了。檀德他们的游说居然邀得了"皇帝"的嘉许。可是"皇帝"的大军却遇到了顽强的抵抗。终于一无成就,"皇帝"失望地丢开佛罗伦萨,转而进攻罗马。虽然这一次有了相当成功,但"皇帝"也就撒手归天了(一三一三年八月)。"皇帝"的死,对于檀德的期望是一个重大的打击。他从此断念于重振贵族势力的政治活动。再爬过亚平宁(Apennies)山岭,他亡命到雷文那(Ravenna)。

当檀德的希望寄予那位"皇帝"亨利第七的时候,他用拉丁文写了散文的《王政论》(De Monarchia)。这也分三部分,每一部分讨论一个问题。在第一部中,他用了巧妙的逻辑证明"皇帝"是要使世界太平所必需的。在第二部中,他作了历史的考察,证明"皇帝"的尊号理应是"罗马皇帝",且设朝于罗马。在第三部中,他力斥"教皇"与"皇帝"同受命于天的调和说,以及"教权"高于"政权"的教皇派的说法,而以为"皇帝"的权力直接受自上帝,应在教皇之上。檀德这一篇《王政论》正是中世纪"教皇"和"皇帝"争权时"皇帝"一派议论的代表。然而这也是最后的纪念碑了。因为此后不久,"教皇"固然只剩个空号,"神圣罗马皇帝"这东西也成为废物了。

在《神曲》中,檀德的"春秋之笔"把那位远征意大利而带着一颗失望的心死了的"日耳曼皇帝"亨利第七高高地捧上了"天堂"。

六

那时候,这有名的古城雷文那的领主是尊贵的"骑士"归杜·奴佛洛·达·波伦塔(Guido Novello da Polenta),听说檀德到了他境内,而且落魄不堪,就请檀德"赏脸"做他宫廷中的上客。按照檀德向来的习惯,一次的敦请是不够的;但此时檀德正在窘乡,所以不等第二次来请,他就去拜会了那位尊贵的主人。

檀德在雷文那很舒服地住上了多年。这时候,他没有恋爱的缠绕(他对于毗亚德里采的恋爱早已"净化"而为虔敬的人生信仰的象征了),也没有感伤的眼泪,也没有家务的烦扰,更没有政治的野心,没有亡命奔波的劳碌,更不愁生活的贫穷,他很可以安心著作了。他皈依了圣·佛兰西琐(Saint Francis of Sassisi)的苦行禁欲的宗派。他专心完成了他的禁欲主义的《神曲》。他把圣·佛兰西琐的生活在《神曲》的《天堂》篇里加以咏赞。然而檀德对于这位苦行僧派创造者的崇拜也不是全然出于道德的意味;在人格的景仰外,还有一层功利的观念,因为圣·佛兰西琐的宗派此时在欧洲各基督教国家已成为一种势力,而且正和檀德的仇人——"教皇"的教会势力隐然对立。

那时候,檀德还把诗法教导了许多学子,特别是用"白话"作诗。在檀德以前,不是没有人把"白话"作为书写的工具,但把"白话"抬高到艺术表现的工具,却是檀德开始的。这是他对于中世纪以后的文化——文艺复兴期的文化最大的贡献。

一三二一年,檀德病死于雷文那。这是九月内"各教堂举行神圣十字架升化纪念节的一天"。雷文那的领主"骑士"归杜将檀德的遗体戴上诗人的桂冠葬于佛兰西琐宗派的寺院。这诗人的坟墓也是后来往圣地进香的虔敬的教徒们常常去顺道礼瞻的。

檀德死后五十年,佛罗伦萨成为"新文化"运动(文艺复兴)的中心点。这就是檀德所痛恨的佛罗伦萨的商业手工业资产者社会所产生的新文化。然而佛罗伦萨的"市民"却知道珍视这位五十年前大诗人的遗作。在一三七三年,佛罗伦萨的"市民"建立了"檀德诗篇"的公开讲座,薄伽丘被选为讲师。因为,在"同业公会"操持下的佛罗伦萨的"市民政权"那时已经很巩固了,"市民"们觉得生活比从前好了,他们不相信《神曲》里的"天堂",同样也不怕那"地狱"!

七

许多研究《神曲》的专家对于《神曲》的著作年代,意见不能一样。争辩得最厉害的,是檀德造意写这部伟大的"史诗"——或者他开始写作,到底是在他被放逐以前呢,抑在他被放逐以后?有一点是专家们大体同意的,即《神曲》中的"地狱"、"净界"、"天堂"三部分不是一个时期写成的(这一点,我们到后面再详细说罢),但问题是檀德在什么时候有将他想像中的幽明三界的观念写一部长诗的计划?

这一个问题,在我们看来也许觉得随它搁在那里也没有多大关系,反正《神曲》总是中世纪文化的结束;不过我们倘使在这里带便讲一点,大概也不至于引起厌烦罢。

那么,我们又要提到檀德的同乡后辈——"文艺复兴期"的大师薄伽丘了。

薄伽丘以为《神曲》的开始写作一定在一千三百年,即檀德被放逐以前。但他又以为檀德被放逐以后整理那未完成的旧稿的时候,也许又加以全部改作。薄伽丘为什么以为《神曲》的开始写作会在一千三百年以前呢?他是从檀德的《新生》里得的暗示。《新生》的末尾(第四十二节)有一首短诗,这是《新生》内最后一首诗,这诗的第一二两章是这样:

> 我心中的叹息忽然飞跃向上,
> 直达到那眼界以外的宽广无垠的远方。
> 这叹息算是新的睿智,由"爱情"用眼泪培养,
> 又由"爱情"这样送它到最高处翱翔。

> "爱情"命令它停止在一个所在,

> 它看见了一位圣女,被重重的光荣包围。
>
> 那圣女,她照耀着四方的那种神仙的光彩,
> 使得我朝天的游魂急忙注视,礼拜。

檀德在这首诗后面加了一段说明(《新生》第四十三节),"写了这首短诗以后,我起了一个奇异的幻觉。在那个幻觉里面,我看见了许多妙景。于是,我便决意对于我底清净的淑女再不说什么,要一直等到我能够用更好的方法去说她的时候再说。为要达到这个目的,我是在尽我能做到的来努力。这个,就是她也会知道得很清楚的。所以,若是万物之主肯赐我多活几年,我愿意用从来对于一切女性都不曾用过的话去说她。并且在我尽了人事以后,我底灵魂要是能去拜见我底淑女底荣光,就是说,能去拜见那位在显耀地对着'永远被祝福'的上帝尊容的贝德丽采底荣光,那便是大慈大悲的大神所赏给我的无上恩惠了。"(王独清译)

这一段美丽的话,倘使翻成老实话,就是檀德梦见毗亚德里采(贝德丽采)在天堂(这梦倘使按照《新生》成书的年代来说,应该是一二九二年的事)。而檀德因此要结束了他的赞颂忆念毗亚德里采的短诗(《新生》),用"从来对于一切女性都不曾用过的话"(《神曲》)去赞颂她。那首诗的第二句所说"宽广无垠的远方",后人以为即指"净界"。

如果我们把《新生》里那些短诗看作檀德哀悼他的"淑女"时激情的抒写,那么,我们要是假定说檀德在哀思稍杀而恋爱的忆念"净化为"虔敬的礼赞的时候,发意要写大规模的诗篇将"他的淑女"捧上天堂,大概也不算没有理由罢?而且我们也不妨假定他在"人事"余闲曾经部分地实现了他这宏愿,不过一千三百年顷他"人事"太忙的时候,他又搁置了;然而在一三一〇年以后他被逼得不能再尽"人事"的时候,他再理旧稿,却已经心情改易,他将本来预定赞颂最光荣的女性的诗篇改作为对于政治社会的批评了。这就是我们

现在所见的《神曲》。在这《神曲》里,毗亚德里采不复是"爱情"的化身而是"信仰"之象征了。

八

这"改定"的《神曲》又是什么时候开始"改写"的呢?也有两种意见。一种是以为直到一千三百十三年"日耳曼皇帝"亨利第七死后,檀德这才动手改写。但是最多数学者认为可靠的推断却把那时代移前到一千三百〇五年到一千三百〇六年。倘使我们觉得薄伽丘的记述不应该轻轻看过,那么,上述的后一说自然更可信了。

《神曲》各部分脱稿的时期,也有多种不同的推论。比较上最有力的假定是把"地狱"篇的完成时期断为一千三百〇八年,"净界"篇的断为一千三百十三年,而最后的"天堂"篇则断为一千三百二十一年九月檀德去世的时候,尚不过是刚刚完篇的"初稿"而已。也有一说谓檀德去世的时候,"天堂"篇最后数章(或谓共十三章)并未脱稿,现在我们所见的最后十三章实在是檀德的儿子约各伯(Jacopo)所续而冒称是他父亲的手笔罢了。

这一个疑案倒也不是后代惯作翻案文章的朋友在那里凭空"疑古"。这是有当时(至少也该是文艺复兴期)所传关于檀德的逸事可作怀疑的基础的。薄伽丘告诉我们(在他的《檀德传》里),檀德在写作《神曲》的长时期内无论他身在何处,他每成六章或八章,就先要送给斯嘎拉可汗(我们总还记得罢,这一位是檀德亡命后早年寄食的恩主)第一个先读。等到这位"可汗"认可了,而檀德也再想不出应有什么修改了,然后他把那几章作为定稿让人传抄。他这给斯嘎拉可汗保留第一读的优先权的习惯,一直继续到他死的那一年。但是最后的十三章原稿,斯嘎拉可汗迄未收到。檀德死后,他的儿子和弟子找了几个月也没有找到。檀德的亲友们因此曾劝檀德的两个儿子约各伯和比罗（Piero）——两个都是诗人,努力续完他们父亲的未完成的杰作。

然而距檀德死后八个月,这问题中的十三章诗居然找到了。据薄伽丘的记载,则是檀德托梦给他的大儿子约各伯,告诉他那十三章诗的原稿藏在什么地方。薄伽丘说：那时雷文那地方有一个人名为比罗·齐阿迭诺（Piero Giardino）的,原是檀德的门弟子,在檀德死后八个月一天的黎明时分,忽见他先生的大儿子约各伯走来对他说,夜来得了个梦,看见檀德立在他面前,照常穿了白色的长袍,脸上放射着神光。这位大诗人的鬼魂显现了时,那儿子约各伯就惊问道："父亲,你没有死么？"可是他听得他的父亲回答道："在人世中,我是死了,但在永存的世界,我没有死。"于是那儿子又问他的父亲：到底他有没有将他的大著作完稿,而且要是做完了的话,那么,缺失的最后一部分藏在什么地方？于是那儿子仿佛听得回答道："我是做完了的。"接着,他就恍惚觉得他的父亲拉着他的手,领他到他生前的卧房里,指着一处说："这里就是你们找了那么久而不得的东西了。"这当儿,那父亲就不见了,那儿子也就从梦里醒来了。儿子（约各伯）醒后就立刻跑到齐阿迭诺那边,告诉他,要和他一同去找。约各伯记得很准他父亲托梦时所指点的那地方。

他们等不及天大亮就到檀德生前的卧房里,他们看见墙上果然挂得有一个掸子；把这掸子轻轻地拿开,就见墙上有小小一个洞,这是他们从来没有见过而且从来不知道的。在洞里,他们找到了一卷纸,积满了尘土而且受潮,要是再过些日子,这纸恐怕就会烂了。他们很小心地拂去了尘土,读一下,果然是他们久觅而不得的那十三章。他们快活得什么似的,连忙抄出一份来,依照檀德生前的习惯,尽先送给斯嘎拉可汗先读,然后加在《神曲》全书的背后,圆满了《神曲》的庄严结构的一百章。

薄伽丘这一段记载大概是根据了他那时流传的"逸话"。所谓托梦,所谓墙上秘密的小洞,以及洞中快将霉烂的原稿,都未必可靠。但有一点却大概可靠,就是《神曲》的最后十三章不曾在檀德生前由檀德自己"发表",而且檀德死后也不曾在他的遗物中被发见;这十三章是"后出"的。而且在这十三章未被神奇地找得以前,檀德的亲友们曾劝檀德的儿子继承父志续完那伟大的"史诗"。

因为约各伯那个梦太离奇,而且檀德生前为什么要把那十三章的原稿不被一人知道藏在秘密的墙洞里也很不可解,所以后人的怀疑也不是毫无理由的。也许这"后出"的十三章竟是约各伯和齐阿迭诺的共同作品而托之于檀德,但也许是檀德生前有了初稿而经过这两位的整理。这都是不可深考的了。不过就这十三章的思想和风格而言,那就算作是檀德的亲笔也没有什么不妥当。

我们再回到"地狱"等三篇的"脱稿时期"的问题。

上面说过,一般的意见以为"地狱"篇的完成大概在一千三百〇八年顷,"净界"篇的完成大概在一千三百十三年。"天堂"篇的完成问题,则已说得很多。檀德研究的学者推定这些时期,一面固然根据了许多"传说"——这些"传说"的可靠程度很能依你是怎么看法而大有伸缩,但一面也在《神曲》本身里找到了有力的证明。《神曲》的"地狱"等三篇都述及檀德当时的政治。这些"政治"故实的"人"和"事"大半可考。据研究的结果,则"地狱"篇中所引证的史实除了一个例外,其余全体是一千三百〇二年或一千三百〇三年以前的;"净界"篇中的"典故"没有一个是过了一千三百〇八年,而"天堂"篇中没有一个在一千三百十六年以外。这就可见檀德虽然早就有了个游历幽明三界的"梦的故事"的腹稿的大纲,然而一切(至少是大半的)细目却是一边写一边想,而且当他写作那时最近发生的政治现象给他的刺激特别强,所以他就采用得最多。这一个假定的原则如果是不错的,那么上面所举的"地狱"等篇的完成时期几几乎可说是确凿的定论了。

又据"传说"(这也是由薄伽丘记载了下来的),《神曲》的"地狱"篇原题"奉献给"法鸠屋拉(Uguccione della Faggiuoa),"净界"篇"奉献给"莫罗乌洛·玛腊司比那侯(Marquis Moruello Malaspina),"天堂"篇"奉献给"

西西里王（King of Sicily）弗列特立克第三（Feredirck Ⅲ）；这也可作上述的各篇完成时期的旁证。又有一说，谓《神曲》全书题为"奉献给"斯嘎拉大可汗，则因檀德曾有一时把"扫荡妖氛"的希望寄予这位"可汗"身上，而且他早年的亡命时代是在斯嘎拉的宫廷。

最后，我们再就《神曲》的体裁略讲几句话。

我们已经知道《神曲》按"地狱"、"净界"、"天堂"三界分为三篇（或三部），而每篇各分三十三章（或三十三曲），每章有若干节，每一节是三行（或三列或三句），而押韵的法子则是"奇""偶"相生，很谨严，很巧妙（这种用韵的方法，在民歌中是很通行的，檀德是用了白话写作以外又采用了这民歌的用韵法）。所以就全体看来，《神曲》是整严的三棱形的大建筑。檀德为什么特别看中了这"三"数呢？因为"三"是一个完全的数目，是"三位一体"的意思。宗教性非常强烈的檀德在这些地方也不肯随便的，他一定要表示他的宗教性。

但是《神曲》全体共为百章（"地狱"篇前有全书绪言性质的一章），这也不是随便凑上的。因为中世纪人对于数目字的神秘的观念，以为"十"也是完全的好的数字，因为"十"是"三"的平方加一，而"一百"又是"十"的平方，所以"一百"也好。

"三"的"平方"是"九"，所以"九"也是好数字。檀德在《新生》中就常想尽力表示"他的淑女"毗亚德里采和"九"的数目相符。

从《神曲》的"章法"是整然的"三"的演进这一点上看来，也可知檀德构思的如何严密精巧了。

九

现在，我们应得看一看这部"中世纪的史诗"内容构造得如何精巧。

《神曲》是一场"大梦"。檀德在一千三百年的四月八日"入梦",四月十四日完了这"梦"的历程。他在那幽明三界所见的罪人恶人和圣哲,有的早已死了,有的还活在世上,他所讲到他们的功罪,有的已属过去的事,但大部都是一千三百年以后的"历史"——在这上头,檀德就用了"预言"的形式写着。他把地狱里的罪人作为能够知道过去未来,他又把净界和天堂的圣哲作为无所不见,无所不知。

这"梦的故事"的开头就是檀德在"幽林"里迷了路——

一千三百年四月八日,"人生半路"的檀德在一座黑暗的森林里迷了路。那时夕阳正停留在左近的小山上,檀德正打算跑上这残余光明所在的地点,突然有三条恶兽挡住了他的去路。这是一条花纹斑斓的豹,一只威风凛凛的狮子,和一匹瘦的张口流着馋涎的牝狼。檀德慌做了一团。而那时那小山上夕阳的余光也照不到他所站在的地方了,昏黑从四面逼来了。

正在这危急关头,森林里有人影隐约向他走来。"你是人呢是鬼?"檀德又惊又喜问着。"我是维琪尔。"那人影回答。

檀德向来就很崇拜这位罗马古代的大诗人,如今迷路在幽林中忽然逢到,自然不胜之喜。但是维琪尔此时还有使檀德更加快活的消息。他说明他是奉了檀德至心顶礼的"淑女"毗亚德里采的使命来引檀德出险,并且引他经过了地狱和净界去和毗亚德里采相见的。他告诉檀德,那落日余晖的小山是跑不到的,因为有那贪馋的牝狼阻路。檀德要出幽林,只有跟着维琪尔去。

于是檀德就情情愿愿跟着维琪尔走了。他们的旅程先要经过地狱。

这就是作为全书"绪言"的"地狱"篇的第一章。在这里,檀德就用了中世纪诗人惯喜欢的象征的写法。"幽林"是指当时的政局,檀德认为那是黑暗而使人迷误的。夕阳笼罩的小山指道德的生活或檀德认为尚有光明生活的那时意大利几个小国(封建诸侯的采地),在那些小国里还没有檀德所痛恨的"市民政权"成立着。花纹斑斓的豹,指奢侈淫邪。檀德也许又把那豹比喻佛罗伦萨的"奢侈贪财"的市民——工业家、银行家。狮子喻傲慢、威武、雄心，在欧洲常以狮或鹰指帝王，在这里，檀德大概是指乏洛亚的沙尔 (Charles de Valois)。一三〇一年十一月一日，沙尔以中立派的态度入佛罗伦萨，但他表面上中立（因此不为佛罗伦萨的白党所拒），暗中却和黑党有谅解。沙尔既入佛罗伦萨之明年，政变遂作，白党完全失败，而檀德遂被放逐了。所以沙尔是檀德的对头。牝狼本来泛喻贪婪，但在此处，檀德又确有所指。大概是指罗马教廷。因为据维琪尔的史诗，罗马的始祖罗慕路 (Romulus，罗马因他得名) 相传是牝狼乳育大的，后来罗马城之徽帜即为狼乳小儿。教皇居于罗马，所以檀德用牝狼隐指教廷。当时罗马教皇和佛罗伦萨的"市民"勾结，打击帝党，沙尔在佛罗伦萨的政变，背后有教皇主动，所以教皇也是檀德的对头。然而又说是瘦的牝狼，则因那时教廷的权威实已大不如从前了；教皇虽然利用了意大利新兴的市民势力，想扩张自己的权威，然而结果却只使"市民政权"发展而巩固，反转来要使教皇仰其鼻息。檀德虽然极恨"市民政权"，可是不知不觉地承认了它的不可抗，所以把教廷说成瘦狼。

《神曲》里几乎全是"象征"。上面所说的，不过是细节目，而其实《神曲》的整个"故事"就是一大象征。檀德自身是"人类精神"的象征，维琪尔象征着"理性"，而毗亚德里采则象征着"信仰"。幽明三界的旅行则是"人类的精神"由罪恶（地狱）经过了净化（净界）而到达幸福（天堂）之灵魂发展的象征。

并且《神曲》也不单是宗教的道德的象征，而又是社会的政治的象征。

十

现在檀德跟着维琪尔进地狱了。

天色已经黑暗下来了，檀德虽有些踌躇和畏怯，但毗亚德里采（信仰）的光明鼓起了他的勇气。他跟维琪尔转入幽林边的一条路，便看见地狱的大门，那门上刻着一行字道："走进这门的人必须抛却一切愿望。"檀德看了不免心中凛凛。

但在地狱门口，他们先看见一块平地（地狱是漏斗形，上宽下窄的），这里充满了呻吟和悲叹的声音。这里有一面旗挂在空中，随风飘荡。这里有许多鬼魂跟着旗的方向，毫无主见地飘来飘去。这里的鬼魂，生前全是些不敢作恶却也不能为善的庸人。这块平地叫做"Limbo"就是"边缘"的意思。这里的鬼魂登天堂是休想，入地狱也不配，是最没出息的第三种鬼魂——生前是"灰色人"，死后在这里长受虫蜇蜂刺，永远不上不下悬空。这里是并不比地狱好些的"悬林"。

据说是魔鬼叛上帝的时候，有一群天使虽不助魔鬼，却也不敢帮上帝，他们就只是观望投机。为了惩罚此辈"不冷亦不热"的卑怯麻木的人，上帝特在地狱边口设此"悬林"（《圣经》上没有这故事，也许是檀德所臆造的）。檀德深恨这样中立的灰色人：

> 彼皆无望于死兮，
>
> 蕾蕾一世其卑微兮，
>
> 用凡他人之是嫉兮，
>
> 世莫许其留名
>
> 亦慈悲与正义之所轻。

檀德看轻这班人，以为他们比地狱中人还不行；因为地狱中的罪魂还有刑满的一日，还有"第二死之希望"——就是"转生的希望"，但"悬林"中这班人却连这点希望都没有。他们既妒羡那在天堂受福的好人，也当妒羡那在地狱中受罪的恶人。

在这里，檀德放置下他所最看不起的教皇绥立斯丁第五（Celestino V）。这位懦弱无能的人，当一二九四年顷教皇宝位虚悬纷争不决的时候，曾被人利用做傀儡。那时这位"隐士"已经八十岁了，被觊觎大位的荄丹尼（Benedetto Gaetahi）拉了出来做息争的工具，只在位五月即从荄丹尼之劝而逊位，那时荄丹尼自立的布置已经舒服，遂因那不尔王沙尔第二的助力而登上了教皇之位。绥立斯丁第五是这样一个不能为恶却也不敢为善的庸人！檀德深恨这样的人——这样独善其身的人：

  并瞥见夫彼影，
   尝以懦怯而避大命。

（钱译《神曲一脔》）

檀德把他的政敌都放在地狱里受罪，但是他亦不肯轻恕那些虽非敌人却又并非友人（助他抵抗教皇及黑党）的第三种人。他这里所诅咒的是一部分佛罗伦萨的无党派的市民。

于是在阿哲仑河边，檀德和维琪尔上了哈隆（这里，檀德采用了异教的希腊神话）的渡船，到了地狱的第一层。这当儿，欢迎他的是一个地震雷鸣：

 地泣而风动
  光闪而暗红，
  五官为之失用。

十一

檀德以前，已经有过不少的写到"地狱"的文章；但是把"地狱"的构造想像得那么精巧的,却不能不推檀德为第一人了。据说当初魔鬼(撒旦)反叛失败后从天上跌下来,将地面撞成一个大洞——这就是"地狱"。这大洞是漏斗形的,上宽下窄,沿这洞的边缘自上而下,共有九层,而最后的第九层便是这"地狱"漏斗形的尖底,罪孽最深的人所在的地方。

反之,罪孽最轻的人自然是在地狱的第一层了。檀德在这里先经过了一段黑暗的路,听得那些虽然不受刑罚却也得不到上帝的恩惠底鬼魂们的叹息。这些大都是没有受过洗礼便死了的婴孩以及异教的古人。但是到了这里的鬼魂也不是永远没有超度的希望。从前耶稣曾经来过,带了些鬼魂出去,那中间就有亚当、夏娃、摩西、亚伯拉罕。

这里有光明照着的一座城堡,有七重高山和一道明净的河水围绕着。这里有鲜花绿草。檀德想像出这么个"佳境",特为安置着几位古代的大诗人。提着一把大刀的是特罗亚战争的歌人希腊的荷马。还有古代罗马的大诗人贺拉司(Horace)、奥维得(Ovid)和琉坎(Lucan)①。回头维琪尔"接客"的差使完了时,大概也仍旧要住在这里(自然檀德觉得他自己是不便住在这里的,因为他有毗亚德里采〔信仰〕帮忙)。

于是再像走下阶级似的到了阴暗中,便是地狱的第二层了。这环形的一层比第一层小些,可是收容着的鬼魂却比第一层多得多。这里门口有半人半兽的怪物米诺司(Minos)把守着。这长尾巴的怪物好像是一个"号房",凡有鬼魂进来时,它用它的长尾巴打他,打几下就判那鬼魂该入第几层地狱。它看出檀德是活人,不让通过,可是维琪尔晓以"天意",就解决了这场纷争。

第二层的地狱全是些生前陷于情网的人。这里狂风怒吼,吹得那些鬼魂如痴如醉,立脚不定。这里住得有一位"名人"——迦太基的多情的女主黛陀(Dido)。也是在这里,檀德第一次遇见了同乡的鬼魂,佛郎西司·特·利玛和

---

① 琉坎(39—65)　古罗马诗人,写成恺撒与庞贝之事的10卷史诗,后因反对暴君尼禄而死。

比罗·玛纳得司塔;这一对屈死的情人絮絮地诉陈他们的冤苦,使得檀德听了发晕。

于是恍惚间维琪尔已经引檀德到了第三层地狱。这是生前贪嘴讲究吃喝的人受罪的地方。檀德把"口腹之欲"视为不轻的罪恶,他要那些鬼魂受着似乎太过分的刑罚。他"罚"他们住在可怕的泥塘里,又使他们受着雨雪的濯打。而且还有叫做塞勃鲁司(Cerberus)的三匹猛犬守在泥塘边,常常咬啮那些敢探身出来的鬼魂。

在这里,檀德第二次遇见了同乡的鬼魂西亚科,谈起了佛罗伦萨过去的"市民革命"(一二九三年的罢?),檀德觉得那就是日后的祸根。

第四层地狱里尽是些生前太会挥霍或者太爱钱如命的鬼魂,所以这一层地狱的门口就坐着财神普罗都(Pluto)。这里的鬼魂还是不改老脾气,爱挥霍的自成一队,爱钱如命的守财奴也结了党;他们两方面永无休止地吵架,用石子互相攻打。

现在是一片凄凉的污浊的浅水横在檀德他们面前了。这便是地狱的第五层,凡是生前心地窄狭易嗔善怒的鬼魂,都收容在这里受苦。他们挤在那污浊的浅水中还是互相倾轧,还是满面的怒容。这一汪污浊的浅水通入一个幽暗的湖,叫做斯底克斯(Styx,恨湖,这是希腊神话中所谓地下世界的大河,但又为女神之名,她的职司是在神们发最重的誓言时给作见证),湖岸有一座塔,放出火光的信号招那凶恶的舟子菲莱茄斯(Phlogyas,也是希腊神话中的人物,本为王子,因焚毁阿博罗神之庙而被杀,且被罚入地狱),檀德他们就坐了菲莱茄斯的渡船从"恨湖"进向第六层地狱。这湖里,也住满了一些多嗔善怒傲慢的鬼魂。檀德他们刚到中流,忽然从那阴惨惨的湖水中窜出一个鬼魂来扳住了船板。檀德认得他是同乡政敌绰号叫做"argenti"(银子)极爱排场的斐立泼·阿根底。檀德向来瞧不起他,这时仍然不屑理他。那鬼魂顿时大怒,想要弄翻那渡船,拖檀德下水,幸而维琪尔眼快看见,将这鬼魂推落水去。

091

这时候，渡船近岸了；岸上有一城，名为狄司城，这便是第六层地狱。远看去只见城头一派火光。原来收容在这第六层地狱的全是些倡导邪说的人，他们在受火焚的刑罚。在这里，檀德放着他的几个政敌，大皇帝和大主教，还有一位教皇。可是进这座孽火滔天的城，却很费了点手脚。城门是闭得紧紧的，无数鬼魂在城上呼喝，不许檀德进去，便是维琪尔也没有办法。而且城头上更有复仇女神三姊妹，身上腰间是长蛇作带，头上是无数小蛇作发（复仇女神也是希腊神话里的人物），她们三姊妹中间那位叫做曼杜萨（Medusa）的，尤其可怕，凡是血肉凡胎朝她看了一眼立刻就会化成了石头（这也根据希腊的神话）。檀德也险些儿着了道儿。他们正在窘急时，耶稣基督踏着水波从那"恨湖"上来了。他用手杖向城门一指，门就开了，城头上的恶鬼也逃光了。

从第六层以下，景象是一步比一步凄惨了。暴徒，杀人犯，自杀者，不敬上帝的人，都是第七层地狱的罪人。这又分作三部分：先是血河，杀人犯的鬼魂住着，有许多半人半马的怪物叫做辛吐里（Centauri，这也是希腊神话里的东西）带着弓箭在河边防守，不许那些鬼魂逃出那痛苦的血水。檀德他们由一个辛吐里引导沿了血河走了不久便到一树林，这是死灰色的树林，却不是真树而是生前要逃避上帝给的苦难（自杀的人们）的鬼魂所变的。有一种名为哈比（Harpy）的女面女身的怪鸟（这也是希腊神话里的东西）常常用爪撕裂这些活树。离这鬼变的树林不远，又是一块荒凉的平地，所有生前对上帝不敬的鬼魂在这里受罪。这里不断地下着大雨，无数的鬼魂无处躲避。

第八层地狱在一个非常危险的深谷。从谷顶到谷底玛莱波尔查（Malebolge）必须经过一条悬河，有一个怪物叫做葛尔伊洪（Geryones，这也是希腊神话里的东西，据说有三个头，或云是三身连在一处，但在《神曲》里这怪物却代替了渡船），驮着檀德他们下去。所谓"玛莱波尔查"就是"恶坑"的意思，十个很深的坑收容着各种的鬼魂——被恶鬼鞭打的谄谀者的鬼魂，头埋在土里脚露在外面受火炙的妖人，在沸滚的松脂里煎熬着的侵吞公款者，被蛇咬着立刻烧成灰而又再复原形再被咬被烧的巧取豪夺别人财物的人,还有一班伪善者的鬼魂,戴着铅质的镀金的大风帽,外观很漂亮,可是那沉重的铅质压得他们弯着头,可怜得很。檀德在这第八层地狱的那些恶坑里放进了许多他所憎恶的同时代的人。

最后是第九层地狱——变节的和卖主的鬼魂的住所。这里有一片冰湖,那些受罪的鬼魂身体冰结在湖中,只露出了头颅。檀德将他的政敌拣了好几个放在这冰湖里受苦。这里有主教罗吉亚理,又有帝政党的变节者何科莱在咬着那主教的脑顶。

在第九层地狱的正中,就是"漏斗的顶底",站着那叛逆的天使留息非,半身在冰里,他的三张脸上血泪模糊,三只嘴里各衔着一个变节的叛徒:出卖耶稣的犹大和谋杀恺撒的布鲁吐斯与卡西司。

于是维琪尔驮了檀德,从留息非的身上往下降落,忽然他们一个筋斗就站在另一条路口,这便是走到"净界"去的路。

十二

所谓"净界",依基督教初年的传说,便是一座火焰山,但在《神曲》里,却并不是到处火焰腾腾的地方,而是只在最高一层方有"净火"。

"净界"是一座山,恰当"地狱"的对面,据说当初撒旦把地面撞成了个漏斗形的"地狱"时,那泥土从对面射出便成了这一座山似的"净界"。"地狱"有环形的九层,"净界"却是环形的七级。在"地狱"是层数愈深罪恶愈重,在"净界"却是级数愈高"得救"的希望愈多。

"净界"是灵魂洗涤罪恶(自然是轻微的罪恶)的所在。檀德想像"净界"境外是一片平静美丽的海,有古代罗马的哲人——禁欲派的卡托(Cato)做海边的看守人,有许多长着翅膀的天使守护在山脚下——"净界"的外圈。

檀德和维琪尔到了"净界"门口,就看见三层阶台:第一层是白色的大理石,第二层是紫玉,第三层是红玉。有一位拿着刀的天使坐在那最高的阶台上。天使在檀德额上用刀刻了七个P字(这是Peccate〔罪〕的缩写),就拿出一把金钥匙和一把银钥匙开了门,让檀德他们进去;天使的吩咐是"不要回顾"!一进门就听得赞美歌声洋溢空间。

"净界"的第一级是生前骄傲的精灵在那里修炼。这些精灵负着大石头弯了腰走,在把骄傲的脾气克制掉。有一位白衣天使用翅膀在檀德额上拂了一下,那额上的P字就少了一个。这就表示檀德已经涤净了一种"罪"——骄傲,他可以进到"净界"的第二级了。因为已经去掉了一个P字,檀德就觉得身上轻松得多。

于是每过一级,檀德额上的P字就被每一级的守护天使拂掉一个。第二级的"净界"是洗涤嫉妒的罪恶的,这里的精灵都穿了粗布衣服,眼上罩着铁丝网。第三级是善怒的人在那里洗罪,浓雾密包着他们的身体。第四级全是生前懒惰的精灵,在这里匆匆忙忙练习勤劳。守财奴是在第五级的"净界"忏悔,都伏在地上悲泣。第六级是感化那些生前讲究吃喝的精灵的,这里有一棵树,高枝上长满了好果子,但可望而不可即,又有一道清泉,却不能喝。最后是第七级的"净界"了,当前是一条狭仄的险径,一面是万丈峭壁,一面就是光焰腾腾的"净火"。必须经过这"净火",然后可到"天堂"。这时檀德额上还有最后一个P字,这时他望着那熊熊的火焰踌躇不敢跳进去。然而终于又是毗亚德里采的名字鼓起了檀德的勇气,他通过了这最后的一关。

现在是天使引导着檀德他们向"天堂"走去了。但在进"天堂"以前,檀德还得在"忘溪"洗一个澡,忘掉一生所做的一切,又得再在别一条溪(尤诺耶)里洗一会,那就只有一生的好行为能够记得。这时在天空有一团光明,光明里有七个金烛台,金烛台后边有庄严的一行人过来,队中有一辆车,白袍的天使们用百合花撒到车上,渐渐地从花雨中现出一红衣的美人——这就是毗亚德里采!

这时维琪尔忽然不见。他的使命已经完了。引檀德上"天堂",是要毗亚德里采亲身做向导的。

在"净界"中,檀德也安置了好几位他的同时代人。那都是他所喜欢的人——他的同党,他希望他们能够升入"天堂"。

十三

跟"地狱"的九层一样,"天堂"也是九重的。檀德既把凄惨的"地狱"派给他的敌人和他所不喜欢的人,那自然他要把光明快乐的"天堂"献给他的朋友和恩主了。

依檀德的想像,第一重天是"月的世界",住着些正人君子。第二重天是"水星的世界",檀德派给了圣君贤相;在这里,檀德又借了罗马皇帝查士丁尼(Justinian)的嘴巴宣说"王政"之必要和"庶民"之不可僭越揽权。"金星的世界"是第三重天,这里住着博爱仁慈的人们,有国王,也有主教。第四重天是"太阳的世界"了,基督教先哲所住;檀德在这里既表扬了苦行派的始祖圣·佛兰西琐,又竭力发挥了他的宗教论。殉道者和十字军的战士们住在第五重天的"火星的世界"。檀德将他自己的祖先卡恰绮达(Cacciaguida)也供在这高高的第五重天。他又借了他祖先的嘴巴赞美着从前"骑士时代"的佛罗伦萨,叹息着黄金时代的不再,而将挽救人心的责任放在自己的《神曲》上边。第六重天是"木星的世界",是专为檀德受过恩的君主们而设的。檀德恭维他们是人间世正义和公道的柱石。第七重天是"土星的世界",住着修道士。耶稣和他的高足则住于"恒星的世界"——第八重天。最后,第九重的大光明天,却是上帝的所在:檀德在这里只能远远地窥见神的本体和极乐,他自说他的诗才还不能表现那种和美灿烂于万一。

《神曲》就是这样一种宗教的道德的而且也是政治的社会的"梦的故事"。檀德在"地狱"篇中攻击了他所认为不对的"市民"的社会政治组织,在"天堂"篇中他憧憬着过去的"骑士时代",赞扬着禁欲主义。他把"修道士"的地位提高到第七重天。

"地狱"部分是属于"物"的,因而导游"地狱"的维琪尔在檀德意中又是人类物质的幸福——社会的政治的利益之保护者的象征;但是对于人类"灵"的超度则不是维琪尔所能为力,所以出了"净界",维琪尔就不见了,而属于"灵"的"天堂"部分要由毗亚德里采来引导,在檀德心中毗亚德里采就是保护人类"灵"的超升之教会的象征。檀德的政治理想是"统一的神圣罗马帝国",他拥护封建政治,反对"市民政权",所以他的"物质幸福之保护者"的象征"维琪尔"也就是"帝政"的象征。檀德又是反对教皇干涉政治的,他的宗教思想是禁欲主义的修道士生活,"净界"的七级就是禁欲主义的形象的表现。

然而在这一切中世纪文化的特性之外,《神曲》又有些新的"精神"。在形式上,《神曲》不但用了"白话"来写,并且采用了民歌的韵律,并且通体是"三"的演进(这都是上面已经说过的);"地狱"的构造,设想到空前的精致而整齐;"地狱"篇中几段的"插话"几乎已是很完备的短篇小说;而在通体的象征的描写中又到处显出写实的创作手法——这些形式上的特点已经不是中世纪诗歌之散漫和梦幻所可比拟。至于在内容方面呢,檀德将自身作为"人类精神"的象征,将自己的个性作为人生的中心,便颇已表现着他的个人主义的感情,而且他又在基督教传说之外很采用了异教的希腊神话传说,构成了基督教文化与异教文化的混合(他的"天堂"九重"诸星世界"也是采用了希腊天文家都利买〔Ptolemaeus〕的学说),这些也不是中世纪诗歌里头找得见的。

所以《神曲》虽然是"中世纪的史诗",虽然是中世纪文化最后之哀声,虽然作者是在中世纪文化没落的阶段表示了顽强的挣扎的一人,然而正因为那是在成长着强化着的都市的"市民"文化环境中的产物,因而不能不带有二重的烙印,在内容和形式上都预告了新的历史的阶段——文艺复兴时代之就要降临。

第四 《十日谈》*

一

如果前人的记载可以相信，那么，在檀德的《神曲》完稿以后二十七年，佛罗伦萨又有一位大作家开始在写一部空前的巨著了。我们说它是"空前"的，一点也不算夸张，因为无论在体裁方面或是在题材方面，它是欧洲文艺史上以前所未有的著作。

这就是薄伽丘（Giovanni Boccaccio）的《十日谈》（Decameron）。

《神曲》是一件大工程，一个大计划，需要二十年的工夫去完成它；《十日谈》呢，虽然不及《神曲》那样是"整严的三棱形的大建筑"，可也是一件大工程，一个大计划，完成的时期据说也将近十年。也许有人专从"技巧"上着眼，以为《十日谈》不过是一百篇小小的故事，其中最短的不满二千字，最长的亦不过一万，并且每篇故事各自独立，彼此之间没有不可分离的"有机的关系"，怎及得《神曲》的百曲是依着严密的计划，整然的"三"的演进，全体是有机的结构，幽明三界的游历是浑然一气的长故事，多一曲或少一曲都是不可能的——不错，也许有人从这些上头判断《神曲》和《十日谈》的高下；然而，让我们从另一方面来看看。如果《十日谈》也是《神曲》同类的作

---

* 本篇最初发表于一九三五年九月、十月《中学生》第五十七、五十八期。

品,那就不用说它比《神曲》差得多了。因为我们把同类——思想内容相同的作品来比较的时候,"技巧"的高低可以视为重要的决定因素的。但是倘使是思想内容完全不同的两种作品呢,那我们就不能专在"技巧"上头着眼,我们应当从它的思想内容和时代的关系——对时代的影响上去下判断。比《神曲》后了这么三十年出世的《十日谈》就要求我们不从"技巧"上而从内容思想上去认识它的"伟大"——或者说,和《神曲》一般的伟大。

因为《神曲》是"梦的故事",是象征的,幻想的,两眼向着天上的,而《十日谈》则是现实的描写,人间丑恶诈伪的剥露,是注视着活人的社会的;而且,《神曲》是中世纪贵族文化之"回光返照",而《十日谈》则是代替了贵族文化的新兴工商业"市民"文化之"第一道光线"。

《神曲》是没落的贵族文化的总结束而带着新兴"市民"文化之烙印的,《十日谈》则是完全属于"市民"文化的。新的文化的内容,要求一种新的形式,《十日谈》的形式便是这种新形式的"初步";然而它已经不怎么简陋或幼稚了。它的一百个故事虽然彼此之间没有不可分离的有机的关联,然而这是在预定的大计划——思欲包罗人间社会种种形象的大计划下写了出来的。它这一百个故事分为十类,从全体看来,何尝不是人生的"百面图"?五百年后巴尔扎克(Balzac)的《人间喜剧》即使比《十日谈》要规模阔大得多,然而又何尝不能说是《十日谈》的计划的扩展——或者换句话说是十九世纪的长成而且强壮的"市民"社会所能产生的《十日谈》?不过在薄伽丘那时代,我们还只能有百篇短故事的"人生百面图",因为"市民"的文艺式样——小说这东西那时刚在萌芽。

二

薄伽丘是人类文化史上一个大节目——一所谓"文艺复兴"时代的鼓

手。他和"文艺复兴"的先驱——第一个 Humanist（人文主义者）佩脱拉克（Petrarch）①是同时代人，佩脱拉克长他九岁，并且据说他思想上受佩脱拉克的影响很多，他自居为门弟子，然而对于此后文学的贡献则佩脱拉克的抒情小曲远不及薄伽丘的《十日谈》呢。"文艺复兴"这运动的灿烂的收获期虽然约在薄伽丘逝世后的五十年，但是薄伽丘是"精神上领导"着的。他虽然没有什么哲学的巨著，但是他的《十日谈》以及其他文艺作品，他的几乎花了全部家产收藏得的古希腊罗马杰作的抄本，他的努力使得佛罗伦萨大学创设了希腊文学讲座——都证明了他是"文艺复兴"最大的功臣。

如果我们能够靠着历来的记载的帮助，那么，我们可以想像到这个新文化（文艺复兴）的精神怎样在意大利靴子里那些新兴的工商业都市的曲折湫隘的街道里静静地慢慢地流输，而终于成为改变了欧洲颜色的大运动。《十日谈》全部的第一次印本也许是迟到一四六九年的事——这部奇书的第一次印本没有出版年月和地点，但可信是一四六九年或一四七〇年在佛罗伦萨印的，然而远在《十日谈》全部的第一次印本以前数十年，在薄伽丘还活着的时候，《十日谈》中间那些生动有力的充满了"新生"的精力的故事，早已为意大利境内那些新兴"都市"的市民所传诵。这些市民们对于那些故事里的辛辣而幽默的嘲讽（主要的对象是从来的特权者贵族和教士）感到快慰，对于那里边的胆大而热烈的"享乐现世"的呼声感到激动——他们不知不觉地接受着，他们可没想到这些辛辣而幽默的小故事带着一个轰天动地的人类文化史上未曾前有的大运动。

这新文化，新运动，当时发斑似的在意大利境内慢慢地长成，工商业发达的一些都市成为这运动的"堡寨"，而佛罗伦萨尤为魁首。但是这新运动的先驱和领导者——薄伽丘，当他活着的时候并不喜欢佛罗伦萨的，他甚至谈起

---

① 佩脱拉克　通译彼特拉克（1304—1374），意大利诗人。

佛罗伦萨的时候还表示过憎恶。他不喜欢称自己为佛罗伦萨人。

也许薄伽丘在世时的佛罗伦萨并不怎样可喜,那时"市民"虽然已经取得政权,但"市民"和贵族派的斗争还在继续,"新文化"还没在佛罗伦萨满开美丽的花,然而薄伽丘去世后三四十年间,佛罗伦萨很快地换了样子,俨然成为这新文化的中心。

我们不妨给那时的佛罗伦萨绘一幅不完全的想像的图画。

吕卡提宫(Riccardi Palace)住着佛罗伦萨的治理者银行家美第奇(Medici);亚诺尔甫·坎俾哇(Arnolf Cambio)打样的味奇峨大厦(Palazzo Vecchio)是行政公署;市长衙门是有名的巴尔奇洛(Bargello);那全体白云石而夹着黑云石线条——因此显得更加白得耀眼了的大教堂还是一四三六年新落成;而洗礼堂的那些美妙绝伦的雕刻铜门也已经有一半完成(一四二四年),这是大雕刻家基柏尔第(Ghiberti,1378—1455)的杰作,第一道门他花了二十年心血,"是照天堂的门来做的"——米恰尔·安其罗(Michael Angelo)这位伟大的艺术家曾经这样赞美它;而且和美第奇宫最近的教堂圣罗棱索,被称为"文艺复兴之父"的大建筑家布鲁涅勒斯岐(Brunelleschi,F. 1377—1446)所计划的,也是完工得不久(一四二五年)。还有,差不多一世纪前就动了工的柯洛支堡那时还没完工,但那雄伟的外形增加了这都市不少气概;圣密却尔教堂里的云石神座是世界的"奇宝",这座上雕着圣母的全部故事,是大艺术家和大诗人奥坎雅(A. Orcagna,1329—1376?)的杰作。圣密却尔教堂的对街就是那著名的"羊毛商会馆"(Artedella Lana),大门上有石雕的羊群,毛色柔软得好像要在风里飘动了。这近旁,就有喧嚣热闹的"Mercato"(市场)在广阔的方场。那时候,这里是佛罗伦萨市民生活的中心,也是"文艺复兴"的中心。

在这里,周围拥挤着的,层层堆覆着的,突出的,斜上的,翼然横越的——是无数的平台、月楼、轩窗,和三角形的屋顶。阔绰的房子全是光亮的和雕刻的门窗,穷些的至少也有一些鲜花点缀,或是什么鲜艳的毡子晒在太阳里。这里的一头是鼎鼎大名的公共食堂；每当正午,所有的画家和雕刻家、建筑师——一切艺人,全可以在这里不期而会。在这里,曾经见过那位画师兼五金雕刻师而且尤其以绘画教授著名(得了"青年画家之父"这绰号),日后他门下出了味罗乔(A.Verochio, 1432—1488)那样的高足的斯怪息屋尼(F. Squarcione, 1396—1474),和菲列波·吕比(Filippo Lippi,约1406—1469)并排站着,谈着神甫安其列可(Angelico, 1387—1455, 本名 Giovanni Fiesole,安其列可是后来罗马教皇给他的教会中的职位之名,但他没有受,他是大画家,题材几乎全是宗教的)那边一个小学徒——勃诺淑·戈曹列(Benozzo Gozzoli, 1424—1496?)的聪明伶俐。这位小学徒日后将是伟大而勤勉的画家,他的作品将见于意大利各处教堂的墙壁上的。在这里,又曾经见过伟大的雕刻家如罗色列诺(Antonio Rosellino, 1427—1490)和安德烈·特拉·罗比阿(Andrea della Robbia,大雕刻家路加的侄儿,也是雕刻家)指手画脚地讨论着大理石和黏土的功用哪一个较好(因为安德烈的叔父路加〔Luca〕的黏土浮雕圣母非常有名)。

然而在这一切"艺人"中间还有一位自视为最伟大的"艺术家"——就是那饭店的老板,当时有名的烹调好手。他一手端着那热气蓬蓬的汤锅,在他的顾客——那些"艺术家"中间转来转去,很"艺术地"分配给他们一人一勺。

什么都是闹哄哄的,很快乐的,声,色,味,像大转轮似的变换着各式各样；俄而忽然街那头来了个歌者,也许就是那有名的街头歌人蒲奇罗(Burchiello)罢。施施然来了,穿一件条纹的短外褂,条纹的窄管裤子,他的cithern(琵琶一类的乐器,中古时代很流行)在他颈间晃着,他唱着什么多斯加纳(Tuscany)的酒歌,或者别的地方的什么小曲,或者竟是五月歌,或者古老的民歌和乡村的恋歌。于是饭店里的嘈杂的人声会暂时静止了一下；于是忽然的，所有的"艺人"，连那最伟大的"饭店老板"在内，会一齐和着那街头歌人唱了起来。有几位喝多了红酒的，就会在街头跳舞，看见了卖花女郎走过就会抱住了接吻一下。这当儿，大钟报时，唤人们回到工作上去了，于是那快活的人们就匆匆地四散，回到各人的工作——因为"工作不忘娱乐，娱乐不忘工作"。

这当儿，也许又逢到了那伟大的"国父"（Pater Patriae）科司摩（Cosmo）正在那边的万桥（Veochio）旁边水浅处走过；他多半是赤着脚，满身金紫，很和善，很大方；他颈间的宝石链挂着那比桑纳罗（Pisanello）打样的勋章，他帽檐上钉着一颗东珠，他手抚着他的同伴——希腊哲学家阿吉洛普洛斯（Agyropulos）的肩膀，他的扈从跟在他背后。他时时站住了，看着桥边小铺里摆着的一些小巧的玩具，似乎要买，并且对那些卖玩具的手艺人问了些很恰当的话；或者他和那些挽着平底阔口篮子的乡下人谈几句关于耕种的话。但是他喜欢艺术家甚于园艺家，而艺术家之中他又特别喜欢雕刻家。他现在就是要到大雕刻家杜那探洛（Donatello, 1386—1468）的工作室去。是他，委任了杜那探洛担任那圣罗棱索教堂内圣物房的铜门上的浮雕，他是这大艺术家的"东翁"，他命令美第奇银行每星期送给杜那探洛的"束脩"够他和他的四个助手的嚼裹。而且因为这位大艺术家穿的太不讲究了，科司摩特地送了他全套衣裳——玫瑰红的袍子和风兜，以及里边的衬袍。

美第奇族的这位科司摩在有些方面不能不说是残暴，然而在艺术方面他实在是一位"大护法"。不但艺术家全沾他那银行的光，几乎所有的文学家、诗人、学者，乃至偶游佛罗伦萨的怀有一技之长的"艺人"都可以吃着他的银行。

那时候的佛罗伦萨是欧洲的伟大学者文人的集中地。倘使薄伽丘能够长寿活到那时候，他大概也不会觉得那不勒斯（Naples）比佛罗伦萨好罢，他大概也不会不喜欢佛罗伦萨而称之为"蛙城"了罢。

三

　　檀德的祖先是"古老的光荣的骑士",但是薄伽丘的家世却并没有"历史"。我们只知老薄伽丘是一个相当富有的商人,除在佛罗伦萨,也到巴黎住过,姘识了一个女子,生一男儿,即是乔凡尼·薄伽丘。生的年月,只能从佩脱拉克的一封信里的一句话推知是一三一三年,却不知道月日。佩脱拉克说他自己比薄伽丘大了九岁,而佩脱拉克是一三〇四年生的,所以一三一三这数字大概可靠。至于生的地点,就很有疑问了;佛罗伦萨,巴黎,和拆塔尔多(Certaldo),这三处都被指为薄伽丘的生地。薄伽丘并不否认他是佛罗伦萨人——因为从他祖父起就已经取得了佛罗伦萨的市籍,但是他又常常自署为"拆塔尔多的薄伽丘"。他自撰的墓铭上又称拆塔尔多是他的生地。佩脱拉克也称他为"拆塔尔多人"。他同时代的菲力波·维拉尼(Filippo Villani)则确实指称他是生于拆塔尔多。所谓拆塔尔多是距离佛罗伦萨二十英里的一个小镇或"堡",在亚尔萨(Elsa)谷中。薄伽丘家在这小镇上有点产业,后来薄伽丘晚年也在这小镇上退隐的。不过这些凭据只能证明了拆塔尔多是薄伽丘的故乡,却不一定就是他出生之地。于是巴黎一说较为有力了,因为薄伽丘是私生子是没有疑问的,而且他的父亲在巴黎时和一个女人姘识,也是事实。而他父亲回到佛罗伦萨时就已经带得有这小薄伽丘也是事实。

　　薄伽丘在佛罗伦萨受学于当时颇有名的启蒙先生乔凡尼·达·斯特拉得(Giovanni da Strada)。后来他父亲就要他去学习经商,那时他大概还很小。但是他的志向却是作诗;照他自己所说,他七岁的时候,既不懂诗的格律,也没有读过什么诗集的他,就已经写了些儿童口吻的诗,被他的小伴们呼为"诗人"了。所以他父亲叫他弃学就商,他是老大不愿意;六年的工夫白白费去。这六年内他在什么地方,无从考证,但大概是跟着他的"师傅"在意大利和法兰西各商业中心跑码头。至少是在那不勒斯和巴黎两地住过相当时候，而童年的他在巴黎所受的印象以及学得的法语对于他后来的事业颇有关系。

后来他的父亲也就顺从了他的不喜欢商业的脾气，改叫他去学法律。据不很可靠的记载，他那时从的师就是著名的诗人和学者——檀德的朋友——辛奴·达·匹司托亚（Cino da Pistoia）。这一来，又是六年工夫。据薄伽丘自述："我又白费了六年左右的光阴。我讨厌极了这功课，先生的教导，父亲的命令，乃至朋友们的规劝，都不能使我安心向学，因为我的好诗是克制不了的。"

大约是一三三三年罢，薄伽丘又在那不勒斯住了几时；显然是他的父亲见他不喜法律，又要他做生意了，他到那不勒斯就为了商业上的关系。可是那时这个地方的环境要一个志愿在文学的人去学习商业却很不相宜。那时候，那不勒斯王安周的罗勃忒（Robert of Anjou）是一位风雅的国君，招致了大批的意大利和法兰西的文人学士，其中就有那位大名鼎鼎的佩脱拉克。在这样的环境内，薄伽丘住了好几年；他的更加讨厌算盘和账簿是可想而知的。据说有一次他偶然到了那不勒斯附近的古代罗马诗人维琪尔（Virgil）的坟墓（这墓未必可靠），他站在这神圣的地点，发誓永久献身给诗。但是也许他这决心的促成并不由于这传疑的古诗人埋骨之所，而由于另一位活生生的"妙人儿"。这就是他的爱人玛利亚（Maria）——国王罗勃忒的外室所生的女儿。

薄伽丘在他的自叙恋史的作品内隐去了玛利亚的真名而呼之为菲亚玛塔（Fiammetta）。据他自述，是在一三四一年的复活节前夜，他在圣罗棱索教堂第一次遇见了她。他立即爱上了她，而她亦有同样热烈的回答。不过也经过了许多时间的延挨，她这才不顾自己的尊贵地位以及身为有夫之妇的义务，而委身于薄伽丘。她的丈夫也是一位体面的贵族。这就是薄伽丘不得不用"菲亚玛塔"这假名来称呼她的原因了。

所有关于薄伽丘和"菲亚玛塔"的恋爱事实，仅见于薄伽丘自己的作品中；但是这女子和这一段恋情大概也和檀德作品中的毗亚德里采一样并不完全是"诗人"的想像。

为了"菲亚玛塔"，薄伽丘写了他的第一本散文的故事"Filocopo"——这是依据了当时一些"骑士风度的诗人们"所最爱用的题材，佛罗列哇(Florio)和弁安卡菲莱(Biancafiore)的冒险和恋爱的一部"罗曼司"。这作品可实在算不得高明；这是仗典故来堆砌粉饰的，而且即以文字论，亦不是第一流的散文。但是虽然幼稚，这里也显出作者是一个有希望的作家。

接着，他又写了一部"史诗"《泰萨依特》(Teseide)，也是为了"菲亚玛塔"。这一部可算得是用意大利语文写的第一部"英雄史诗"了。这"史诗"虽然题名为《泰萨依特》——泰萨(或泰秀斯 Theseus)之歌，然而主人公地位的泰秀斯并不是全书的主眼，他反倒是陪客，倒是那两位骑士(Palemone 和 Arcito)对于美丽的爱密丽亚(Emelia)的恋爱成了书中的主要节目。

薄伽丘的诗也不算好诗。他自己也知道。所以当他读了佩脱拉克的抒情小曲以后，竟要将自己的稿本付之一炬。即如那"史诗"《泰萨依特》犹缺乏了伟大的气魄和庄严的韵调。在这里，薄伽丘只玩弄了字句上的小巧。他在这上头，很能玩点花样的；他后来写了《似真似幻的恋情》就是全体的"文字游戏"。

一三四一年顷，薄伽丘被父亲召回佛罗伦萨，因为他父亲老了，要他在跟前而且帮助他。那时佛罗伦萨正闹着内争，跟那不勒斯的快乐环境比起来，自然"蛙窟"似的乏味极了。然最使薄伽丘悒悒不乐者还是因为分离了"菲亚玛塔"。为要遣此离愁，他写了三部作品，全是和"菲亚玛塔"有关系的，但其中一部她独是主角。第一部是半诗半散文的"Ameto"——这大概是摹仿了十三世纪的一半诗一半散文的"罗曼司"，例如《屋卡珊和尼各莱脱》(Aucassin et Nicalette)。他很得意他在阿曼托(Ameto)这人物上所表现的"理想"，所以后来他又把这"理想"用在《十日谈》的辛萌的故事(第五日第一故事）里了。

第二部作品就是上文提过的《似真似幻的恋情》(L'amorosa Visione)，这是五十章的诗。这是写诗人在梦中跟着他的情人的引导得见了古代和中世纪的一些儿女情长英雄气短的主角。这是摹仿着佩脱拉克的有名的"Trionfi"的，但是没有成功。书中的人物故事没有"有机的"发展，不过像一个画廊罢了。但是另一方面，这诗篇却是空前绝后的"文字游戏"的"杰作"。因为不但这是跟《神曲》一样是三三相生的韵脚，并且全书每逢奇数的句子的第一字母合起来又成为三首长诗，其中第一首是诗人恭呈他的玛利亚（这回是用了她的真名了）的献辞；并且这献诗的第一、第三、第五、第七、第九等行的第一字又合成为"Maria"（玛利亚）一名。这样的专心在"文字游戏"，自然免不了"以词害意"和文句牵强的地方。

第三部作品（也许是再回到那不勒斯以后不久的期间写成的），名为《可爱的菲亚玛塔》(L'amorosa Fiammetta)，则是用散文写的，可实在比前两部更富于诗意。这是用了"菲亚玛塔"的自述的体裁描写她如何两地相思，又如何因有亏妇道而痛苦，又如何微闻她的恋人别有所恋而嫉妒，又追忆着他们的初次幽会的快乐、害怕和羞怯。关于"嫉妒"这一点，据说这又是薄伽丘私生活上的一种资料；因为他那《阿曼托》里的女主角实在是他所爱的一位佛罗伦萨的女人。用女人的自述体来描写女子的恋、妒和相思，恐怕这部《菲亚玛塔》是"始作俑"罢，然而这未必全出于诗人的想像，或者倒是"写实的"，因为后来薄伽丘再到那不勒斯和"菲亚玛塔"重续旧欢，大概他从"菲亚玛塔"口中得了这部作品的材料。

四

薄伽丘的再到那不勒斯是一三四四年的事。他父亲搁不住一个有面子的朋友的代请,只好放他儿子出去了。那时候,正值国王罗勃忒的孙女乔凡娜(Giovanna)继承了大位。这位女王年青美貌,好诗,并且喜听诗人们的恭谀,对于薄伽丘自然给以恰如其分的欢迎。有许多年,她待他很好,而他亦很忠心于她。后来女王谋杀丈夫的罪状成为不可掩蔽而受多方面攻击的时候,薄伽丘和其他少数的几个人还是竭力替女王辩护。

《十日谈》中的多数故事也是为了女王的爱听而写的(一三四四到一三五〇年)。《十日谈》开头所说的一三四八年佛罗伦萨的大疫,是后来加上去的"引子",其实大疫那年,薄伽丘并不在佛罗伦萨。然而薄伽丘却能够把那一次的大疫写得那样有声有色。

一三五〇年,薄伽丘因父丧回到佛罗伦萨。这一次,佛罗伦萨当局也重用他了,有好几次派他为外交代表跟外国的国王或罗马教皇办交涉。然而他不像檀德似的是一个政治人。他的外交官时期最重要的一件事倒是他晤见了佩脱拉克并且订交。这两位伟大人物的第一次晤见是一三五〇年薄伽丘刚回到佛罗伦萨。翌年,佛罗伦萨当局要招致当代的大学者到那新成立的佛罗伦萨大学的时候,薄伽丘就竭力主张延聘佩脱拉克来给他最崇高的位置。他代表了佛罗伦萨政府亲自迎接佩脱拉克来,并且传达政府的命令已经发还了从前所没收的佩脱拉克的产业。这两位的友谊从此愈加坚固。

十四世纪时,意大利还不甚热心于古典的作品。古代的典籍保存于僧院,而那些"酒肉和尚"很不知道宝爱,常常从名贵的抄本上撕下几张来,在背面胡乱画一道符(护身避邪的符),四五个子儿就卖给一些信女们。薄伽丘用尽力量去矫正这"野蛮"的风俗。他收买了并且手抄了许多名贵的古书。他又热心地提倡去学习那时候几乎全被忘却的古希腊文,十五世纪时最有名的一些意大利学者也不懂希腊文的。薄伽丘揭发了这时代的大缺憾。他自己从留洪尼·劈拉托(Leone Pilato)学习——这位有学问的飘泊者虽然住在帖撒利(Thessaly)很久,可实在生于喀拉布里亚(Calabria),只能称是个冒牌的希腊人——并且又设法使得劈拉托进了佛罗伦萨大学担任希腊语文和文学的讲座。薄伽丘不妨吹一句,意大利的第一个希腊文学讲座是他设立的。

但是薄伽丘对于当代的文学也并不忽视。他曾经手抄檀德的《神曲》,他竭力劝佩脱拉克研究檀德,他又为《神曲》的"地狱"篇作了详细的注解,从这注解可见他是如何的博学。后来当佛罗伦萨大学始立"檀德讲座"的时候,他以衰病残年尚欣然应召。他写过《檀德传》。

他最后的十年生活很不安定。他住在佛罗伦萨或拆塔尔多,但常常奉公差遣出外或自己出外访问朋友。那时他似乎经济很窘,为的大部分的家财都买了古书了,但他不喜欢受朋友们或崇拜者的资助。这晚年时期,他用拉丁文写了四部书,其中一部是关于神话的,一部是古代地理的研究。

一三七三年,他住定在拆塔尔多了,他已经患病,去死不远了。然而他还力疾应了佛罗伦萨大学的聘请,担任"《神曲》研究"的特别讲座。一三七三年十月二十三日,他作了末次的讲演,到底因为病体不支而告退。翌年,他的朋友佩脱拉克的死耗传来,他受一大打击,从此病势就更加沉重。然而他还念念不忘地要将他的死友的遗作——拉丁文的史诗《阿非列加》(Africa),作者自以为比他从前写的有名的"Laura"①更好——公之于世。

一三七五年十二月二十一日他死于拆塔尔多,遗嘱将他的藏书托付他父亲的忏悔人保管,而在那人死后则交由佛罗伦萨的圣灵学院保藏。

五

《十日谈》在欧洲(不单是意大利)文学史上划一时代。这是"市民"的

---

① "Laura"《劳拉》,这是彼特拉克以他所倾心的少女的名字命名的一首诗,此诗收于他的代表作《歌集》中。

文艺式样第一次的果实，也是第一部的杰作。在这以前，韵文是文艺领域中最有势力的角色，《十日谈》打破了这种独尊的局面。在这以前，不是没有散文的作品，例如檀德的《新生》就是用散文写的，但是《十日谈》不但把散文的文艺表现力提高了一阶段，并且开始了"小说"的纪元。

大约是一三五三年始有《十日谈》的全本。薄伽丘最初写这些短篇的时候也许并没有什么一贯的计划和目的，他是为了那不勒斯女王乔凡娜的爱听而写的；但是后来他一定有一种"理想"——至少是一种"倾向"，要使他这些短篇故事成为"时代的纪念碑"，所以在《十日谈》全本中既然有一个贯串那百篇故事的总故事（虽然这条贯串全体的索子很不坚固），而且也努力要使每十篇故事自成一集团——各有一主题，希望在十个主题之下把他那时的社会生活尽量地描写出来。

总故事是这样的——

"救主纪元后一三四八年那一年，意大利最繁盛的城市佛罗伦萨，起了最可怕的大瘟疫……用尽人们的知识和预见所能提出的方法……来防止它，也是无效。而一切医生会议所提出的计划，以及常常举行的神像巡行及祈祷，也是徒然……这种病症由病人传给好人，一天一天厉害起来，好像把火放在干柴上面一样。不但和病人对话可以传染，甚至行近一点那患病的人或摸一摸他的衣服或他从前所曾摸过的东西都立刻被传染了……并不只是由人传给人，最奇怪的就是无论任何生物，如果它触及患疫者的东西，它也是一定被传染的，而且有时是死得非常之快……这种奇灾，以及其他同样的事情，令那些还生存的人们发生许多恐怖，因恐怖而欲设法避免，结果令他们都采用那种残忍的方法，即是避开了那些病人以及属于他的一切东西，希望用这法子来拯救他自己……甚至兄弟逃避他的兄弟，妻子逃避她的丈夫，最特别的，就是父母也逃避他们自己的儿女……有许多死去的人，如果他自始至终有人看护，是或者不会死的……至于说到那些下流人及许多中等阶级的人，那情景便更为可怜了,每天都有整千的这样的人们染着疫病,贫乏地睡在家里,希望别人来救助他,因为没有人理他的缘故,多数是死了,有些是在街上断气,有些是闭着门死在自己的屋里,直至他们的臭气熏蒸出来的时候,他们的邻舍们才知道他们是死了。真的,每处地方都载满了死尸,现在人们采用一种新的方法,不顾及生人,也不可怜死者,他们找着了一些他们所能找着的挑夫,将那些屋舍扫除,把那些死尸牵出门外,每天早晨,你都可以看见这样牵出来的尸体。他们用车或用板把它搬去,三个或两个一堆,有时丈夫和妻子,哥哥和弟弟,父亲和儿子,一同放在一块儿;有时有两个或三个神甫持着十字架来引带一具死尸去埋葬的时候,有两停或三停这样的尸体却跟随着他的后面,他以为他是带引着一个,谁知已经带了六个、八个,或更多了;没有人送他们的葬,没有人为他们流一点眼泪,因为现在人们的生命是和禽兽的生命一样没有什么价值了。"

"自从三月以至七月之间,只就城内来计,据说——而且是颇为确实的——已经死了十万人了,但在这场灾祸之前,人们是不会估到这个城里是有这么多人口的呀!什么华丽的屋宇,什么名贵的邸宅,现在都荒废到连最后一个人也死去了!有许多家族是灭绝了,有许多财富及巨量的遗产无人承继……有一个礼拜四黄昏的时候,有七位充满深忧的贵妇同在新圣易利亚礼拜堂聚集(这就是该堂的全体会友了),因为她们彼此都有朋友或亲属的关系,而且又年龄相若,最大的也不足二十八,最小的也不止十八,所以是常在一起。她们都是生长名门,资质聪慧,无论在性格上,举动上,都是很完美的女郎……是晚她们并非特意约定,不过是偶然相值地同坐在这间礼拜堂的一只角落里,她们坐成一个圈子,撇开了她们的虔敬心,而纵谈到这个时期的性质上去了。"(黄石、胡簪云合译《十日谈》页一六——二五,开明本)

她们决定了要离开那可怕的在死神掌握中的"城市",带同她们的女婢以及一切以为是有用的东西,每天由此地到彼地漫游,在漫游当中,从事一切为天气所允许的娱乐,这样继续干下去,直至死亡来打断了,或她们可以清楚看见这件灾祸的结束为止。她们觉得她们这样"逃避",于道德上没有什么说不过去;因为——那发议的女人说,"我们实没有遗弃别人,只是别人遗弃我们罢了,因为所有我们的朋友,死的死了,生的又都早已因为避疫的缘故,好像是和我们并无关系的一样遗下我们去了。"

但是她们觉得倘使没有男子帮助,她们的计划就未必能顺利进行,而不相识的男人的帮助,她们又不愿意。正在为此踌躇时,恰好来了三个少年,"都是世家的子弟,愉快的伴侣",而且他们刚好和这七位女子中间的三位是有爱情的,和其余的四位也都有些瓜葛之亲。

于是三男七女带同了三个男仆四个女仆就实行到乡下去避疫了。他们离城行了大约二里,就到了他们所预备前往的地方。"这里有一座小山,隔离了通行的大路,四周有许多树木及悦目的青绿把它团团围绕,在小山的顶上有一座巍峨的邸宅,在它的中间有一个广大而美丽的院子,在院子里很得体地布置着许多走廊以及精致的楼阁,四周都装饰着许多奇美的壁画,在院子的四周都是青绿的草场以及最悦目的花园,花园里面喷着清洌的喷泉。同时地窖里又藏着许多浓厚的美酒。"

他们到后第一件事就是在他们十人之中推举一位做他们的领袖——如果是男的称为王,女的便称为后——为他们安排一切娱乐的秩序,而他们则应服从这位领袖的命令。

这位领袖的任期是一天,在他(或她)的任期将完的时候,就由他(或她)指定一人为后继,也是一天的任期;这样轮流着,他们十个人个个都得当一回领袖。

办法定了,这小小的"共和国"于是成立。第一任的领袖是一位女子——旁宾妮亚——七个女子中间年纪最长而且是这个避疫集团的发议人。她分派了男女仆人的职司,又定了娱乐的秩序:早晨朝餐后各人随意游览,"日高的时候,天气热得厉害",大家在一个风凉的地方集合,各人说一个故事,谁先谁后由领袖指定。晚饭后大家唱歌跳舞,然后睡觉。

这样每天连领袖在内每人说一个故事,一天就有了十个故事。他们一共十人,到每人都做过领袖以后,共说了一百个故事。那时候,他们已经一共同住了十五天——其中有两次的星期五和星期六不说故事,连来的那一天,也没说故事——他们便仍回佛罗伦萨去。《十日谈》也就此告了结束。

他们在第一个地方连住了四天,又到更二里远的第二地方住。这是"一座位于一片大平原之中的小丘之上的最美丽的邸宅",有很大的花园,各种的香花异草以及一百种以上的禽兽,有喷泉,又有很幽静的水泉可以洗浴。他们在这里一直住到回去。

六

第一日的十篇故事并没有总题——"王后" 旁宾妮亚因是临时动议,没有预先把一个"范围"给她的"臣下",要他们依这"范围"说故事。然而当被指定为第一个说故事的旁非拉斯(男的)说了那大骗子卓泼辣的故事以后,各人都依这暗示,都连类想起了许多人世间的欺骗诈伪以及机警智巧的故事。所以这第一日的十篇也还是自成一类的。

这全书第一篇故事就很辛辣地讽刺了教会中人的愦愦,以大奸为大善,引导人民入于被欺。主人公卓泼辣是一个毫无技能,专靠诈欺别人而生活得很好的大光棍。后来他受了素来庇护他的一位大臣的嘱托,到勃根地去办一件不名誉的事。不料他刚到了勃根地就患起病来,没有机会作恶,而勃根地人又素来不知道他的底细的。于是在将死以前他对一位"有德行"的僧人忏悔,一大片谎话,把自己说成世间再好也没有的好人。那僧人居然深信不疑,等卓泼辣死了,便用"最隆重的礼式,迎他到教堂,全城的人都在后面跟住走"。

"人人争先恐后上前吻死者的手足,以致把丧服马上撕得粉碎,因为人人都以得到一块破布为荣。""他的神圣的名声很大,人民对他也最虔敬,所以凡人遇到患难,都呼告于他,称他为圣卓泼辣。"

这一故事虽不是直接攻击教会的,然而把中世纪教会的道德的特权——教会宣布了某甲是善人、某乙是恶人时是要民众绝对信从的——讽刺得恶毒极了。所谓"有德行"的老僧实际上乃是个大傻瓜,不但自己受愚,还要引导民众受愚——他是大奸人的傀儡。

在另一方面,薄伽丘就描写了卓泼辣式的教会中人。天天劝诫民众为善的俨然道貌的教会中人实际是无恶不作的坏蛋。第一日的第四篇故事述一青年僧人某日清晨独自一个在礼拜堂附近散步,偶见一少年农女在那里采花,便诱拐她到寺里奸宿。不料"他们正玩得起劲,冷不妨修道院长刚睡醒起来,打门外走过,仿佛听到室内有异声,行近倾耳谛听,果然是妇女的声音;起先院长原想排闼而入,把他们双双捉获,后来返心一想,改变了主意,于是一声不响静悄悄地走回自己卧房,等候他出来"。房里那犯了色戒的青年僧人却也细心,知道事露,就思得一计,假意对那女子说是先去探探有没有人然后送她回去,却将她反锁在房内,把钥匙送到院长处,"照平时要离院外出的规矩"。那院长很想详细查究这件事,便也装作不知道的样子,接了钥匙,准他外出。

于是院长就打算亲自去问那女子的来历。他开了门进去,那女子一见是院长,就慌得哭了。因为她实在是年轻貌美,所以院长也按不住那一团欲火了;他想道:"趁此机会,何不寻一点快乐呢?反正没有人知道。"于是他就做,而那女郎也没有什么不顺从。

但是那青年僧人并没出寺,此时却躲在窗外——都看明白了。过一会儿他遥见院长出来,仍旧反锁了门,就伪作从寺外归来似的去见院长。他对院长说:"方丈,我皈依了黑衣教派的日子不多,一切规矩尚未熟悉;而你也只教我谨守禁食和彻底祈祷的规条,至于应该如何对付妇女这一层,你却没有告诉我呢。但最近你给我一个模范,若果你肯赦免我,那么我答应以后一定照我所见的去做。"那院长一听这话,这才恍然于自己落了徒弟的圈套,因此也就不加追究,反倒和徒弟做成一条路上的人了。

"僧侣的生活,败名丧德,而且最为卑污,已然是嬉笑怒骂的资料。"(第一日第七故事中语)薄伽丘公然这样宣言了。《十日谈》凡是写到教会中人,没有不是嬉笑唾骂的。在第三日的第一故事,薄伽丘又写了女修道院中的秽行;从院长以至全体女尼没有一人不和一个假装哑巴的园丁(他是存心行淫而来的,果然达到目的)有染,但当那园丁假装哑巴装得不耐烦而开口说话的当儿,院长和女尼们还欺骗民众说是哑巴开口乃上帝的恩惠和她们的德行所致,而一般民众也居然被骗过了。这样的讽刺,虽然披着"色情描写"的外衣,然而它的意旨却严肃纯正得很。又第三日第十故事也是同样的格调。

七

第二日的十篇故事是有总题的。这一日轮值的"王后"菲罗媚娜为补救她前任的不周到,隔夜先宣布了"命题"是"自有世界以来,人们都是随人生的种种机会,任命运摆布,到世界的末日,恐怕也是如此"。第三日的总题也是"运命之无常",但专限于"那些由于他们的努力而得他们所最想得到的东西,或由于他们的努力而得回他们所已失的东西——的人们的故事"。

在这两个总题下,展开了广阔复杂的社会相。这里有恋爱,有冒险,有欺诈卑污;这里的人物有国王、贵爵、贵妇人、僧侣、商人、手艺人——而且后二者常常比前数者见得勇敢聪明些。

在这里,薄伽丘不顾中世纪的虚伪的道德教条(那是贵族和僧侣用以损人利己的),大胆地呼出"食色性也"的口号。他借一个被海盗掳去成了强盗

115

婆的女子的嘴巴对她丈夫说:"我并不是如此善忘至于不认得你就是我的丈夫。但当我和你同居的时候,你对于我没有丝毫了解,因为如果你是像人们所说的那样聪明,你应该知道我是年青和强健,是不能满足徒然只有结婚的形式的生活的。如果你欢喜研究法律甚于结婚生活,你便不应该结婚,而且你也并不是一个律师,你不过是一个节日和禁食的宣传者罢了……我现在已经遇着了一个人,他是不守礼拜五、礼拜六,也不守什么节期和那长期的大斋节的,因此我很喜欢他,预备继续和他同居来度过我的青春,而把那些节期斋戒的日子放在我的老年的时候才去守它。你回去干你的事情,欢喜守这么多节期便守这么多节期罢。"这一番理直气壮的话是那丈夫要赎回他妻子的时候那妇人说的。她所谓"节期"和斋戒的日子,是她嫁给了丈夫以后她的丈夫用来欺骗她使安于"徒然只有形式的结婚生活"的妙法。因为那丈夫在先是听人说"结婚生活之耗费精力和用功读书差不多",所以就发心要结婚;但他不能遵从别人的忠告——说他不宜娶一个年青美貌的女子——他终于选中了全城中最美丽活泼的女郎,结果是新婚第一夜他就清楚地测验出自己的能力有限,便只好把一本几乎一年到头全是节日斋日(这些日子夫妇不能同房)的新日历给他的新夫人,以掩饰自己的不配做丈夫了(第二日第十故事)。

薄伽丘常常把相反的两个故事一前一后并置,以显示世态的多端以及他对于人性的真正的见解。例如在上述的故事之前就有一个相反的故事(第二日第二故事)。两个商人对于妇女的见解各自不同;伯尔拿以为一个理解力薄弱没有羞耻的感觉的妇人会不能抵抗诱惑而私有情人,但那些有智慧而且常顾及名节的妇人却常常比男子更为坚贞。他举他自己的夫人为例。但是安布洛兹却以为"一个妇人只有没人向她求爱或她向人求爱而被拒绝的时候是贞洁的"。他请以伯尔拿的夫人为试验。这两个人居然赌了东道。但安布洛兹果然不能诱惑伯尔拿的妻,又不甘认输,便用诡计欺骗了伯尔拿。于是这位先前好像很能认识他的夫人的性格的商人便一怒而要杀妻了。他的妻以智计得不死，后来复探出了其中的委曲，将安布洛兹办罪。

在这故事中，伯尔拿的妻绝不是中世纪诗人所赞叹的那些"超人"式的烈女。她只是一个极近人情的平常人；她当丈夫出外时没有爱人，因为她对于丈夫没有什么不满意，而亦知道她自己应尽的义务，她之不受安布洛兹的诱惑，因为安布洛兹原非为爱而来，却是为赌东道而来，自然感动不了她的心。同样地，在表面很相反的第十故事中，那法律家的妻也不是特别淫荡，而只是一个很近人情的女人。薄伽丘表示了他的"妇人观"，就是既非天神也非魔妖而是富有中庸的人性的活人。这种"妇人观"正与那时的新兴工商业"市民"的思想意识相符合，而且也是薄伽丘以前的文学作品中所没有表现过的。

第四日的总题是"关于那些热情恋爱而得不到好结局的人的故事"。第五日的却是"一对恋人经过了一番残酷和不幸的意外之后，终于得到快乐"。在这两组的二十篇故事内（自然，在此两组以外的许多故事内也有同样的意义），薄伽丘说明"恋爱"并不是像一般口头上"禁欲"的僧侣所诋斥的卑俗的性欲；普通人在"恋爱"上常常表现出最真诚和忠实的德性，乃至于伟大的精神上的纯洁的爱慕，倒是那些"禁欲主义"的说教者——那些将一切罪恶隐藏在神圣的道袍之下的僧侣们（特别是高级的僧侣）常常只是性欲的恶兽（第四日第二故事）。薄伽丘并不以为僧侣犯了色戒就是罪过。他以为人是"血""肉"之躯，所以"性爱"是自然的合法的本能——他倒以为背逆"自然"的命令，背逆生命、肉体及青春之要求（如所谓禁欲主义），是一桩大大的罪过。然而他不肯以同样的理由去宽恕那些禁人"性爱"而自己纵欲的教会中人。对于此种伪善者，他的攻击是无例外地猛厉。例如在上述的第一日第四故事中，那狡猾的年青僧人尚不失天真，我们觉得他顽皮得可爱，但那俨然道貌的院长却卑污得令人作呕。

薄伽丘往往借"恋爱"事件来宣扬人类平等的原则。第四日第一故事就是一篇正面的宣言。他使那故事中的女主人公在给自己的情人辩护的时候对她的国王父亲说:"对于我,他是全世界中最优秀的人,至于他的卑微的地位——这是你所最不满的,也不过更显出命运之不公平而已。命运常常把那些最没有价值的人提在崇高的地位,反而忘记了那些有伟大的善德的人们。我们都是由造物之手用同样的材料造的;人和人最大的分别就在乎他的德性;最有良善的德性的,就是最尊贵的,其他一切东西都不足为据……如果你说我是和一个卑劣下流的人相爱了,我否认;但如果你说我是和一个贫贱的人相爱,那便是你自己的羞耻,因为你竟不给这样善德的人相当的酬报。"

又在第六日(这日的总题是:以急智应付人家的讥刺,或靠敏捷的应对或高远的先见避过危险或灾厄)的第七故事,薄伽丘又攻击了男女间的不平等。普拉它城有一条法律,凡妇人与人通奸,被丈夫发觉,一律处以烧刑。有一次,一个青年美貌的妇人菲力巴被丈夫撞破了她的奸情,那丈夫就要求法庭处他的妻以火刑。那妇人不愿逃走,也不愿否认她的奸情,却挺身上法庭,勇敢地揭破了那法律的不公平。她对那法官说:"大人,我和人通奸是真的,我不否认;但同时你要知道,法律是应该普遍的,并且须得到当事人的同意方能成立。你这条法律却不然;因为它只施于我们妇女,而立法的时候不但未得我们的同意,并且没有咨询过我们。所以我以为这是最不公平的法律。倘若你据此要取我的性命,我虽然无法自卫,但可以在法庭当众及对全世界反对它的处决不公!"她这抗议激发了民众的同情,于是那条法律就改为"凡妇女因金钱之故而对不起丈夫的,才处以烧刑"。

薄伽丘是憎恶那些把"爱情"交换"金钱"的妇人的。在第八日第一故事,他使一个以索取"金钱"为恋爱代价的妇人上一次大当。然而对于那些受人供养而一毛不拔的悭吝者——僧侣,薄伽丘却要叫他们在"恋爱"上破费几文以为快意(第八日第二故事)。

八

第七日的总题是"妇人们为着爱情或她自己的安全起见所加于她们的丈夫的狡计和机谋,无论它曾否为她们的丈夫所识破"。这都是些不大雅驯的故事,仿佛是教导妇女怎样偷汉子似的。然而薄伽丘曾借书中人(菲罗特刺塔——一个男子)的嘴巴给那些故事一个辩解。他说,"可爱的贵妇们,我们男子,特别是你们的丈夫,所加给你们的欺骗是这般多以至偶然有一妇人用同样的方法来欺骗我们男子,你们便不但很喜欢听,而且四处传播,让那些男子们知道,如果他们是聪明的话,那么你们的聪明也不下于他们的。这一定会有好的结果。因为一个人如果知道别人是觉醒的,便不敢用同样的方法来欺骗他了。所以今天的讨论或者会令那些男子们知道你们也会用同样的方法来对付,说不定便不敢再欺骗你们了。"(第七日第二故事的开端)薄伽丘是在这样的原则上说述他这些故事的。在男子欺骗女子视为等闲的社会中,薄伽丘觉得女子倘亦同样地欺骗男子一下,不算不道德。他很辛辣地嘲笑那些"无缘无故发生无理的妒忌狂病的男子"。他借小说中一个女子的嘴巴说:"我时常喜欢看那些自作聪明的男子被一个愚蠢的妇人所欺骗的故事。"(第七日第五故事)

但是,"市民"的中庸性格的薄伽丘在这些上头永不走极端;所以第八日的总题就是男女的互相欺骗。在这总题下的十篇故事的主角大都是些贪财的妇人,蠢而可恶的僧侣,以及小丑似的官吏。

第九日并没有总题,但故事的性质跟第八日的差不多。

第十日的总题是"曾做某种豪侠或慷慨行为的人,无论是在恋爱上或其他事件上"。这一组大都讲国王或苏丹之类。最后的一个故事讲的是一位侯爵,"所以要讲他,并不是因为他尊重伟大,却为的他那极端卑鄙和残忍,虽然结局是好的。但是,我劝各位切不可学他。"

在《十日谈》中,贵族之类大抵不是昏愦懦怯便是卑鄙残忍。特别是那些"面色肥胖而红润""像一只高冠的雄鸡"招摇过市的僧侣全被表现成可笑的丑角。

九

单看了上面这一点粗略的绍介,我们就可以知道《十日谈》虽然比《神曲》不过迟了这么三十年,然而两者完全是两个世界。

《神曲》的人物主要是帝王、主教,但《十日谈》的人物主要的却是商人、手艺人(这是他们第一次在文艺上登场)。《神曲》是宗教的、象征的,而《十日谈》是现在的、写实的;《神曲》宣扬"禁欲主义",而《十日谈》极端攻击"禁欲主义";《神曲》虽然也指摘教皇与教会,但其根本精神则是赞崇宗教,反之,《十日谈》则以为僧侣和修道士们是最坏的坏人,常是讪笑的资料。

《神曲》自始至终是严肃的悲痛的音调。但是《十日谈》却充满了既不受僧侣所欺骗,亦不为"来生的快乐"所麻醉,而只顾现世的生之享乐——这些人们的粗暴的健康的笑。然而这"笑"绝不是颓废的笑。这是不信什么天堂、地狱,不将自身的命运依赖于什么上帝、天使,而依赖于自己的聪明努力奋斗的人们的自信的快乐的笑。第七日故事中的女子就是这样的自己主宰命运的人物。而第三日故事的全体都说明了这一原则。

《十日谈》中所有的"妇人观"、"恋爱观"、人类平等和男女平等的意见,在《神曲》中是压根儿找不到。

或者以为薄伽丘转述了许多古书上的故事,并没有多少"创作"。不错,《十日谈》中有许多故事只是旧说的转述。然而薄伽丘把他的思想吹入了古旧故事的骨骼中,使变为新的东西了。

十四世纪新兴工商业都市的"市民"意识,从《十日谈》里得到了正确的反映和积极的教育的作用。这是为什么《十日谈》在当时会那样风行,当十五世纪时至少有十二三种版本了。倘使我们只把《十日谈》当作一种"笑料"或"性欲描写"的著作,那就差得太厉害;再如果我们只从"小说的始祖"这观点去评量《十日谈》,也是同样的不够呵。

第五　《吉诃德先生》*

一

> 世上没有一个侠客，
>
> 这样受过美人们的供养，
>
> 像那高贵的吉诃德
>
> 第一次离开了可爱的故乡：
>
> 贵媛们趋前为他卸甲，
>
> 公主们又照料他的马。
>
> 《吉诃德先生》章二：第一次出马

朋友，你们知道这首诗是从哪里来的？原来就是鼎鼎大名的吉诃德先生"第一次出马"在小小的客店里对两个乡下姑娘唱的——这是模仿着他所读熟的旧武侠小说里的派头。他虽然这样说："仓卒之间，只好在那记述兰斯洛勋爵的武功的古小说里拣一首诗出来背诵了，这首诗正应着我的今日之事呵。"可是他大概加过相当的修改。因为"吉诃德"这一个名字还是他第一次"出马"的上一天自己取定了的，那位记述兰斯洛爵爷的武功的古代诗人未

---

* 本篇最初发表于一九三五年一月、二月《中学生》第五十一、五十二期。

必能够未卜先知到这样地步呢！

这位吉诃德先生就是全世界闻名的古来第一的"武侠迷"——看"武侠小说"看迷了的。他是古代西班牙的一个小小乡村拉·曼却（La Mancha）的老式绅士（靠得住靠不住，我可不能担保；总之，给他作"传"的塞万提斯是这样说的）。他有一份不大不小的田产；"他的肚子里，小牛肉比羊肉多；[①]他每顿晚饭大概有斩碎肉吃，星期五有扁豆吃，星期六有鸡蛋和腌猪肉，星期日特加一味，鸽子"。他本人大约五十岁，生得"一表堂堂"，脸上无肉，骨瘦如柴，惯会早起，喜欢打猎。他的名字，可就难以深考了；有人说是"Quixada"，也有人说是"Quesada"。不过据塞万提斯（Cervantes，就是有名的《吉诃德先生》的作者；我们在后面一定要把这位大文豪详细介绍一下的）说还是"Quixada"较为近真，因为这个字不但是"瘦长脸"的意思，（吉诃德先生是瘦长脸！）并且吉诃德先生第一次"出马"前一天自己取定了的名字也是"Quixote"——这是后话。现在且说他不知从什么时候看"武侠小说"看上了瘾，就连打猎也不喜欢了，家务也不管了，没昼没夜地专读武侠小说，到后来，因为睡眠不足，就会"白日做梦"——从他的"武侠小说"里来的怪诞的人物和事件，不分昼夜地缠在他脑筋上；他的眼前不断地出现着侠客、恶霸、美人、淑媛、毒龙、猛狮、冒险、决斗；所有的武侠小说里的世界变成了他的生活，真正的生活了。他搜罗所有的"武侠小说"，抄本和孤本，几乎把一份家产弄光。

但是吉诃德先生的"入迷"还不止此。他以为自己也是个无双的"侠士"（Knight-Errant），而这万恶的社会正等待他出去扶良锄恶。（自然他有时也清楚地想到自己还没受到正式的"侠士"的封号，但这一点"自知之明"反使他更加急于出马行侠，好从什么大公爵那里受到正式的封号。）第一件事，他先把曾祖手里遗下来的搁置了不知多少年的一副铠甲找了出来；用心弄干净

[①] 因为在西班牙，牛肉比羊肉便宜些。——作者原注。

了,配补了以后,却发见了缺少一样要紧家伙;因为那盔是不完全的,只有罩在头上的盔顶,没有罩在脸上的"面具"。好在吉诃德先生有的是方法:用硬纸板做了一套面具,装在盔顶,就成功了完全的盔。吉诃德先生却又想得周到:他要试试这自己手制的面具是否坚牢。他仗剑砍去。糟了!费了他整整一星期的工夫做成的面具一下就坏了。吉诃德先生不喜欢这样不经砍的面具。他再做一个。这回是格外讲究了,他在硬纸板里面衬了洋铁皮。做成以后,装上了盔顶,他很有理由自信这回是坚牢得很,并且也不再用剑砍着试验了。

　　盔甲弄舒齐了,吉诃德先生第二件事是看他的"宝马"。他这马的骨头根根耸出,就像西班牙"里耳"(钱币)的角。他以为这马比亚历山大的"Bucephalus"和吉特(Cid)的"Babieca"还要好(他从"武侠小说"上知道这两匹是好马)。他花了四天工夫要给他的马取个名儿;这四天工夫的一大半也许是化在他的自问自答:像他那样的无双的"侠士"胯下的坐骑要是没有个特别的名儿,那就太岂有此理了!对呀,一定得有个名儿,并且是特别的名儿;这名儿应当表示了那马在主人得到"侠士"的正式封号以前就已经是怎样不凡的马儿。他想出了无数的名字,他挑选来挑选去,自己质问,自己答复,终于取定了叫做"Rozinante"——据他的意思,这是个又高雅又好听的名字,而且包括了他的特别的命意。(因为"rozin"一字,平常只是"马"的意思,"ante"是"从前"的意思,所以"Rozinante"在吉诃德先生之意以为既有"此马从前原是平常马"的意味,又有"此马今后已非凡马"的意义,实在巧妙得很。)

　　马名有了,第三而且最费手脚的一件事就是马主人也得有个新的名号。这件事,他整整化了八天工夫,经过无数的推敲,这才定下了叫他自己为"Don(先生)Quixote"——传述这位"侠士"行状的塞万提斯因此以为他的本名大概是"Quixada"(狭长脸),他大概嫌这诨名太俗,而又觉得全改也不好,所以稍稍动了一下。其实这样的事,在咱们中国古代"文学"上倒也有例可援;《水浒》上说高俅本来因为善于踢足球,被人唤作"高球",他发迹后自道"球"字不雅,就改为"侠",这不是一样的么?不过吉诃德先生到底是熟读了"武侠小说"的,他知道有名的阿玛迭斯(Amadis)在名字下边还拖了个地名(犹之张飞通名必曰:我乃燕人张翼德,或者赵云自称常山赵子龙),叫做戈尔·的·阿玛迭斯(Amadis de Gaul),于是吉诃德先生也自称为"Don Quixote de la Mancha",因为他是爱他的本乡的,他希望他本乡的名儿也因他而不朽。

可是还有一个名字叫吉诃德先生操心。这个,说来话长。吉诃德先生知道:凡属"侠士",一定有个"意中人"——一个淑媛,美人。"侠士"的"心的王国奉献给美人","侠士"而没有"意中人",那就好比一棵树没有叶和果子,一个肉体没有灵魂。吉诃德先生以心问心道:要是我打胜了一个巨人,我不能叫这巨人到我的意中人跟前匍匐着听候美人发落,像书上的侠士们那样的做法,那不是天大的笑话么?不行的,一定要有一个"意中人",我崇拜的"名媛","心之归宿"。巧得很,吉诃德先生就有一个现成的"意中人"住在近邻;这位女人生得也还不恶,吉诃德先生从前曾经十分倾倒过——不用说,在女人方面是听也没有听见过,并且一点也不觉得有人当她天仙般崇拜。这女人的名儿是阿尔桐柴·落烂索(Aldonza Lorenzo)。吉诃德先生就要替这"意中人"也取个新名儿。这新名儿既要像是个公主的芳名,又得跟那老名字有几分类同;所以结果,他就定为杜尔洗尼阿(Dulcinea),再拖一个尾巴:特尔·托波索(del Toboso)——就是"托波索人"。这一个新名,吉诃德先生以为又香艳,又别致,又铿锵悦耳。

二

这样整备完全,吉诃德先生以为时机成熟了,并且以为他若再不出去"行侠"——再不把自己贡献给这等待救援的罪恶的世界,那简直是一种罪过了。于是在热得要命的七月里的一天早上,东方还没有打白的时候,他非常秘密地扎扮起来,铠甲穿好了,"盔"也戴了,拿了盾和槊,骑了他的瘦老马——不,他的宝马 Rozinante,他悄悄地从后门溜了出去,他当真第一次"出马"了。他快活的了不得,因为他的"冒险"事业就这样顺利地开头了。不过他走了一会儿,忽又踌躇起来,他"知道"自己还没受到正式的"侠士"封号,所以现在全身武装了像一个正式"侠士"般出去"行侠",就有点不大合格。照"侠士道"说来,一个未受正式封号的"侠士"不应该同已受正式封号的"侠士"比武的。并且,即使他是正式的"侠士"了,他的盔甲也应该是白色的;他应当在显示了非常的武勇,杀了什么毒龙恶兽以后,这才把那"妖魔"的形象绘在他的盾上,作为他个人的纹章,然而他又想道,书上也有许多未受正式封号的"侠士"全副武装出去"行侠"的,所以他也不妨照办;至于盔甲,他有工夫的时候自会慢慢地把它们弄得雪白。他一边忙着自问自答,一边就放任他的老马自己找路走;他坚决地相信,这个办法就已经是"冒险"。

吉诃德先生一边走,一边就对自己说,(我们只好相信他)——要是他的伟大的励业传闻到全世界,而且有"大手笔"来记述他第一次"出马"的情形时,那一定是这样写的:"当茜色的飞巴斯①将他可爱的头发的金鬈刚刚披布在大地的广博表面的时候,当那些生羽毛的林中诗人,美丽如画的鸟儿,刚刚啭动它们的小巧的簧舌,对那离开了妒意的丈夫的床而将她的玫瑰红的艳光从曼却天空的月楼和门户射在世人眼上的美貌的奥洛拉②,唱着早晨的柔软婉转的欢迎歌的时候,那大名鼎鼎的侠士堂·吉诃德·特·拉·曼却(Don Quixote de la Mancha)不肯耽于温柔的休息,摆脱了享福的闲散,跨上了他

---

① 飞巴斯(Phoebus),希腊神话中太阳神阿博罗之别名。——作者原注。
② 奥洛拉(Aurora),希腊神话中"霞"的女神。又为"早晨的女神"。——作者原注。

的名驹罗辛安得,进入了古老的出名的蒙底尔平原。"①

不错,吉诃德先生正望蒙底尔那条路上去。他一边走,一边又喊道:"呵,快活的时代!呵,运气的时候!布告天下,使知我的勋业由此开头:值得雕在铜上的勋业,值得刻在大理石上的勋业,值得大画家收入杰作,成为我的光荣的纪念,发迹成功的榜样!而你,庄严的哲人,聪明的诗人,不管你叫什么名字,你是命运指定了要你成为这罕见的大事件的编修人,我请求你,千万不要忘记了我的可靠的罗辛安得——我的一切冒险事业的永久的伴侣。"——于是吉诃德先生好像真真是热恋着似的又接下去说道:"呵,杜尔洗尼阿公主!我这心的归宿的贵妇人!你这样打发开了我,你使得这颗心悲哀到万分,你命令我离开你美丽的脸前!夫人呵,请记住,这个成为你的奴隶的忠实的心,为了你的爱已经受过无数的痛苦。"

朋友,你不要笑,吉诃德先生这两段独白倒不是他在发神经病;他是模仿着"书"里的"侠士"们的派头,我们读了这些夸张的"形容"总好像怪肉麻似的,然而在吉诃德先生所读的那些"书"的世界里,"侠士"们能够这么"措词"便算是一等的漂亮"侠士"。正同前面那一段文字(吉诃德先生想像中的或一个诗人的记述)一样,"滥调"的所谓美丽的"词藻",是中世纪的"武侠小说"的特别面目。我们现在看了头痛,但是中世纪的什么爵爷和贵媛们顶喜欢这个调子。塞万提斯是特意很幽默地仿那"调子"写了那么几段,我们现在也为了给大家看看中世纪的"武侠小说"的面目起见,译过这上面的两节来。可是太多了你们也许会讨厌的,还是再讲吉诃德先生这"第一次出马"的结果。

话说吉诃德先生在大太阳底下毫无目的地跑了一天,人跟马都又饥又

---

① 这一段实在只是"当太阳初升,朝霞未散,林鸟始啼的时候,堂·吉诃德……"出马云云;但是吉诃德先生所读的"武侠小说"的作者们是喜欢卖弄"词藻"的,塞万提斯借吉诃德先生的嘴巴写了这么一段累赘的文字,也有讥讽那些"武侠小说"的文体的意思。——作者原注。

渴,疲倦极了,但始终不曾遇到什么配"冒险"的事。到了傍晚,实在支持不住了,吉诃德先生就希望发见什么"堡",或者至少是什么牧羊人的茅棚,好进去休息一会儿。果然,吉人天相,他远远地瞧见了一簇房屋,就拍马赶将前去。他总算在天黑以前赶到了那边。这是一家小小的乡村的客店,凑巧有两个乡下女人也要在这小客店里过夜,正站在门外边。吉诃德先生老不会离开他的"书里的世界"的,他以为这小客店就是一座"堡"了,在他昏眊的眼前,这所谓"堡"也者,居然有四个瞭望的高塔,有银光的尖的屋顶,深的护城河,吊桥,以及别的只有在这些"地方"看得见的特殊的建筑。小客店在吉诃德先生的眼前就是这样一座贵族的"堡"。因此当他走近了时,离开大门一箭之遥就停住了,他盼望有什么"侏儒"出来,而且吹起号筒,报告有一位"侠士"到了。可是没有人出来,倒是他的老马罗辛安得等不及,直奔了那小客店的马槽,于是吉诃德也到了门前。他一见门外那两个乡下女人就以为是"堡"里的两位淑媛,或者是有身分的贵妇人,偶然出来呼吸新鲜空气的。凑巧这时候有一个牧猪奴在小客店近旁召集他的猪,吹起"角"来了,吉诃德先生立即认为这是他想望中的报告他来到的号筒声音了,就欢欢喜喜策马到店门口。那两个乡下女人看见穿了甲拿着武器的一个人跑近前来,就怕得躲进店里去。吉诃德先生倒也知道她们是害怕,就揭起他的硬纸板的面具,露出了他的嘴巴,十二分恭敬地说道:"我恳求你们,贵夫人呵,不要逃,也不用害怕;我所敬奉的'侠士道'不许我得罪或者伤害宇宙间任何人,尤其是像夫人们那样身分的 virgins 跟前,我不敢放肆。"那两个乡下女人这时候正盯住了他的面孔看,要想看看那硬纸板面具后面的是一张怎样的脸,忽然听得称她们为 virgins(圣女)——这跟她们的身分差得太远,她们忍不住大笑起来。吉诃德先生弄得莫名其妙,并且他记得"书"上的贵媛名姬从来不作兴在一个"侠士"面前这样无缘无故笑的,于是他又有点嗒然。幸而这时候,小客店的老板出来了。这位老板胖得很;因为太胖,就很和平;他一看见吉诃德先生那一身打扮,也忍不住要笑，但恐怕笑出事来，就赶快很客气地说道："侠士先生，要是阁下在这儿歇马的话，除了床铺，余者一概齐全。"吉诃德先生把这老板当作"堡"里的总管大人了，就回答道："Senior Castellano①，世界上顶小的一点儿就能够满足了我。因为我所宝贵的，只是武器，而打仗就是我的床。"巧得很，这位小客店老板刚刚是卡斯提尔地方相近的人，以为吉诃德先生认他是真正卡斯提尔人了，也就将错就错，请吉诃德先生下马来。吉诃德先生把马交给了老板，郑重说，这是天下最好的马；老板听得这么说，倒要仔细相一相那马了，他觉得实在相不出好处来。他把马带到了马棚里，再回来的时候，就看见那两位和气的乡下女人正在帮着吉诃德先生卸甲。只有那面具再也除不下。吉诃德先生是用了一根绿的丝带将这硬纸板的家伙捆得很结实的。他又不肯剪断那丝带，于是就让面具戴着。这当儿，他总以为那两个乡下女人是"堡"里的贵妇人，于是得意之至，就唱了一首诗——就是我们在本篇开头见过的。

接着吉诃德先生替他的马通了名，又自己通了名，"文绉绉"地说了一大篇。不过他这些"修辞"的话，乡下女人是听不懂的；她们也不回答，只问他要不要东西吃。吉诃德先生自然要的，可是倒霉。这一天刚巧是星期五，小客店里只有一些鱼；这鱼，各处叫法不同，在这里是叫作"truchuela"——就是"小鲟鱼"的意思，吉诃德先生就说，没有别的也罢了，可是拿大的来，鱼来了，腌得不好，烧得也不好，至于面包呢，棕色而且泥土气，就同吉诃德先生的盔甲一样。但是最叫人忍笑不得的，是看他吃。为的他戴了盔，面具，他非得人家帮忙，是没法吃东西的。他自己掀起了面具，那两位和气的乡下女人就喂给他吃。只有喝水是真真没有办法。客店老板却也想得了个妙计，他找了根芦梗来，就叫吉诃德先生用芦梗吸着。

---

① Senior 犹云"阁下"，"Castellano"有二义，一为堡的总管，一为卡斯提尔（Castile）地方的人。小店老板万想不到有人称他为"堡的总管"。——作者原注。

正吃着夜饭,客店外走过了一个阉猪的人,一面走,一面吹着他的芦笛。吉诃德先生听得了,就以为这是乐人在那里奏乐侑酒了。他无论如何要相信他是在一座贵族的"堡"里,"总管"替他传饭,贵夫人们替他劝菜,乐人为他奏乐;而他这"第一次出马"是非常光荣地成功了,正式的"侠士"封号不成问题地就要给他了。他并且想好了怎样讨取正式的"封号":他认为那"堡"主(客店老板)就有这封他一个"侠士"的权力。他又闹了许多笑话,但他是"成功"的。不过我们现在只好不再讲下去了;单是这"第一次出马"的一段,也够叫我们知道吉诃德先生是怎样一个读"武侠小说"读迷了的人。

三

不错,吉诃德先生是读"武侠小说"读迷了的,可是朋友,也请你不要以为他读的"武侠小说"里的"世界"根本就不曾有过。吉诃德先生身上那一套古老的盔甲是曾经在真实的"侠士"世界里混过来的。吉诃德先生的高祖大概就真正"行"过"侠"——绝对不是吉诃德先生那样滑稽的"行侠"!

吉诃德先生可惜生得迟了一二百年,他只能在书本子里看到从前那"武侠"的世界。他那到处惹人哗笑的"侠士"的派头(连他的"修辞的"话也在内),从前曾经是令人崇拜敬仰的"风气"!害得吉诃德先生着迷而终于送了性命的"武侠小说"虽然有许多处是"诗人"的夸张的幻想,但大体是曾经存在过的一种"社会制度"的反映,是"历史"——吉诃德先生常说的"确实的历史"。

这一切,虽则说来话长,可是我们在此地应得简略地讲几句。

先得声明,"武侠小说"这名儿是姑且借用的;"侠士"或"侠客"也算不得正账的译名。欧洲中世纪的所谓"knight"跟我们通常所谓"侠客"有很大的不同(这个,我们到后面去再讲);所以,为要免得一般读者把欧洲中世纪的"knight"看成了黄天霸、白玉堂一类的人,这"knight"一字还是应当译为"骑士";而"knight-errant"则不妨译为"侠士"。因为"knight"是一种职号,不是随便可以用的;上面不是说过吉诃德先生再三想到他还没受到正式的封号么?"骑士"的称号是要什么国王或至少大公爵之类来封定的。这是跟中国的"侠客"只是民间的称呼大不相同的。

其次,"骑士"的制度,叫做"chivalry"——可译为"骑士制"。这一种"制度"就和"专制政体"或"民主政治"有同样的社会的政治的意义,又跟"宗教"一样有其社会的文化的意义。在中世纪,这"骑士制"是政治机构上一件重要的东西,说是"柱石"似乎也不过分。而拥护这"骑士制",赞美"骑士"的生活的文学作品就叫做"romance of chivalry"——"骑士文学"。随便一点,也不妨译为"武侠小说",可是严格说起来,"romance"跟近代小说(novel)绝对不同,译音为"罗曼司"也不算稀奇。《吉诃德先生》这部书虽然是讲一个人怎样读"骑士文学"着了迷,而且想实行去做"骑士",但是《吉诃德先生》这部书不能算它是"骑士文学"。所谓"骑士文学"是在"骑士制"尚未成为真正社会制度时的文学作品。在《吉诃德先生》这部书出世以前,西班牙尚在陆续产生"假冒"的"骑士文学"——就是模仿着从前的"骑士文学"所作的一些幻想的东西;但《吉诃德先生》出世以后,西班牙就从此没有"假冒"的"骑士文学"了。《吉诃德先生》在客观上是嘲笑了那时只剩一个空名的"骑士制"的,虽则作者塞万提斯主观上实在是仰慕着从前这制度,而且悲哀着这制度的终于没落,只剩得一个空名字。关于这方面让我们在下文再讨论,现在只先来略述"骑士文学"的起源及其演变罢。

在这里,我们得用一点"想像"——我们"想像"着我们是生在中世纪的,我们周围的欧洲世界是怎样一个面目。

那时候(我们说是十二世纪罢,我们挑定了这个时代,为的便于观察),欧洲是许多小国,小国的国王下面又是许多各有自己采地的贵族——侯爵、子爵、男爵之类，小贵族下面还有更小些的也是各有自己采地的小贵族；侯、子、男爵对国王的关系是"家臣"对"君主"——国王是"君主"，而侯、子、男爵是"家臣"，但是侯、子、男爵对他们下面的小贵族时，则又是"君主"的身分，而那些小贵族是"家臣"了。中世纪的"封建制度"就建立在这样"君主"和"家臣"层层复叠的关系上。最小的贵族在他自己的"领地"——实际就是田庄里，是一个主权无上的"君主"，他的"堡"，或者差一些只是个"庄"，就是他的"国"。他要求他手下的农奴（也有些是佃农）绝对忠心于他，正像他上面的"主"要求他绝对忠心一样。而这"忠心"的履行，大抵也只在发生军事行动的时候方能表见。因为在平时，层层下来的"家臣"各自理其"家事"，而层层上去的"君主"也不大需要"家臣"的尽忠帮忙。然而在这封建的大机构中，还有些穷的小贵族；他们穷到没有"堡"或"庄"，甚至连"府邸"这名号也说不上，他们下面的"家臣"甚至只剩一个牧猪奴兼马夫的当差；这一些穷的小贵族在"君主"面前已经失去了"封建领主"的性质，而成为"君主"手下的一名武士了。中世纪满坑满谷的"骑士"就是立脚在这一阶层上面。自然富有的小贵族也有当"骑士"的，而成了"骑士"以后也有变为富有的，不过说起"骑士"的出产地总不能不提到穷的小贵族这一阶层了。

中世纪又是个几乎天天有战争的时代。"君主"（国王）和"君主"中间时常有战事，小贵族和小贵族中间也时常有战事；阿剌伯人和白种人时常打仗，伊斯兰教徒和基督教徒也是天天有仗打。不过请你不要以为这些战争是怎样的大规模。绝对不是的。这些战争大抵不过两边共有二三百人，半天工夫就告了段落。双方交战者共有二三百人，已经算是大战了。平常不过几十个人，而几十个人中间主要作战的，不过一小半；这主要作战的人物就是所谓"骑士"。最初的"骑士"的主要事业大概就是效忠于"君主"，去打仗，并且为拥护"圣教"而打仗。不打仗的时候大概打猎。至于浪游天下，扶善除恶——所谓"行侠"，大概是后起的花样。从现在保留着的"骑士文学"看来，一个"骑士"的信条不外是：忠君，护教，行侠。

我们不妨想像我们是在中世纪的一位封建贵族的"堡"里做客人。"堡"主当然是一位爵爷——就是说，在他上面还有"君主"，而在他下面，也有"家臣"。这位爵爷新近打了个胜仗，他的东邻南邻的某某二位爵爷是他的联盟。爵爷的庆功宴于是乎热闹得很。联盟的爵爷是带了他们手下勇敢的"骑士"来的，而主人这边当然也有若干"骑士"，说不定还有些"跑江湖"的"骑士"远道而来，同伸庆祝。就像吉诃德先生的"盼望"似的，吃酒的时候，府里的乐人奏乐了。不过这位"堡"主的爵爷场面是大的，所以"堡"里养着"诗人"，而乐人所奏的乐当然也有一些是那班"诗人"特地作的"合于管弦"的庆功诗。爵爷们——主人和客人——全是勇敢会打仗的，所以"诗人"的新作不能不描写些战功。爵爷们又是虔诚的基督教徒，所以"诗人"也不能不讲到宗教。从前那些奉伊斯兰教的阿剌伯人侵掠欧洲的时候（那是第七世纪的事了），爵爷和他的贵客们的祖先都替正教出过力，于是"诗人"在歌咏目前的战功时也描写点从前的战功，更能得爵爷们的欢心。爵爷也喜欢在战事的铺张中夹点美人多情的故事，于是"诗人"的题材就又加多了一层。爵爷自然也是"好客"的，府里常常有些"流浪诗人"来寄食。逢到这样的大宴会，"流浪诗人"也许要恭进新诗。也许凑巧，这位"流浪诗人"竟蒙爵爷非常的赞赏。爵爷想留他长住，但是"诗人"不肯。他是闲散惯了的，他喜欢跑江湖；如果爵爷有意要抬举他，那么，他只想得爵爷的几封介绍信，他好去见见别的贵爵。爵爷自然答应。这位"流浪诗人"走了，在江湖上夸示他的成功。他的"诗篇"也在江湖上传布。

爵爷中意的诗篇自然要叫人抄下来的，时时叫唱给他听。爵夫人和她的陪从的夫人们闷了的时候，也要听着消遣。有时还要请"堡"里的"诗人"唱一篇新作。冬天夜里，大家围坐在暖和的火炉旁边，要消磨那长夜，对于"诗人"的要求就更加大了。"诗人"们尽量搜寻古代的神话、传说、英雄们的武功,来充满他的弦歌的内容。到这时候,"诗人"的责任不仅是当筵赋诗,歌功颂德,又兼了替夫人们冬夜解闷的差事,因而诗篇的题材便也不限于爵爷的光荣的"家乘",然而"骑士"的侠义行径一定还是诗篇的中心。

这一些"诗篇",我们现在就称为"韵文罗曼司"。为什么叫做"罗曼司"呢?因为这些诗篇的文字并不是正规的拉丁文,而是夹杂了方言和野蛮民族的土语的一种叫做"罗曼司"的文字。后来把这字引申为"离奇的恋爱故事"的意思倒是从"韵文罗曼司"一词来的。这些"韵文罗曼司"的作者大都不曾留名,只得了个"Trouvères"(行吟诗人——指北方的)的总称。这些"韵文罗曼司"便是"骑士文学"的第一期。这是在第十二和十三世纪。

同时,南方的不鲁文司(Provence)又兴起了一派叫做"Troubadours"的"行吟诗人",也成了"骑士文学"的主要作家。这些南方的行吟诗人不像北方的"Trouvères"那样刚健粗豪,他们的故事里的恋爱色彩更浓厚。到了第十四世纪,"散文罗曼司"兴行,"韵文罗曼司"就此消歇。"散文罗曼司"的题材还是那些老传说:十字军事件,阿失王(King Arthur),沙尔曼尼大帝(Charlemagne);但是"散文罗曼司"时代的"骑士"已经不是"韵文罗曼司"时代的"骑士"了。"骑士"们更加温雅有礼了——但也许是更加怕死。大批地杀人的描写少了,而"礼意的比武"则极流行。从前"韵文罗曼司"讲"骑士"们的"冒险"的对象倘不是"异教的阿剌伯狗",便是狮子、老虎、毒龙、巨人、妖巫;而且这些冒险的动作照例必须在神秘的环境内:古老的不见天日的大森林,进去了要迷路的堡寨,或者什么深密的山洞;主人公的"骑士"一定是极勇敢,而且一定是胜利;他有什么魔法的盔、指环或宝剑,因此能够永远胜利。到了"散文罗曼司",这些"神怪"的质素就几乎绝迹了。有战斗,有冒险,然而只是人和人,在平平常常的乡庄或堡寨里。"骑士"们的铠甲更加精美了,把身体全部包住,仿佛是天生的一层硬壳,但是"比武"的规则却和现在我们的足球戏差不多的,是立在不伤人的原则上的。比武场中的

"技术"是:能使看客们惊喊,但交战者没有生命的危险,就跟我们旧戏里的"打把式"似的。又常用"礼意的武器"。所谓"礼意的武器"就是没有尖头的矛,不开锋的剑。交战时的矛刺剑击不能在腰部以下。有一本"散文罗曼司"记载一四三四年在西班牙有一次延长到一个月的比武大会,交锋的次数在七百以上,槊子折断了几百根,但只有一位"骑士"丧了性命,而这不幸也因为偶然一条矛搠到了他的眼睛。纯粹的经济的目的,也渗入到"比武"方面了。有许多"骑士"的上比武场,未必全是为名,却也为利。因为照比武的规则,斗败者的甲盔、马、武器,应为胜者所有;如果败者能出赎金,胜者也可以收钱而不收实物。那些铠甲的价值自然不小,而那匹马——驮得起那样一位浑身包着铁片的骑士的马,自然也很值几文的。

如果说"韵文罗曼司"是封建制度全盛时代的产物(而且的确是的),那么,"散文罗曼司"之兴起就表示了从第十三世纪到十四世纪那时期新兴的商业资本主义已在到处侵蚀着"封建制度"的机构,而同时封建社会便走上了没落的路。在"散文罗曼司"里反映出来的"骑士道",已经含有浓厚的都市风气和商业的经济的意味。"散文罗曼司"里的"骑士"已经不像"韵文罗曼司"里的"骑士"似的是"封建制度"的支柱,而是变把戏一样的"技士"。叫吉诃德先生着迷的"骑士文学",当然不是"技士"式的"散文罗曼司",而是阿失王、沙尔曼尼大帝、狮心李却王(King Richard Caeur de Lion)[①]他们手下的"英勇"的"骑士"们撼天动地的勋业的弦歌——"韵文罗曼司"。我们在上文说过,吉诃德先生进了小客店时唱一首诗给他认为贵妇人的乡下女人听;他还说明这首诗是从记述兰斯洛勋爵的武功的"罗曼司"里借来的;这位兰斯洛勋爵(Lord Lancelot)就是阿失王(英国传说中的王)手下第一名

---

① 狮心李却王,是脑门豆族的英国王,司各德的《撒克逊劫后英雄略》是写到这一位国王的。他是"十字军"东征时的主角。"狮心"是诨号,据说是因为他曾经探手在狮子嘴里,一直把狮子的心都抓了出来,所以得此称呼。——作者原注。现通译为狮心理查王。

"骑士"。阿失王及其手下"骑士"是"韵文罗曼司"里很重要的一部分。他手下的"骑士"是有名的叫做"圆桌骑士"①。兰斯洛和沙尔曼尼大帝手下的罗兰（Roland）同样是"骑士文学"中两位非常有名的人物。但是吉诃德先生佩服兰斯洛的程度却一定不及他佩服罗兰那样深。因为兰斯洛的"晚节"颇有点违反了"骑士道"的精神。他反叛了他的"君主"——阿失王，他又和王后通奸，甚至挟后私奔；这是太不成话了，所以记述"圆桌骑士"的事业的"诗人"只好结果请兰斯洛到山里去做苦修的和尚，而那位不老实的王后也得去做尼姑。罗兰可就不同了。他是忠于他的"君主"而战死的——虽然他的死由于他太"自傲"，以为自己是"无敌于天下"，在敌人来了时，他不肯吹求救的号角。罗兰的恋爱又是标准的"骑士式"的恋爱。他那样一个温文尔雅的人也忍心使他的爱人在空闺中等待至七年之久，静候他的"冒险"事业做完，天下扬名，然后回来成婚。"精神恋爱"是"骑士道"的一个教条。

　　然而吉诃德先生认为古今第一的"骑士"却是戈尔的阿玛迭斯（上文讲过吉诃德先生自己的名字是模仿了戈尔的阿玛迭斯而起的）。这位戈尔人阿玛迭斯却不是"韵文罗曼司"里的人物，而是十四世纪末叶产生的一本"散文罗曼司"里的英雄，这是充满了"冒险""行侠"的新鲜的故事。为什么说是"新鲜"呢？因为这一部"散文罗曼司"的作者②撇开了照例的题材——阿失王、沙尔曼尼大帝等等的传说，而自创了新的故事，他又自创了新的"环

---

① 圆桌骑士（Round table Knights），是阿失王手下最光荣的"骑士"的称呼。"圆桌"是王后陪嫁来的一张桌子，是宝物；阿失王选手下最好的"骑士"十二人为超等的"骑士"，坐满了一圆桌，所以称为"圆桌骑士"。——作者原注。

② 《阿玛迭斯》的作者不是一个人。据说最初的四卷出于葡人伐司考·特·洛倍拉（Vasco de Lobeira）之手，此人卒于一四〇三年，后来西班牙人蒙塔尔福（Montal'vo）译为西班牙文，又续作了一卷；此续卷又为法人赫尔倍拉（Herberay）译为法文，再续作下去，共成为二十四卷；最后吉尔伯·莎尼亥（Gilbert Saunier）又续加了七卷。——作者原注。

境";他是建立了一个全新的"骑士"朝代,有他自己的历史和地理。他不像"韵文罗曼司"那样,不是阴暗的大森林,古怪的堡寨和山洞,北方神话的怪异,便是东方的闪光的珍宝,妖术的符咒,魔术的膏药和圣水,妖艳的美女,富丽的宫殿,迷人的花园。他是在"骑士文学"的三大传统的中心——就是英国的阿失王,法兰克的沙尔曼尼大帝,以及日耳曼的迭台列克(Diderick)以外,新建立了西班牙与葡萄牙半岛的"骑士文学",而阿玛迭斯就是中心。虽然有许多人考证着阿玛迭斯这人到底是不颠东种呢或者是佛兰克种,但这是无关紧要的:《阿玛迭斯》这部书无疑地是西班牙葡萄牙"骑士文学"的独资铺子。吉诃德先生特别崇拜阿玛迭斯,也有乡土观念在里头。

《阿玛迭斯》的许多"续编",不但续出了阿玛迭斯本人的"故事",还创造出他的子孙的"罗曼司";我们有他的儿子爱司泼莱定(Esplandian),孙子列色尔忒(Lisuarte),曾孙"希腊的阿玛迭斯"——许多的冒险故事。原来的背景在英国,后来移到了君士但丁,到巴比仑,到了任何处。这一切的"续编",现在都归在"后期罗曼司"的名下的。

所谓"后期罗曼司"是在"散文罗曼司"的末期产生的,约在十六世纪中叶。这也是西班牙的特货。这时候,封建制度已经没落,欧洲的新兴的商业阶级已经成为社会的真正的主人。因而"封建制度"卵翼下的"骑士制"也成为没有根的东西。加以"骑士气质"也已经大大堕落。许多"强盗骑士"在欧洲各处杀人放火,打家劫舍。日耳曼的无数堡寨里有无数这样的"强盗骑士"经常地抢劫那时候新兴于莱因河两岸的商业的都市。于是封建阶级的赞美"骑士"的"罗曼司"这文体一变而为新兴商业阶级方面的作者借用了去攻击"骑士制"。"散文罗曼司"里有讽刺"骑士"的一篇,称"knight-errant"(侠士)为"arrant-knaves"(恶棍)。又有一篇说这些"英雄们"马上所载的,"不是铁,却是酒;不是矛,却是乳酪;不是刀,却是酒瓶;不是标枪,却是炙肉的叉。"到十五世纪后半,"骑士"在各方面都成了赘累。新兴的商业阶级养了佣兵,抵抗"骑士"的劫掠,小诸侯们也因为"骑士"已经不"忠心",并且已经没有用处(因为佣兵制的成立使得义勇式的"骑士"无用,又因火药的发明,有了火器,"骑士"的笨重的武器与战术都占不到便宜),也不再豢养这些"英雄"。于是本来是破落户的小贵族的"骑士"就此退出了实际的人生舞台,只成为纸片上的影子。

不过,由"骑士制"产生的"罗曼司"——这一种文学的形式,还继续被利用,并且被新兴的商业阶级利用为表现的手段。所谓"后期罗曼司"就是这样产生的。这也是一种"散文罗曼司",可是题材和意识大不相同。这分为两支:一是所谓"牧场的罗曼司"(pastoral romanee),大多数是写一个村俗的牧儿会出奇地厕身于漂亮的"骑士"以及多情工愁的"贵妇人"队里。这是新兴的商业阶级把他们自己的"人"开玩笑似的弄脏了贵族的体面的排场。这是戏拟那"贵族文学"(罗曼司)的形式和内容而给以强力的打击。这一体,据说是起源于意大利,但当十六世纪中叶西班牙人蒙忒玛育(Montemayor)的《迭安娜》(Diana)出世以后方大著名,而且为欧洲各国的作家所摹仿——法国的杜尔夫(D'Urfe)写了《阿司脱利亚》(Astrea),英国的腓力·薛特乃(Sir Philip Sidney)①写了《阿卡迭亚》(Arcadia),就是塞万提斯自己也摹拟着写了他的《茄拉泰》(Gulatea)。第二就是所谓"恶棍罗曼司"(picaresque romanee),从西班牙字的"picaro"(恶棍,泼皮)来的。这也是"戏拟"了贵族文学的形式而从反面去讽刺"骑士"的。这一派的"罗曼司"实在已经是后来的"市民小说"的雏形。这中间的主人公大都是一个"恶棍",无信仰,无操守,可是"神通广大",忽而为乞丐,为绅士,为骗子,为达官;他是经过了许多的冒险的,但这冒险的对象不是什么森林、沙漠、巨人,而是现实的平常人的社会。这些"恶棍"的代表就是那一部不知道是谁人手笔的《托

---

① 腓力·薛特乃 通译菲利普·锡德尼(1554—1586),英国诗人,批评家。

尔末司的拉撒利罗》(Lazarillo de Tormes)①里的拉撒利罗。这一体出现后,也被欧洲各国所模仿;在英国有那西(Nash)的《甲克·威尔东》(Jack Wilton)最好,在德国有格林曼尔萧浩生(Grinmelshausen)的《傻大哥》(Simplicissimus)尤为著名。这一种西班牙的特产的"恶棍罗曼司"在欧洲各处成了新兴资产阶级的传奇小说的基础。

　　至于吉诃德先生呢,他也读过"牧场罗曼司",但"恶棍罗曼司"却不是他对劲的东西;他是景慕着过去的已经没落了的"骑士制"的,他在他的"幻想"中复活了那已死的社会制度。吉诃德先生的创造者塞万提斯很知道这种已死的"骑士制"只是历史的垃圾桶里的东西,他写了《吉诃德先生》,也是一种用"戏拟"的方式对于"骑士制"的嘲讽——他还写过一篇"恶棍罗曼司",可是他意识上实在同情于他的吉诃德先生,并且悲惋着那已死的制度,他"一面以嘲笑来埋葬了骑士的世界和骑士的文学,但同时亦用了诗的辉耀的圆光来围照着自己的'悲哀姿态的骑士'的头颅"。

四

　　现在,我想我们应得看一看《吉诃德先生》的作者——塞万提斯是怎样一个人物。说起来,我的朋友,也许你不会相信,这位十六世纪(虽则十六世纪离开我们不过三百多年)的大作家的生平有点不容易讲得"恰好"似的;你说他的"生活"是一部很长的"纪录"罢,却又不然,有这么五六百字的说明,其实也就很够了,可是你当真用了五六百字来介绍他呢,说不定又有什么"专家"之类会抄了许多"原文"——这么"武装"了来指摘你这里那里弄错

---

① 《托尔末司的拉撒利罗》　通译为《托梅斯河上的小拉撒路》或《小癞子》,西班牙著名的流浪汉小说。

了,说是照他的"书",这应该是什么什么年月日,而那应该是什么什么地点。因为关于塞万提斯的生平,自来就是争论很多,甲说是这样,乙说是那样,统统记录起来足够成一"文库"的。这只好怪塞万提斯同时代的"历史家"作的孽,为的他们没有在塞万提斯成名以前就注意,把他的"身世"仔细地按年记下来。不,即使在塞万提斯成名以后,这些同时代的(或者稍后的)"历史家"也是颇为"荒唐"的,例如这位大作家的遗骸的埋葬处——他的坟,就没有人能够知道确实在什么地方;有人说这位大作家在一六一六年四月二十三日死于马德里地(Madrid)[1],第二天就葬在"三德派"的一个教堂的坟园,在甘太伦那司街(Calle de Cantarranas),然而又有一说是一六三三年改葬在由米拉特罗街(Calle del Humilladero)了,而这改葬的一说,又有人斥为完全无根;总之,塞万提斯的坟到底在哪里,还没个确实的地点。

图20 塞万提斯

我大胆猜想一下,读者诸位中间大概没有谁已经"立志"要做一个塞万提斯的坟或什么的研究专家罢?所以我这里的塞万提斯生平的介绍倘使尽抄些"专家"们的呶呶不休的"考证",虽然在我或者可以幸免另一些准"专家"的指摘,但在读者诸君光景要头痛的。我只打算来一点不太长也不太短的介绍,根据了最公认的"事实";特别我打算详细说明塞万提斯怎样"生活困难",甚至"有了大名以后也还是没有钱",他的《吉诃德先生》是在怎样的情形下写成了的。

首先一句话,塞万提斯的生活也是"骑士式"的——就是说它像一部"罗曼司"似的充满了颠颠倒倒的"冒险"。上面不是说过他的坟在哪里也成

---

[1] 马德里地 通译马德里。

了疑案么？现在，我们对于他的祖先，他的生日，也不能晓得的明明白白。我们仅知道他生于阿尔卡拉·达·亚那拉斯（Alcala de Henares），是一五四七年十月九日受洗礼的。他的全名是 Miguel de Cervantes Saavedra，这最后一名（Saavedra）大概是他曾祖母的名，按照当时习惯，这个附加的名是必要的。他的兄弟姊妹一共有七个，他是老四，他的母亲几乎每年生一个孩子（不过生了他以后也就来得稀了）。他的祖父名约翰（Juan），据说是做过律师的；他的父亲名罗得吕古（Rodrigo），一个跑江湖的外科郎中。据说这位走方郎中在一五五四年住在瓦尔亚多利（Valladolid），一五六一年住在马德里地，一五六四——一五六五年住在塞维里亚（Seville），而在一五六六年以后则又住在马德里地。因此可知我们这位大作家的童年是跟着他父亲"跑江湖"的；又因为他们在瓦尔亚多利一住七年，所以有人猜想这位大作家的初期教育也许就在瓦尔亚多利的时候受的。又有一说，谓米古尔（Miguel，就是我们这位大作家）曾在萨拉曼加（Salamanca）大学至少读过两年。不过此说颇有人反对。又据另一说，则米古尔在二十左右时曾在马德里地的一个有名的教员约翰·罗伯兹·特·虎亚乌斯（Juan Lopez de Hoyos）那里读过书，证据是这位教员在一五六九年编了一本腓力第二（Philip II）的第三位夫人（Isabel de Valois，死于一五六八年十月三日）的"荣哀录"，中间有米古尔所作的"哀词"和纪念诗，而虎亚乌斯又介绍道："我们的亲爱的学生。"但此一说，又有人以为不足深信；因为罗伯兹·特·虎亚乌斯的学校是在一五六七年才开办的，而一五六八年十二月米古尔就跟了那位大主教阿克怪维伐（Giulio Acquaviva，他是十月十三日到马德里地来公干的）到罗马去；以后就在那边有事情了。虎亚乌斯编的"荣哀录"在一五六九年，不应尚以现在时的口吻称米古尔是他的"学生"，且又不提到这位学生已经攀上了大主教。然而还有第三说，以为米古尔跟了大主教到罗马也靠不住。因为一则那位大主教阿克怪维伐是在一五七〇年五月十七日始升任大主教，二则所谓米古尔跟了去云者，不过是从米古尔的小说《茄拉台亚》(Galatea)的"题词"里自述曾为"罗马的大主教阿克怪维伐的家臣"一句话引申来的,而凭这一句话不好决定米古尔就在马德里地和那主教相识而且"跟"了去。还有第四说,则根据了一五六九年九月十五日的一张捕状,说是有一个叫做米古尔·特·塞万提斯(恰恰是我们这位大作家的名字)的,犯了伤害别人的罪,所以要捉他;而此犯罪的米古尔就是后来写了《吉诃德先生》的人云。但此说并无别的根据,只好视为姓名巧合而已。

总之大作家的米古尔·特·塞万提斯小时候进过什么学校,我们不知道,只知他小时很好学,路上见了字纸一定拾起来细看一下(他自己这么说);他最初的独立生活到底是否"跟"了那位主教到罗马去开始的呢,我们也不知道,只知他大概是一五六九年的下半年到了罗马。因为这有官文书记明他在那一年的十二月是住在罗马的。至于他何时做了那主教的"家臣"或"家人",正像他何时又去当兵一样,很难说得准。

关于他的祖先,也有多种的说法;有名的传记家那伐莱得(M.F.de Navarrete)曾经推究了塞万提斯的世系,远溯至于他的高高祖,断定他的"贵族门第",许多西班牙以及别国的传记家都信从了,但是最近的"学者",例如费士麦利士·克莱(Fitzmaurice-Kelly,西班牙的文学史家)则以为全属无稽;我们所能确信者,只是塞万提斯的祖父是律师而且做过一时奥苏那公爵(Duke de Osuna)的田庄的管理人,他的父亲是走方郎中,而且穷得很,如此而已。

朋友,你看仅仅是"在哪里读过书"和"跟过谁"两个小小的问题,我们只就费士麦利士·克莱的议论来摘要一下(恕我不赞成抄一段洋文),也就这么噜苏了。所以,最好,让那些"不同的说头"滚他们的蛋罢,我们还是挑中了我们觉得近理的一说来单面介绍罢。以后我就得说得简短些。

大约是一五七〇年罢,米古尔·塞万提斯进了军队。他的为此,也许是因为他的弟弟罗得吕古(他继用父名,一五五〇年生)早已在军队中的缘故。次年,他以志愿兵的资格在有名的米古尔·达·蒙卡太(Miguel de Moncada)联队中服务。九月十六日,他上了"侯爵夫人号"(Marquesa)开拔。勒颁多(Lepanto)之战(一五七一年十月七日),"侯爵夫人号"是深入阵地的。战事开始时,塞万提斯正因发烧躺在底下,可是他不顾有病,请求出战。结果,他受了三处铳伤,两个在胸部,一个在"右"手。这里,可就又得来一点"异说"了;说是"右手"的,引证塞万提斯自己的话:"右手更加光荣"。但又有说是"左手"的,也引证了这位作家自己的话:"勒颁多之战,火铳的铅丸使他失掉了左手。"(在他小说的自序中,他用了第三人称的"他"描写了自己。)总之,那一战,基督教军是打了胜仗,但塞万提斯却在手上受了重伤,于是十月三十日他就被送回末西拿(Messina)进了医院;他的伤手从此就残废了。

从土耳其军那边来的这一颗老式火铳的铅丸对于"基督的世界"的文化可说是非常有功的。因为要不是这一伤,塞万提斯也许要以军人终其身了。然而虽有此一伤,他并不曾立即离开了军队。一半也为的除了当兵便生活成问题。所以在一五七二年四月他又转入另一联队,在同年十月七日的拿伐列诺(Navarino)海战,翌年十月十日的占领突尼斯(Tunis)一战,他都参加了的。后来他又驻防在拿不尔(Naples)①。直到一五七五年六月,奥地利的唐·约翰(Don John of Austria,那时的基督教军队的总帅)到了拿不尔,这才准了塞万提斯解职回到西班牙去。唐·约翰给了证明书,是交他面呈腓力第二的,而西西里的总督珊沙公爵(Duke de Sessa)也给了同样的保荐信。塞万提斯就这样带了这两封信回西班牙,满心以为靠这两封保举信,多少可以找得点差使罢,哪里知道这两封信在半路上几乎送了他的命。

一五七五年九月二十六日,塞万提斯和他的弟弟罗得吕古还有同行的几

---

① 拿不尔 通译那不勒斯,意大利西岸港市。

个西班牙人在马赛附近遇到了母罗人的巡舰,就被连船带人统统掳到阿尔及耳(Algiers)①去了。塞万提斯身边因为带了两封阔人的信,就被当作"奇货",标了很高的赎价,看守得十分严紧。这以后五年,塞万提斯就在阿尔及耳做了奴隶。

然而塞万提斯就像他所写的吉诃德先生一样,有坚强的意志,永不知道灰心。他第一次的主人是一个叫做达利·玛米(Dali Mami)的坏希腊人。塞万提斯在被掳后的翌年就买通了一个母罗人,叫他引路,要想逃到奥伦(O-ran),和他同逃的,还有几个被掳的基督徒。不料在半路上,那母罗人忽然"放了生",于是塞万提斯他们依旧落在玛米手中。这一来,玛米对于塞万提斯的防守就更加紧了。一五七七年春,有两个教士受塞万提斯的父母的嘱托,带了三百个柯朗②(古时银币,每枚约值六先令)到阿尔及耳要赎回塞万提斯。可是玛米以为塞万提斯的代价不止区区三百柯朗,只放了罗得吕古。这一年秋天,塞万提斯第二次逃走,但是仍旧不成功。他的主人(玛米)可就有点怕他了,就将他转卖给阿尔及耳的总督哈桑·把帅(Hassan Pasha),代价五百柯朗。塞万提斯换了主人后(这位新主人是很赏识他的勇敢的),就更加异想天开,偷偷地写了封信(是诗的形式)给西班牙的首相,献议攻取阿尔及耳。据说他的计划倒不是不可能的,然而未蒙采用。一五七八年,他又偷偷写了信给奥伦的市长请救助。这一次却被哈桑知道了,就判决打他二千棍,不过并没执行。这当儿,塞万提斯的父母也在各处奔走设法。他们请求西班牙国王帮助,而珊沙公爵也代他们说话。于是在一五七九年夏,他们筹到了二百五十个特卡忒(古时欧洲大陆通用的金币,每枚约价九先令许),再托了两个教士去赎他们的儿子。不料那一年秋冬之交,塞万提斯又计划着偷取一条三支桅

---

① 阿尔及耳 通译阿尔及尔,阿尔及利亚的首都。
② 柯朗 通译克朗,欧洲一些国家的货币名称。

的兵船逃走。这计划,被人知道了去报告哈桑。塞万提斯以为这一次一定要死了。然而哈桑又一次饶了他。次年五月,那两个教士这才到了阿尔及耳。那时哈桑也快要卸任了。赎人须得讨价还价,是急不来的,所以局促得很。哈桑一定要五百个特卡忒,跟塞万提斯预备的数目差了一半。回西班牙去筹集是来不及了,于是在阿尔及耳的基督教商人中间募集了那不足的数目。塞万提斯在那一年的十一月总算回到了西班牙。前后足足五年(他是九月内离开阿尔及耳的)。推算他离开祖国也足足十年了。

　　自由了以后,塞万提斯大概又在葡萄牙当过一时的兵,不用说也是为了生计所迫。但是他打算要卖文来餬口了。一五八二年起,他陆续写了几篇剧本,"有些连我自己也忘记了"——后来他这么自述。这些剧本都是那时流行的所谓"剑与长袍"(教士穿的长袍)的格式,宗教热和战争是主要的内容。一五八四年二月,他的"牧场罗曼司"《茄拉台亚》(Primera parte de la Galatea,《茄拉台亚》第一部)得了检察官的"许可证",同年六月,他将版权卖给阿尔卡拉·达·亚那拉斯的一个书店老板白拉斯·特·罗勃尔司(Blas de Rebles),只得了一千三百三十六里耳(约合五十美金,中国银元一百五十元光景)。但这数目也许还不可靠。因为后来他的《吉诃德先生》已经出版而且享了大名,他将他的《模范小说》(Novelas Exemplares)[①]卖掉,也只得了一千四百里耳。那么,卖《茄拉台亚》时的他还是个"无名作家",恐怕未必能够得到一千个里耳罢?

　　许多"考证家"都以为《茄拉台亚》的故事就是塞万提斯自己的恋爱史。为的一五八四年那时候,他爱过一个葡萄牙女人,生了个女孩子(后来那女人另嫁了,这女孩子便归塞万提斯抚养,很麻烦了这位有耐心的爸爸)。但是又有人推算,《茄拉台亚》的通过检查既是一五八四年二月间的事,则此书的

[①] 《模范小说》 通译《训诫小说》。

写作时间总在一五八二——五八三年之间了。而且照《茄拉台亚》的故事看来，这是一个长故事的开头——"第一部"，那么，即使塞万提斯早在一五八二——五八三年就和他那女人相识，何至于就要像写日记似的把自己这浪漫史来写小说，并且还预定要写得很长？况且《茄拉台亚》也没有一点"日记式"的样子。这是那时候很盛行的"牧场罗曼司"的摹拟，故事是"理想的"，人物也是"理想的"，全没有一点"写实的"意味。这书在一五八五年春天出版，并没引起注意。在塞万提斯活着的时候，这书只重印了两次——一次在吕司本（Lisbon①，一五九〇年），一次在巴黎（一六一一年）。然而塞万提斯自己很得意这部书，他屡次说，就要续写第二部了——虽然终于没有写。

《茄拉台亚》的失败使得塞万提斯感到"卖文"也不像一条活路。同时，他自己娶了老婆，他的父亲又故世（一五八五年六月十三日），他的负担却加重了。他的老婆的陪嫁只有一个果园，五棵葡萄树，一些家用杂物，四箱蜜蜂，大小鸡四十五头，一堆干草和一副锅灶。塞万提斯还是只能靠一支笔生活下去。

他那时候甚至替书店写些"广告作用"的小诗，以及许多别的无聊的文字。

于是在一五八七年，他觉得再不改业就活不下去了。他打算做公务员。果然不久就找得了一个位置。但这是收买麦、油、酒这么一个商人性质的差使；因为那时西班牙国王腓力第二计谋着要夺取毕士卡湾（Bay of Biscay）对面的小岛，正调遣着海军，塞万提斯得的差使就是这些兵船上的买办杂差。这个位置，在别人也许正是赚钱的机会，但在塞万提斯却非但不能赚钱，还要吃赔账；有时为的他自己的算盘不精明，有时为的他太相信了别人。他这差使干了两年多，再也耐不下去了，就上书国王请求派到美洲的殖民地去服务。他意中

---

① 吕司本　通译为里斯本，葡萄牙首都。

指望着的共有四个位置,武的文的全有,那时刚刚都出了缺,他就请求在这四席中派他一席。可是结果,他只得了"该员着仍供原职,所请应毋庸议"的答复。幸而他是很有耐心的,就再干下去。不料到了一五九六年,出了个岔子,就连这采办的杂差也丢了。原因是他将一笔公款放给一个商人,不久那商店倒闭,那笔款子就得由塞万提斯赔偿,总数是七千四百里耳。数目并不小呀,塞万提斯如何弥补得了?于是革职,并且关在塞维里亚监牢里去了。虽然关了不多时就蒙恩释放,但差使丢了,生活就更加困难了。

先是还没弄掉差使的时候,塞万提斯就有再靠卖文来生活的意思。大约是一五九二年九月罢,他和一个叫做罗得吕古·奥曹列哇(Rodrigo Osorio)的,订了一个契约:他担任写六篇剧本,每篇稿费是五十个特卡忒(特卡忒有金的和银的两种,这里的也许是银的,那么每枚约值三先令多)。不过有一条件,即此六篇剧本若有一篇在奥曹列哇看来比不上"西班牙向来演过的最好的剧本",那他就可以不付稿费,这样的条件真是再苛刻也没有了,然而塞万提斯还是接受了下来。后来好像他始终没有按约交稿,这件事就无形取消了。

并且塞万提斯也打算再试试小说。他想用幽默的笔调跟那时流行的"骑士文学"开一个玩笑。有人以为他这念头,也许就在塞维里亚的监牢里偶然转到,而且在那里开始写。因为他在《吉诃德先生》的"序"上说:"你也许要猜想这恶形恶状的孩子(指他的这部小说——笔者)正配是在牢房里受孕的。"但也有人以为塞万提斯早就有了一个"曼却的老骑士"在意中,未必当真是关在塞维里亚监牢里的时候第一次想到。他自序中的话不能看得太死。又有人以为塞万提斯所谓"牢房"还不是塞维里亚的监牢,而是阿尔茄玛息拉·特·阿尔巴(Argamasilla de Alba)的监牢;因为据说塞万提斯在当采办员出了岔子的时候坐过不止一次牢,不过这已经是无可考证了。总之,当他弄掉差使以后,到《吉诃德先生》出版以前,这五六年中间他的生活状况,没有可靠的丰富的材料可以考证,所以他究竟在什么时候成熟了那伟大的《吉诃德先生》的轮廓,我们不能确实断定了。

　　我们能够断言的,是那时候塞万提斯穷得了不得。一六○三年,塞万提斯移居到瓦尔亚多利了(我们总还记得他小时候在那边住过七年)。那时候,腓力第二把他的"朝廷"也搬到了瓦尔亚多利。为什么塞万提斯这样"赶热闹",可不大明白;也许他经手的亏空还得解释,但也许他仍想找差使。我们只知道那时候塞万提斯的家族,还有几个亲戚和一个忠心的女仆,都挤在那时候的拉斯托洛街(Calle del Rastro)的一个小小的公寓的几间房里;这条街在那时要算城里最"下等"的所在。我们很可以相信《吉诃德先生》的一部分是在这个小公寓里写成的(虽然也有人以为塞万提斯搬家以前就已经写好)。现在这所房子照老样子保留着。凡是抱怨着没有舒服的"理想的"环境就写不出伟大作品的青年,很应该晓得那时候塞万提斯的"工作的桌子"就好像是摆在马路旁边的一个测字摊。他的家里至少有五六个女人(他的夫人,他的姊妹,和他的亲戚——其中一个就是他的"私生女",那个葡萄牙女人生的),成天价在塞万提斯的书桌边跑来跑去,因为他的房适当"过路",不能不"走破"了的。他的房的下面是一家最下等的小酒店,时常有人在那里打架,而且那些劣等酒的辛辣气味也要钻上来。他的房的上面呢,是另外一家了;有人说是一家妓院。那你也可以想像得到,在塞万提斯的头顶也一定非常"热闹",半夜三更楼板上还会敲鼓似的响着妓女和狎客的皮靴。并且从底下的小酒店到上面的妓院只有一道扶梯,恰好又要穿过了塞万提斯的"书房",所以他的书桌就十足像一个马路旁边的测字摊!这一段"形容",也许有点过分,可是塞万提斯没有什么明窗净几幽静的"书斋"却可以担保。

　　就是在这糟透了的公寓里,在一六○四年九月二十六那一天,塞万提斯兴兴头头对他的家里人说,他的"新作"已经有了"买主"了,那个书贾罗勃尔司(Francisco de Robles)已经答应出版。自然是卖掉版权了,塞万提斯顶多不过得了千把个里耳(合算我们这里的通用银元,大约只有一百十多块罢)。可是穷而老的塞万提斯大概也很高兴。他那时已经五十八岁了,他得这"好消息"的时候也许正是他的"生日"——或者他正要过"生日"。自从十八年前他卖掉了《茄拉台亚》第一部以后,他的"笔"好久不发"利市"了;十多年来他只写了些"卖不起钱"的剧本,还有许多连他自己也记不清了的无聊的小诗,现在是他的第二部"整本"的书能够出版了,即使未必能救穷,他总是高兴的。况且多少收进几文,他的家里人自然也很高兴,他们好久没有整千的里耳放在身边!

塞万提斯这"新作",这第二部"整本"的书,就是伟大的《吉诃德先生》第一部!

塞万提斯自己对于这"新作"的前途并不怎样"乐观";至于那出版家呢,当然更以为那样开玩笑的"骑士文学"不见得有多大销路的,所以他只在卡斯提拉(Castilla)一省取得出版权,他真料不到这书在一六〇五年正月出版后就造成了"印书史"上空前的"旺销"纪录,一年之内,单在卡斯提拉就重版了四次,初版出世后数星期,吕司本就出现了三种翻版!初版的排印上的错误多得很,在马德里地赶印出来的再版订正本也还是不完全。

出版家的荷包是装满了,但塞万提斯依旧穷得很。大约在一六〇五年到一六〇七年之间,那位赚钱的出版家罗勃尔司曾经借给塞万提斯四百五十里耳;说是"借给他",实在是"赠送",但这区区之数不过是《吉诃德先生》赢利的百分之一。

塞万提斯那时不但穷,还惹了一次飞来横祸。正当《吉诃德先生》第一部出版后第六个月——六月二十七日,塞万提斯所住的房子外那条龌龊阴黑的街上忽然有一位破落户子弟被人家打伤了;塞万提斯听得了呼号声出门去看时,只见那伤者躺在他门外,于是他把这伤者弄到自己屋里,他的大妹做了义务看护。不料这一天,这位破落户子弟竟因伤重死了。于是这位"吉诃德先生"的创造者也就像吉诃德先生似的"行了侠"却惹了祸了。当天就因为有了杀人的嫌疑,地方官将塞万提斯和他的"私生女"、他的姐姐安德莱亚和女儿,一齐收入监牢。这一场官司总算很快地就解决。那位证人提不出证据来,塞万提斯他们无罪释放。

人们渴望《吉诃德先生》的第二部出世,然而塞万提斯迟迟没有动静。《吉诃德先生》第一部出世后的三年内,塞万提斯只写了三首小诗。一六一〇年他的"恩主"莱莫司伯爵(Count de Lemos,平时常常资助塞万提斯的)放了那不尔的总督,塞万提斯还很想跟了出去。似乎他虽然有名了,却总活不下去,所以又想去"做官"。可是一六一三年他终于发表了《模范小说》;照旧卖掉版权,他只得了一千四百(或说一千六百)里耳和二十四部书。这所谓《模范小说》是十二个短篇①,中间有两篇是所谓"恶棍的罗曼司";这"新作"虽然不能比《吉诃德先生》好,却保证了塞万提斯的文艺天才。但要讲到"不朽"的价值,则《模范小说》比起《吉诃德先生》来可就差得远了!第二年他又发表了《帕那萨斯的旅程》(Viage del Parnaso);这是诗,在他的诗集中,这算是最好,可是销了一版就不能再版了,人们渴望的是《吉诃德先生》的第二部!

就在《帕那萨斯的旅程》出版那一年,忽然有所谓托尔台息拉斯(Tordesillas,地名)的亚龙苏·佛南特士·特·阿万拉南达(Alonso Fernandez de Avellaneda)其人者在太拉古那(Tarragona)出版了《奇妙绅士曼却的吉诃德先生第二卷》(Segundo tomo del ingenioso hidalgo don Quixote de le Mancha),作者的名字是假的。这假"吉诃德先生"的出现显然一方面是跟塞万提斯开玩笑,又一方面是"投机贸利"了。尤其不应该的,是这所谓阿万拉南达者在他的"伪书"的头上加了一篇序文,对塞万提斯作了人身攻击;他讥笑塞

---

① 他这书名是有意义的;因为批评家说他的以前的作品是讽刺多而教训少,不足示范;所以他这十二个短篇就很幽默地名为"模范小说"。——作者原注。

万提斯只有一只手,讥笑他老,讥笑他没有交游,讥笑他做公务员时亏空公款,讥笑他坐过多次牢!

这一来,把塞万提斯刺激起来务要在短时间内把《吉诃德先生》的第二部写成。他在《模范小说》的序上曾说"《吉诃德先生》续稿快要出来",然而他可实在并没在那里上紧续写,现在倒是那位阿万拉南达逼成了塞万提斯的决心,于是一六一五年的冬天,真正的《吉诃德先生》第二卷出现了。这第二卷比第一卷更好!这第二卷中的"幽默"更尖锐更圆熟,人物的描写更生动,文字更优美;而且,作者对于吉诃德先生从嘲笑转为同情了——不,他简直爱他所创造的这位曼却的老绅士了。

饱尝了人生忧患的七十老翁一生经验的结晶——这就是《吉诃德先生》!

塞万提斯那时候可当真老了,而且有病;他屡次说要续写《茄拉台亚》的第二部,可是终于没有写成。他还是很穷。虽然他的《吉诃德先生》在欧洲大陆到处有翻本,有译本,可是他依然很穷。他最后的作品就是在《吉诃德先生》第二部的序里预告过的《配息尔司和息琪司蒙达》(Los Trabajos de Persilesv Soismunda)。他那时患水肿病很厉害。他总算还能够看见他的《配息尔司和息琪司蒙达》付印。一六一六年四月十八日,他按教仪受了最终的圣餐和涂油的礼式,他的后事都端正好了;次日,他写了《配息尔司》的"献词"给莱莫司伯爵——这是他的绝笔。

四月廿三日他死于马德里地的莱昂街(Calle de Leon)的寓所。

他的状貌是(照他自己的描写)——尖脸,棕色头发,额角上虽到了老年并没有皱纹;眼睛活泼,鼻子微翘,可不难看,须灰色,上唇须极多,口小,牙齿歪斜不整齐,而且数目不在六个以上;他的脸色有精神,只能说是一张好看的脸;他的身体不太肥也不太瘦;肩膀处稍稍厚笨一点,脚也算不得灵巧。

五

《吉诃德先生》出世后,西班牙就再没有"骑士文学"出版了。不是"塞万提斯微笑地挥去了西班牙的骑士制度"(这是拜轮①的话)——不,骑士制度在西班牙早已死了,而是塞万提斯微笑地结束了西班牙的"骑士文学"!

《吉诃德先生》本身不能算是"骑士文学",但塞万提斯——嘲笑着那时的"骑士文学"的塞万提斯,却实在悲惋着那已死的"制度";他和他同时代的或略前的"骑士文学"的作者不同的地方,即在他能够更冷静地观察现实,并且更热情地——更能真正热情地怀恋那已死的古老的制度;他"一面以嘲笑来埋葬了骑士的世界和骑士的文学,但同时亦用了诗的辉耀的圆光来围照着自己的'悲哀姿态的骑士'的头颅"(弗里契的话)。

他给十六世纪的西班牙的人生画了一幅再真切再清楚也没有的图像:贵族,骑士,诗人,乡绅,教士,商人,农民,剃头匠,赶毛驴的,厨子,犯人,清客式的贵妇人,激情的大姑娘,母罗族的美人,头脑简单的村姑,放荡然而好心肠的厨娘——这一切都由他的同情的观照描写得活泼而忠实(费士麦利士·克莱的话)。你会觉得你个人的生活经验——或者你对于生活的感想,至少有一部分可以在《吉诃德先生》里边找到,即使找不到正面的,至少反面的一定找得到。这,就是《吉诃德先生》为什么在当时受人欢迎,而且直到现在仍旧令人爱读;为什么我们在儿童的时代喜欢它,到了中年时依然喜欢它,到了老年时还是不讨厌它。

现在西班牙的国立图书馆里有一间大房挤满了《吉诃德先生》的各种印本,有几百册,代表了几乎全世界的语文。另一间大房子里又有同样多的研究

---

① 拜轮 通译为拜伦,英国浪漫主义诗人。

《吉诃德先生》和塞万提斯的著作。也许你觉得塞万提斯和他的这部伟大的作品要有那么多的"研究"未免过分了罢？你这话或者不错。我也可以大胆说一句：有许多关于塞万提斯的生活和《吉诃德先生》的"背景"或字句的考订论辩，当真有点像是"烂泥里打架"，但这件事却也证明了《吉诃德先生》从十六世纪到现在没有一个时候被人忽略过。

第六 雨果和《哀史》*

一

雨果（Victor-Marie Hugo），我们也曾译音为"嚣俄"的，今年五月二十二日是他死后五十年的周年纪念。《哀史》（Les Misérables），我们也叫做《孤星泪》（不知何人所译，不全，从前商务印书馆"说部丛书"印本，文言），也叫做《悲惨世界》（苏曼殊译，有改动处，不全，泰东书局印本），是雨果晚年最伟大的著作。

雨果在中国不是"陌生"的。他的作品很早就有翻译，不过是不大"忠实"的翻译。他的早期的小说"Bug-Jargal"有包天笑的翻译，名《侠奴血》；他的有名的"Notre-Dame de Paris"（《巴黎圣母院》，小说），有俞忽的翻译，名《活冤孽》；他的"Angelo"（剧本），我们有两个译本——东亚病夫译的，名《银瓶怨》，平等阁译的，名《牺牲》；他的有名的《九十三年》（Quatre-viut-treize）（小说）先有林琴南的译本，名为《双雄义死录》，后有东亚病夫的，即名《九十三年》；他的"Les travailleurs sur la mer"（《海上劳工》），我们有平情主人的翻译，名为《噫有情》；最近几年来，对于雨果的介

---

* 本篇最初发表于一九三五年三月、四月《中学生》第五十三、五十四期。《哀史》，现译为《悲惨世界》。

绍又有他的著名的剧本《吕伯兰》（Ruy Blas），《欧那尼》（Hernani），《吕克兰斯鲍夏》（Lucrece Borgia）——皆东亚病夫译。最近的介绍是有意识地在介绍"浪漫主义"文学的伟大的领袖雨果！

雨果跟我们并不"陌生"。他的伟大的小说《哀史》（有托尔斯泰的《战争与和平》那样伟大的气魄，那样多方面的生活描写，那样多的篇幅），我们还没有全译本，这是个很大的缺憾，可是他的几部重要的剧本到底译过来了。而这中间就有著名的《欧那尼》。

一说到前世纪三十年代法国浪漫主义文学运动的胜利，我们不能忘记雨果的剧本《欧那尼》。雨果是浪漫主义的"灵魂"，《欧那尼》便是浪漫主义的一个"大炸弹"；一八三〇年二月二十五日《欧那尼》的第一次上演，便是浪漫主义对古典主义决定命运的"主力战"！顽抗的古典主义在《欧那尼》面前终于全军覆没！

《欧那尼》是雨果正式成为浪漫主义文学运动唯一领袖的杰作！

现在读"名著"（classics）的人们也许更熟悉《哀史》，但是研究雨果，研究浪漫主义文学运动史的人们却怎地也不能忘记《欧那尼》。这两部书，一个是雨果早年（一八二九年九月完成）的杰作；一个是晚年（一八五九年）的"心血"，亘十五年之久方才完成了的"纪念碑"。说来也很巧，这两部书都是三次改定了题名的。《欧那尼》的最初的稿本上题名为"Tres para Una"（这是西班牙语，意为"三个对一个"，指剧本中三个男人追求一个女人的爱），第一次上演时的戏票上却用了"Hernani ou l'Honneur Castillan"（尊贵的卡斯提尔——欧那尼）的名称，最后才定了《欧那尼》。至于《哀史》呢，最初题名就用了书中主人公的名字，《若望·铁列让》（Jean Tréjean），第二次改为"Les Miséres"（《困穷》），最后才定了"Les Misérables"（《哀史》）。

二

让我们乘这机会讲一下浪漫主义文学运动罢。

我们只能单讲到法国,而且也只能单讲到雨果——而且,我们想讲得详细点的,还只是《欧那尼》上演时那一场"大战"。一八八〇年二月二十五日法兰西戏院的"《欧那尼》公演五十周年纪念"庆祝会,有科贝特为纪念而作的诗,《欧那尼之战》。不错,《欧那尼》的第一次上演是不折不扣一场"大战"! 自然啦,在《欧那尼》出世以前,浪漫主义文学的火花早已在欧洲其他国家里爆开。我们不会忘记英国在十八世纪末和十九世纪初十年就有了本士(Robert Burns)①,勃拉克(William Blake)②,有了三位"湖上诗人"——华兹华士(William Wordsworth),柯尔律治(Samuel Taylor Coleridge),苏散(Robert Southey)③;后来又是三位"代表的"诗人,拜轮(G.G. Lord Byron),雪莱(P.P.Shelley),济兹(J.Keats)。我们大概也不会忘记德国那些浪漫主义的作家。德国从十八世纪的七十年代到十九世纪的初十年,有过两次的"浪漫主义运动"。便是在雨果自己的法国罢,浪漫主义的作品也在《欧那尼》第一次上演以前就有了的。但是,古典主义和浪漫主义的"决斗",却是《欧那尼》引起,而且判定了胜负;浪漫主义向古典主义的"冲锋号",全法国的人都听得了这号声的,是《欧那尼》! 浪漫主义的正式取古典主义而代之,成为一般人都知道的一大"事件",也是《欧那尼》!

文艺上新旧思潮的递代,从没有像《欧那尼》那样闹哄哄地用"决斗"的形式上来,而且成为街头巷尾一般人争论的"事件"!

---

① 本士 通译彭斯,苏格兰诗人。

② 勃拉克 通译布莱克。

③ 苏散 通译骚塞。

这并不是无缘无故的。这是有了自从法国大革命（一七八九年）直到那时候（一八三〇年）的长期的政治纠纷以及社会经济基础的变革作为背景的。一八三〇年春正是法国的市民（新兴的资产阶级）讨厌极了查理第十手下三个首相的虐政，新的"革命"就要爆发的时期。"一八二五到一八三五这十年，从文学的立场看来，是最可注目而且最丰收的时期，但在政治的立场看来，却是最没有光彩的。它的焦点是七月的革命（按即一八三〇年七月推倒查理第十的革命——笔者），但这革命也是漫漫灰色中间寂寞的一点血红。"（布兰兑斯①《十九世纪文艺主潮》卷五）"但是这十年的前半（按即一八二五到一八三〇年——笔者），虽然在政治的方面说来是一个反动的时期，而在社会的和思想文化的方面看来却完全不同。"（引同上）《欧那尼》是在这样一个时期出世！

对《欧那尼》鼓掌的巴黎市民很明白他们鼓掌的意义。他们知道这不单是对西班牙"传说"中的"英雄"欧那尼表示了热烈的欢迎，他们也是明白地表示了对于查理王朝的憎恨；他们不把这新形式的剧本只当作文艺品看，他们是把它当作他们要求更多的"自由"，更多的政权的呼声！全法国争相赞成或反对《欧那尼》，有人因此决斗，有人在遗嘱上写着"相信雨果！"——这都证明了《欧那尼》不是单纯地被看作"新奇"的文艺作品！

法国的浪漫主义运动就是这样跟别国的不同。

因为法国自从大革命那时，财产就有过一次重新分配。拿破仑倒了台以后，法国历史上的工业时代就开始。工业和商业上的障碍大都除去了，封建贵族的"神圣的特权"也已经大半废除；教会的财产和贵族的采地经过了几度没收就散在更多人的手里（新主人比旧主人多上二十倍）。这些有利的条件使得新兴的市民阶级一天一天壮大，发生了支配政权的要求。当时的查理王

---

① 布兰兑斯 通译勃兰兑斯，丹麦的文学史家，《十九世纪文学主流》六卷为其力作。

朝的首相却打算恢复贵族和教会的旧地位。保障教会特权的法律再建起来了,市民的武装(市民军)也被解除了,检查的制度又重新设置了。"朝廷"跟新兴阶级的冲突一天一天厉害。结果,握有经济势力的市民阶级就利用了普遍的对于查理王朝的怨恨,爆发了一八三〇年七月二十七日到二十九日的"革命"。三天的巴黎市街战赶走查理第十和他的一班大臣,换上了路易·腓力泼(Louis Philippe)①坐王位。法国的新兴市民阶级老实需要一个更能听他们指挥的"朝廷"。他们坚决地要在历史的舞台上现身。

三十年代(前世纪)的法国浪漫主义文学运动就有这样的社会经济的基础。

三

一八三〇年正月某日,也许有人会看见巴黎的"Champs Élysées"②附近一条新开马路上有三个青年人走向一座孤零零的房子。三个青年里的一位是十九岁的美发少年,走路时背脊稍稍伛曲,很快的鸟儿跳那样的步子;他的衣袋里全塞满了原稿,露出了纸边。这个人就是可爱的温雅华贵的青年诗人格拉尔·特·纳尔法(Gérard de Nerval),他常常忙着给朋友们跑腿。靠着他旁边走的,是一表堂堂的卡斯提尔式严肃脸孔的鲍莱(Petrus Borel),为的他年纪最大——他已经二十二岁了,他是一群青年的艺术热心家的中心人物。他的脸色苍白,有点乌黑的须。

略后些跟在这两位后边的,脚步颇露趑趄,举止也有些忸怩的,是一位椭圆脸、眉目端正的十八岁的美少年——后来的大诗人戈底叶(Théophile

---

① 路易·腓力泼 通译路易·菲力普。
② Champs Élysées 香榭丽舍大街。

Gautier)①。他是承蒙那两位朋友的隆情带他来拜访那家孤独住宅的主人雨果。那时候法国的"文学青年"把见着雨果当作一件极荣耀的事情。纳尔法和鲍莱是雨果家里的熟客,这"好运气"又是许多人艳羡的。

戈底叶跟在他的两位朋友后边走上雨果住宅门口的阶台时,觉得两条腿重得像是铅做的。他屏住了气息,冷汗也攒在额角上了,他听得见自己的心扑扑跳动。有两次,那两位朋友走上去要拉门铃,戈底叶就转身跑下台阶,那两位朋友笑着喊着拉他上去。第三次这才把他拉住了。(就像一篇神仙故事所说似的总是第三次!)他的两条腿似乎再也吃不住,一下子他就老老实实坐在阶台上透一口气。这当儿,门开了,一道光像是阿博罗(Apollo,希腊神话里的太阳神,又主宰文艺的神)顶上的圆光,不是别人,正是雨果,和善而庄严地站在这三位青年的面前了。雨果穿一件极平常的黑褂子,灰色的裤子,头发梳得光光的跟任何平常的 philistine(俗物)一个样子。他看见了戈底叶那种窘样子,只微微一笑,不以为奇。因为他是看惯了青年的诗人或画家红涨了脸,然后又转成灰白,讷讷地僵在他门口的。显然他是要出外去——就这样随身衣服,平平常常地出去;这是很使戈底叶吃惊的,比之他看见这位大文豪坐了五匹白马拉着的车子,有胜利的女神拿着金冠在他头上,还要吃惊些。

图 21　雨果像

然而雨果也就不出去了。他请他的三位小友到书斋里,就随便谈着。戈底叶坐在那里只有静听,忸怩到不敢插嘴。可是这一次的晤见在戈底叶的生活

---

① 戈底叶　通译戈蒂埃。

上就划了个时期；从此以后直到他死，他是雨果的热心的崇拜者，忠实的朋友，伟大的弟子。即使他们后来因为政见不同而分了手，戈底叶对于雨果还是恭恭敬敬的。他对于这位大伟人的崇拜还是跟这次初见面的时候一样至诚。

这三位青年拜访雨果，是和《欧那尼》的第一次上演有关系。他们是来要几张小小的四方的红色的票子，上面印有"Hierro"（铁）一字的暗记的。戈底叶虽然还没读过《欧那尼》的脚本，可是他早就读过雨果的诗集《东方》(Les Orientales，一八二九年一月出版，正是《欧那尼》第一次上演一年前）。他对于《欧那尼》渴慕已久。

在这里，我们得交代一下，戈底叶平时是顶爱衣服穿得出奇，顶爱装扮得出奇。这是那时一班拥护"浪漫主义"的青年们的风气。他们想尽了种种方法要跟一般"灰色"市民的"灰色趣味"反对。他们用奇异的服装表示了他们对于"灰色的""俗物"的藐视，他们又借此表示了他们是怎样不顾一切"俗套"的豪爽绝伦的人物。他们要引起注意！戈底叶也是这样的青年。他在他寓处附近一带早已是个大家瞩目的"怪东西"。他惯穿黑丝绒的大褂，黄靴子，出门老不戴帽子，不论晴雨，要不是拿一把女人用的小小的遮阳伞，就是雨天用的雨伞，他的长而棕黑色的头发一直披到肩下，几乎到了腰际。他衔着雪茄，挺胸凸肚地在巴黎城内到处跑，过路人站住了朝他看，顽皮的小孩子跟在他后边喊叫嬉笑，他却毫不在意；不，他还觉得非常痛快，非常"有意思"。

现在他要去恭聆《欧那尼》的第一次上演了，他觉得应该打扮得更加惹人注意才对。他决定了缝一件"红背心"。是的，"红"背心！可不是革命党所看中的那种"血红"，而是火焰样的艳红。那时候热情的年青人，为的憎恨那时期的"灰色"环境，都喜欢艳色的；戈底叶决定了要火焰样的艳红。这一个泼辣的提神的颜色，会叫那时的青年诗人和画家想起来就醉心。戈底叶早已看中了那样一块艳红的软缎子。于是他急急忙忙将这宝贝弄到手，就去找裁缝，说要用这材料缝一件背心——对了，背心！是和女人的"抹胸"相仿佛的一件背心,要把胸脯全部遮住,而且在背后开缝装纽扣。后来戈底叶自己这样写道:"要是你想看看百面图,那么,其中'吃惊'的一幅左右逃不过那裁缝师傅那时的一副尊容。"

呵,是这样一件"胸甲"式的背心么?"可是,先生,这个式子,而今不时行哪。"

"就要时行了——我一穿上,就时行了!"

"那么,先生,这样的做法,我还是第一次;这个实在太像戏班里的行头,不像先生们的家常衣服。我怕的做坏了,白糟蹋你这块好料子。"

"我给你一个布样子罢;我自己打样,自己裁剪,自己配好了,给你做样子。"

红背心缝成了。在《欧那尼》第一次上演那天,戈底叶穿了这件红背心在风暴似的鼓噪的法兰西戏院里大摇大摆,全不管无数的"俗气的"市民对他看,指着他叫,而且成了满戏园子的望远镜描视的靶子。

这件"红背心"就成为有名的历史的纪念品,成为浪漫主义胜利的战旗!

四

围绕着《欧那尼》的决战不仅是古典主义对浪漫主义,实在是过去的(没落的)一代对未来的(正在兴起的)一代!《欧那尼》的政治的社会的意义,比它文学上的意义要大得多!

这剧本是在一八二九年九月二十五日脱稿的,距第一次上演五个月。同年十月一日在法兰西戏院的剧本委员会前朗诵,得到了通过,于是就着手排演。排演的时候,雨果常常到场,批评一些,斟酌一些。但是刚刚动手排演的时候,就遇到了敌意的阻碍。雨果自己告诉我们说,扮演剧中女主角 Dona Sol 的女伶玛尔司姑娘对于那剧本就有许多不高兴,仅因恐怕被别人抢了那主角的地位，这才答允了担任扮演。然而她是不"热心"的。有一次，她公开表示了反对。到她的一句"台词""Vous êtes mon lion superbe et généreux"（你是雄壮而又勇敢的狮）时，她就怠工了几次，并且最后她竟要求雨果把这一句"台词"改为"Vous êtes, monseigneur, superbe et généreux"（你是，阁下，雄壮而又勇敢），因为，她说，这么一改，语气虽然是平易些了，然而在"古典派"的眼光中可就对了。雨果拒绝了她这要求。雨果宁愿被人家喝倒彩，却不愿把一句好诗改成了坏的。玛尔司姑娘却也坚持不让。可是，当雨果对她说，那没有办法，只好换人的时候，她就突然让步了。这是演员方面的故意捣乱。

至于外边的阴谋破坏，更是厉害。排演本是秘密的，可是反对派的报纸用了种种方法刺探那剧本的内容先在报上嘲笑起来。甚至于买嘱了人混进戏院的排演场，或是躲在门外偷听。排演还不到一半，反对派的报纸上早就把《欧那尼》说得一文不值；这些"批评"的根据，有些是侦探来的，偷听来的，有些简直是捏造。

虽则如此，排演到底完工，而且决定了二月二十五日正式公演。谁也明白，一场恶斗是免不掉了。人们当听说雨果拒绝了"claqueurs"（捧场人，法国的戏院雇得有专门喝彩的捧场人）帮忙的时候，那吃惊可不小。怎么，雨果有那样大胆？可是雨果不请教那些职业的捧场人，自有他的理由。他知道这些职业的捧场人一直受的是"古典派"的训练，他们的"口味"就是古典派的口味，他受不住他们的瞎捧。"新的艺术自有新的拥护者"，雨果决定要请巴黎的青年艺术家——诗人，画家，雕刻家，音乐家，印刷人，来代替那些职业的捧场人的地位。雨果这意思刚刚传出去，立刻就有大批的青年人自愿来投效了；浪漫主义倾向的青年艺术家在那时巴黎有的是！雨果把小小四方红纸的特别门票分给那些青年，票上就有雨果亲笔写了铸板印着的一个西班牙字"Hierro"（铁）。这是雨果的口令！这些青年人就是"铁军"，准备站在最前线和敌人恶战的"铁军"！

似乎反对派方面早就觉到了自己的命运靠不住罢,他们用尽种种方法想使《欧那尼》演不成。他们用了政治的力量来干涉。雨果差不多整天在和官厅的检查员打信札官司。可以说《欧那尼》的每一行都是打过去的。然而《欧那尼》到底要上演了。前一日,雨果的忠实的同志,那些年青的艺术家,自动地牺牲了整夜的睡眠,在列夫吕街(Rue de Rivoli)一带的长廊上写满了"雨果万岁"的口号。上演那一天(二月二十五日),雨果跟戏院经理商量好,让这些热心的青年人,他的"铁军",早一点进场。戏院经理也答应了。

可是这班青年人为的恐怕落后,就到得太早了一点。下午一点钟,立殊理街(Rue de Richelieu)一带早就拥满了无数奇形怪状的青年。后来雨果夫人记述当时的情形道:"简直是一队野相的怪人,一个个都是刚鬣样的胡须跟长头发,穿了各色各样的衣服——羊毛短紧身,西班牙式大氅,罗伯司比亚①式的背心和亨利第三式的帽子——什么都有,只没有时行的平常的服装。"简直像一班强盗!就跟《欧那尼》剧中的强盗头儿欧那尼手下的人一样!这些年青艺术家组织成的"雨果的铁军"对于雨果的拥护实在也不下于《欧那尼》的部下拥护他们的首领欧那尼。

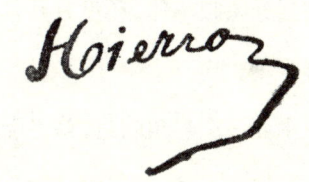

图 22　欧那尼上演时的特别门票签字

当时这班守在立殊理街左近一带的"浪漫主义"的青年艺术家没有一个不是穿了极艳色的衣裤,材料不是丝绒就是软缎,他们没有一个人戴高高的丝礼帽,他们大多数不戴帽子,戴帽子也一定是呢帽。他们都用了很高的硬领,几乎遮到眼眶。他们是长头发的,烫成波浪形。戈底叶在这一群里自然最惹人注目,为的他那件"自己打样"的红背心。他配着淡绿色的裤子,丝绒镶边的黑褂子,绿缎子夹里的鼠色外套,长头发一直拖到肩下——他真像只花

---

①　罗伯司比亚　通译罗伯斯庇尔,1789 年法国大革命中雅各宾派的领袖。

蝴蝶!

　　大约二点钟的时候,这一群青年被请进戏院里去老等了。离开恶战的时间,正戏第一场开幕的时间,还远得很呢! 要消磨这样大半天的光阴,可不容易。于是他们先来自己"部署"一下。他们分了许多小队,分散在戏场的各方面,占领了每一个角落——捣乱的敌人常常会藏在那些角落里的。他们这样十面埋伏了以后,就只等开战了。可是还有好几个钟头哪。于是他们就讨论那剧本的内容,他们拿出带着的干粮来吃,最后他们唱歌。他们无所不为,像一群淘气的小学生。终于,煤气灯亮了,观众们进场了。

　　古典派的人们一进了场,就看见对方已经严阵以待那种神气。古典派的人们就大大地不满意。他们竟忘记了自己的破坏的把戏还要多着;他们买得有许多人来喝倒彩,他们又预定了"包厢",可是并不坐,好让第二天报上登出来"包厢全空"。然而古典派的人们只觉得对方有准备就是天大的不应当! 他们到处呶呶不休。还没有开幕,两方的空气已经非常紧张。似乎两方就要先来打一场。

　　幸而三声号角吹过,幕终于启了。剧中的女角 Dona Josefa 刚唱了两句开场白——"Serait-ce déjà lui? ćest bien à l'escalier dérobé"①立刻"风暴"来了! 古典派大叫倒彩,认为这两句大背于"古典主义"的法义! 回答这倒彩,"浪漫主义"的"铁军"用更高的声浪叫好! 以后是几乎每一行诗在一边倒彩一边叫好的纷扰中挤过。叫倒彩的固然毫没理由,喝彩的也不择句而叫了! 然而到第一幕末了时,除了故意来捣乱的"古典派"而外,大部分的一般观众已经被剧本的壮烈的情绪和优美的诗句所感动了。在第二幕的 Don Carlos 和欧

---

① 这一句把原文全部译出来,似乎更加明白点:

　　Dona Josefa(独自一个人。她把深红色的窗帘拉上,把几把靠椅摆好。有人敲着右边一道隐秘的小门。她听着。外面的人第二次敲门。)他就来了么?(新的敲门的声音)这确是在那隐秘的楼梯上。——作者原注。

那尼对话的场面,就是"包厢"里边也有了鼓掌的声音了。雨果他们胜了!

然而危险尚未全然过去。第三幕中一处招来了许多倒彩,幸而后来就形势一变。第四幕上场,古典派也不得不承认他们这一场斗争已经完全失败!

第五幕上场时,就有一个人要求雨果会面。这人是个出版家,愿以一万法郎购买《欧那尼》的脚本。

但是"古典派"不肯好好下场的。第二夜上演的时候,照抄了上一夜的捣乱文章。第三夜亦然,第四夜以后,"市民"的观众一致拥护这"新形式的艺术",古典派知道再捣乱也无聊,而雨果方面也只能得到一百个座位来安置热心的青年艺术家了。"市民"的拥护者代替了"铁军"的地位了。

反对派最卑劣的手段是匿名的恐吓信。他们"警告"雨果道:"如果再不停止演那本戏",就要暗杀作者了。因为恐怕万一有这样的事发生,就有两位腕力很好的青年每天护送雨果,实做了"卫队"。画家夏尔莱(Charlet)写了封信给雨果:

我的四个janissaries(卫士,本为土耳其古时卫兵之称——笔者)将他们的强壮臂膊献给我,现在我派他们来听候你的命令。请在今晚上给他们四个座位,要是还有的话。我担保我这四个人靠得住;他们是听了一句嘲骂就会拼命的人。我用这种高贵的精神鼓励过他们了,要不,我不会派他们到你这边来的。他们跪着听我的祝福。我伸直了手对他们说:"上帝保佑你们,年青人!你们这件事是好事,尽职干去!"他们站起来时,我又说:"喂,年青人,小心保护好了维克多·雨果!上帝是好的,但是上帝太忙了,所以我们的朋友一定先得我们去帮忙他。去罢,不要丢脸。"

生活和灵魂都是你的夏尔莱

反对派也想用"文艺"的形式来反攻。《欧那尼》的第一次上演是二月二十五日,到了三月十二日就有反对派的"戏拟"的剧本"N,I,NI,ou le danger des Castilles"（NI,尼——那个卡斯提尔人的危险）在圣玛丁的戏院开演；三月十六,又有第二种嘲骂《欧那尼》的"戏拟"出现；三月二十三那天则同时出现了两种。反对派的反攻可谓用尽了力量,然而《欧那尼》一点也不受损,在狂热的欢迎中继续演了四十五夜。然而所以不再继续演下去的原因,也不是卖不起座,而是担任女主角的女伶玛尔司姑娘忽然离职。上面说过,这位玛尔司姑娘在排演的时候就捣乱过,所以她的离职说不定还是古典派买嘱出来的。

五

《欧那尼》的伟大成功的原因并不是单单"艺术的"。

从这剧本的本身上看,它居然能够得到这样"空前"的舞台上的成功,实在也是意外。

因为《欧那尼》是一首悲壮热烈的抒情诗,不是一篇完美无缺的舞台剧。

在题材方面,这篇剧本虽然取了西班牙古时（十六世纪）的"野史",可是又并没严格依照"野史",因而说不上是什么"历史剧"。雨果不过借了"野史"中的欧那尼——一个磊落俊伟的强盗,反抗着当时社会的强盗——发挥他自己的"理想",宣泄他自己的烈火似的情感。

剧本中的欧那尼是雨果"理想"的英雄,也是当时一般青年以及新兴的市民阶级所渴慕的"理想"的英雄。雨果笔下的欧那尼是一个识见卓拔、勇敢、大度、敢作敢为的英雄,正是二十多岁的青年们憧憬中的伟大人物,也是向上发展的市民阶级憧憬中的"未来"的象征。欧那尼的"高贵的理想"和"热烈的情绪"使他不得不和当时的社会宣战；他领了一班"信徒"去做"绿林豪杰"。可是因为他太"高傲"了,太"慷慨"了,太看不起那些庸俗灰色的敌人们了,他做了最笨的一件事——把他的死对头释放,而且一再挺身出来等待敌人们的摆布。他的行动实在是孩子气得很——不,理想得很的。然而除了这些表面的"理想"的成分,这篇剧本却有它的"现实"的基础,而且并不是薄弱的片面的现实基础。

当时法国的新兴市民阶级以及这一阶级的最敏感最活动的分子——青年的知识者,对于不死不活灰色的政局早已忍耐到不能再忍耐,恰好舞台上的欧那尼把他们的渴求自由独立的呼声,他们的勇气和信念,他们的"理想"和焦躁,一股脑儿用了很强烈的调子喊了出来。他们个个人在"理想化"的"野史"中的欧那尼身上看到了自己的灵魂,自己的真实!欧那尼这剧本中的"人物"虽然是"理想"的,可是他的信念,他的企求,他的情绪,全是法国当时最深刻最普遍的现实!拥护《欧那尼》的人们并不是拥护"舞台剧"的《欧那尼》,而是拥护他们自己!

《欧那尼》上演后五个月,扫荡查理第十那种"老人的"灰色政治的"市民革命"就爆发了。《欧那尼》所反映的,正是"革命前夜"市民阶级的再也按捺不下的革命的情绪和意识,是这一个现实的基础使得《欧那尼》得到了"空前"的意外的成功。

不但是在主角欧那尼身上反映着一八三〇年法国市民阶级的信念和情感,就是在配角的查理士第五身上,也反映着同样的政治思想和憧憬。雨果的"理想"的光把这十六世纪的查理士第五幻化成了法国当时的"人物"——雨果式的"人物",当时的市民阶级式的"人物"。请看他把欧洲说成了怎样罢。他说(自然是雨果在那里借了他的嘴巴说),欧洲是一所大建筑,顶端有两个"人",两个由人民选举出来的"人",就是皇帝和教皇;所有欧洲的世袭的国王必须服从这两个由人民选举出来的"人"。他说,差不多所有的国家都有一直传下来的世袭国王,就是差不多所有的国家都是在"尝试"的掌握中,然而现在是人民能够自选他们的皇帝或教皇的时期了;此亦一"尝试",彼亦一"尝试","尝试"纠正了"尝试",世事乃得其平。

《欧那尼》剧本中的查理士第五就是这样。不用说,雨果写这样一个查理士第五的时候,绝对没有顾到历史上的查理士第五是怎样一个人,雨果只创造了他自己的查理士第五,而这查理士第五既是雨果自己,也是当时法国的具有一定的政治"理想"和政治要求的市民阶级。

　　一八三〇年的法国市民阶级对于自己的力量、自己的信念、自己的未来,都是有确信的。而这确信使得他们乐观、勇往,使得他们有"建造一个更合理的世界"的高远的理想和阔达雄伟的气魄。他们相信自己是站在不错这一面,因而自己必然能得最后的胜利。这样一种富有反抗性创造性的乐观进取的意识,是那时正走进了历史阶段而且将要负荷起历史使命的新兴的市民阶级的意识;雨果在《克林威尔》(Cromwell)①中已经借不久以前那个英国的"革命者"来表现了这样的思想,可是在《欧那尼》中他更加表现得鲜明而热烈。

　　"新的艺术自有新的拥护者。"说这样一句话时的雨果不是不知道他自己的社会的基础以及他自己的使命的。这一种确信,这一种乐观,是雨果所以与众不同地成为三十年代法国浪漫主义文学运动的真正的灵魂,唯一的领袖。

　　也是这一种确信和乐观使得雨果的浪漫主义和夏多布里昂（François-René de Chateaubriand）、维尼（Alfred Vigny）、缪塞（Alfred de Musset）他们一派的浪漫主义截然不同。倘使我们把浪漫主义看成了只是打破戏剧上的"三一律",只是酷爱着"异域情调",只是反对理智的桎梏而重情绪的奔放,只是反对着古典主义的"雅"而"合法"的字眼——表现,那么,雨果和夏多布里昂以至乔治·桑德（George Sand）②他们,原也没有多大分别。倘使不然,我们就能够明白地看出来,雨果是代表了市民阶级的乐观而向上的有前途的

---

① 《克林威尔》　通译《克伦威尔》。
② 乔治·桑德　通译乔治·桑。

意识,而夏多布里昂他们却代表了悲观的没落的贵族的意识。

夏多布里昂的小说《莱纳》(René)和《挪歌》(Les Natchez)表现了贵族阶级的悲观没落厌世,跟雨果正是个对照。维尼的诗歌里,更深刻地响着悲观的人生评价。维尼以为中世纪文化的三种基础的形象——军人、诗人、教士,是人类最高的典型,然而在新兴资产者社会里这三种成了不必要的东西,失掉了它们从前的意义和社会性了,于是维尼悲观而厌世。缪塞和维尼一样,他远远离开了当时的社会生活。只有乔治·桑德是曾经一度尝试要理解那时的"现实"的。可是一八四八年的革命以后,乔治·桑德也带了对于都市文化的失望的心情逃到农村去了。

在文学活动上自始至终反对着贵族阶级而确立在市民阶级的立场的,是雨果!我们称他是市民阶级的文艺——浪漫主义文学的首领,不是没有理由的。

六

雨果在他的《颂与小曲》(Odes et Ballades)的最后的自序中曾经坦白地然而傲然地叙说了他的文学生活的过程:箍桶匠出身的米恰尔·南(Michel Ney)变为法兰西的大将,小客店马夫出身的缪拉(Murat)变为法国的元首,在这些事上头,历史也变幻得自己不相信自己。人们都以为这两个人的出身的微贱,适足以加深他们的受人敬仰,而且增高他们所已得的荣耀地位。然而,"在一切由黑暗到光明的梯子中,最不容易爬,而且最值得叹赏地去爬的,一定是那一道由贵族到平民的梯子。"从茅屋升到宫殿,不用说,是一桩不平常的而且可以赞美的成就,但是从"错误"升到"正确"却是更不平常而且更加可以赞美。在前者的"上升"里,人是在获得一些,他的生活是更加舒服了,权力、财产,更加大更加多了,他是步步高升的;然而在后者的"上升"

呢,恰恰相反,人必须逐一牺牲了他已有的舒服、权力和地位,作为他的"精神成长"的代价。如果缪拉很可以骄傲地将他的微贱时的马鞭子摆在他的"玉圭"旁边说,"老夫以马鞭起家的",那么,"当然那诗人很可以带着更应该有的骄傲以及更伟大的内心的满足,指点着他少年时代所写的那些丹忱耿耿的颂歌,将它们摆在他长成为大人后所写的民主主义的诗歌旁边了。而且他的骄傲也许是特别应该的,当他在上升的最后,在光明之梯的最顶头一级时,他找到了驱逐出国,他是在放逐中写下了这篇序的"。

《颂与小曲》是雨果在一八二六年的作品,那年他不过二十四岁。那时他正有向"光明的梯"——从贵族的到平民的梯,爬上第一步的意思。

然而雨果的出身并不是贵族。他的父亲虽则不像南大将似的原本是箍桶匠,然而总也是从微贱爬到了显贵的。他的父亲本名乔失夫(Joseph),在革命时是个激烈派,为的乔失夫这名儿颇有"封建臭味",他就改为蒲鲁托斯(Brutus),可是后来革命完了,他仍旧又改回去,仍旧是乔失夫·雨果。

乔失夫生下他这"大文豪"儿子的时候,正在拿破仑部下充任旅长。这是一八〇二年二月二十六日。地方是白桑松(Besançon)。过不了几个星期,乔失夫就奉调到科西加(Corsica)去了。后来又调到了厄尔巴(Elba),调到了日内瓦(Genoa),最后到了意大利,那时拿破仑的兄弟正做了那不勒斯王(King of Naples),乔失夫·雨果就在这位簇新的王爷手下服务,那时职衔不过上校。一八〇七年十月,乔失夫·雨果的太太带了三个儿子也到那不勒斯住在一处了,可是第二年那位新立的那不勒斯王转任为西班牙王,上校雨果跟随同去,于是雨果太太和三个孩子就回了巴黎,一直住到一八一一年。

这几年内,上校雨果官运亨通,升迁得很快;从"御前侍卫"而"宫中警卫总监",升授"上将",封为"伯爵",西班牙陆军总监,兼了三省的总督。一八一一年春,雨果伯爵夫人又带了孩子们由大队的兵丁护送着,从巴黎到了马德里地(西班牙京城);然而那时候正要打仗了,所以雨果伯爵第二年(一八一二)就又把家小送回巴黎。一八一三年六月,雨果伯爵兵败,一跤跌下来,连伯爵和大将的衔头也丢了。拿破仑又待他很刻薄,命令他在法兰西军队服务,职衔降为少校。于是曾经"爬"到了"上将"级的乔失夫·雨果不能不从新再从 "少校" 级爬了。一八一四年到一八一五年,他守卫汤维尔(Thionville)要塞,颇著勇名。他好像是很忠于拿破仑的,然而不然。当蒲尔邦王室①要回来的时候,只允许恢复他的上将衔,就很容易地得了他的拥戴。

所以,不但我们这位大文豪的母亲是热心的王党,他的父亲也是王党。而后来,他们的分居也不是为了政见不同。分居后,那三个儿子,阿白尔(Abel)、友琴(Eugène)和维克多,就跟着母亲住在巴黎。

三兄弟全是富有文学天才的,不过只有最小的维克多寿长到足够发展了他的才能并且得了大名。三兄弟开始全是王室和教会的"打手"。仅得十四岁的维克多就说过这样一句话:"我要做夏多布里昂或者什么也不做。"说了这话的第二年,维克多就以三百行的一首长诗呈给法兰西学士院,得了院中的褒扬。一八一九年,他又得了都鲁斯学士院的特等金百合奖章。

那时雨果家的经济也颇困难了,三兄弟想走走"笔耕"那条路,于是就发刊了一个文艺杂志。这时候,夏多布里昂(他早就很赏识维克多)正在办一张最右倾的报纸《保守报》(Le Conservateur);三兄弟的文艺杂志就取名为《文艺保守报》(Le Conservateur littéraire),而夏多布里昂也给了他们热烈的欢迎。这个文艺定期刊物每月出版二次,直到一八二一年三月方才停止;每期的稿子以维克多·雨果的为独多。这一些早年的作品已经显示了作者的非同等闲的才能;这一些作品大都是尊崇王室的颂歌,尤以那首赞美亨利第四复辟的诗最为有名。这时候,维克多也写批评文字,写得很多;后来收集在《文学与哲学杂著》(Littérature et Philosophie Mélées)里的,不过是小小一

---

① 蒲尔邦王室　通译波旁王朝。

部分。

这时期,维克多·雨果以为诗歌是"宗教的女儿","配用来感谢恩惠的上帝的文字,只有诗"。"诗在出生的时候就已经分享了宗教的胜利,而宗教则是联结了最初的人群而且开始了世界的文明,到了现在,人们要想破坏社会的时候,便攻击宗教——这是唯一的约束人类的缰绳,唯一的联结人群的坚固的索子,而且当人们攻击宗教的时候要想取得诗的臂助,也不足为奇。但是这位神圣的女神(诗)不会上当的。"

也是在这时期,维克多·雨果以为高乃依(Corneille)和拉辛(Racine)比莎士比亚和席勒(Schiller)高明得多:"我们前此未尝明白古典的艺术与浪漫的艺术之间的确立的不同。莎士比亚和席勒的戏曲跟高乃依和拉辛的戏曲不同之处就只在莎士比亚和席勒更多些错误。"这时的维克多·雨果又是古典主义的"打手"。

一八二二年,维克多·雨果的《颂歌》第一版出世了。法王路易十八将这诗集读得不忍放手,还自己掏腰包给维克多每年一千法郎的年金。第二年,内政部长又从公帑支给维克多每年二千法郎。路易十八的"赏识"并不是没来由的。因为这些维克多·雨果的"少作"包含了蒲尔邦王室整个的正统政治和宗教的原则在内。

在这些诗篇中,维克多·雨果跟着夏多布里昂的脚迹,表示了他对于一七八九年到一八二五年的法国政治的"感情"。他和拉马丁(Lamartine)一样,在那时的"革命"中只看见两样东西:刽子手和受难的人。他诅骂那些"刽子手",赞美那些"受难人"。他称那些被革命的洪流冲扫去的"敌人"为"殉道者",而且说:"殉道者的天使是一切天使中最美丽的,她们接引人们的灵魂上天堂去。"

这时期,维克多·雨果有些歌颂王室的诗篇简直是"肉麻"的!

这时期,维克多·雨果眼中的拿破仑是一个篡窃者,一个野蛮的炮兵!

然而维克多·雨果就是从这样的政治思想的"保守者"和文艺思想的"保守者"开始有意识地要爬那"光明的梯子"。要我们确实指说他是在什么时候开始"爬",原也不容易,但大概地说来,是在一八二六年以后。那时,他成亲已经四年,已经做了父亲。

维克多·雨果是在二十五岁的时候以文学革命者的姿态立在法国国民的前头!

七

你以为雨果的思想转变是因为受了什么刺激么?不然的!他从十四岁上说了"我要做夏多布里昂或者什么也不做"以后,一直下来就总算"得意"了。夏多布里昂赞扬他,法王路易十八也赏识他;二十岁上他和童年时就相爱好的阿代利·福绥(Adèle Foucher)结婚,就靠了路易十八给的年金。他什么都称心,就只手头不大阔绰,然而他和阿代利·福绥也好像并不是不能"安贫"的;况且他有年金,生活也算得安定的了。

而且那时候"浪漫主义"一名词虽然已经叫开,"浪漫主义"的几个特点也已经在维尼斯当达尔,甚至于夏多布里昂的作品中有了,可是"浪漫主义"的确定的理论还没有人提出来。没有人掮着"浪漫主义"的招牌向那二十岁的青年诗人雨果下过攻击。

雨果的思想转变的根因不能从他个人本身上去追寻的。并不是单单因为"他受的是古典主义的教育而有的是浪漫主义的本能",而是因为他生在市民阶级意识抬头的时候并且敏感地忠实地反映了这一阶级的意识。然而他是个"诗人",他的政治思想只是模糊宽泛的民主主义,他后来反对拿破仑第三,因为拿破仑第三不尊重那所谓"人权",他后来又不满意巴黎公社,因为巴黎公社也"不尊重"他的所谓"人权",他后来又同情于被屠杀被搜捕的巴黎公社革命的参加者,因为他又觉得那时候"人权"又受到危害。晚年时,他的"诗人头脑"常常不能和市民阶级的实际政治的必要相调协,于是他在政治活动上就没有得到文学活动上那样多人的喝彩。

这一点,与其说是证明了雨果有比他同时代的市民阶级更远大更前进的政治思想,倒不如说他实在没有明晰确定的政治思想。"诗人气质"的他要求一种鲜明的热烈泼辣的人生——这是市民阶级意识抬头初期的"理想";当他的《嬉游的国王》(Le Roi s'amuse) 被禁止上演的时候(一八三二年十一月的事),他在诉讼进行中说过这样的话:"拿破仑也是个专制国王,然而他的措置截然不同。他绝不用现在当局所用的那种把我们的自由一件一件骗去的翻戏手段。他是伸出手来,一下子就统统抓了去的。狮子不像狐狸那样鬼鬼祟祟的。各位先生,那时候办事情都是大模大样的,成个体统的;拿破仑说:'某月某日,我要打进某某京城了',果然是照他说的某日而且某时他打进去了。政府公报上一个宣言就颠覆了一个王室。国王们不得不挤在前厅里等候发落。要是想立一根柱么,奥地利皇帝就不得不供给铜料。那时候法兰西剧院的排演事务,不用说,没有自由可言,然而那节目是拿破仑老远地在莫斯科行营里指定了的。那时候是堂而皇之大模大样的日子,现在是鬼鬼祟祟偷偷摸摸的日子。"这一段话正表明了三十年代初期雨果的"诗人的政治观念"。

但是,雨果也和法国大革命期的其他小市民知识分子一样,后来渐渐倾向于基督教的社会主义了。一八三一年他的诗集《秋之叶》(Feuilles d'Automne) 就有了此种倾向;他以为社会问题可以由富人及权力者的"觉悟"而解决的,他代贫苦者呼吁,他劝告富人和权力者本"良心"的自动,来消减贫富的界限,使一切人都快乐。他创造了两个"理想人"——他相信社会中上层者(富人)与下层者(贫民)的关系应该像他所写的"理想人"那样;这两个"理想人",一个就是《哀史》中的主人公老年企业家若望·法尔强,又一个便是《海上劳工》(Les travailleurs sur la mer) 的主人公青年渔夫吉利亚;可是,紧接着《海上劳工》之后,他又作了《笑面人》(L'homme qui rit),他对于自己的"社会理想"也有点怀疑起来了;他觉得贵族们的"良心"大概是不会"发现"的,因而他使作品中的主人公——一个经验了贫苦而终于成为贵族的社会改良的理想家,对满堂的没有"良心"的贵族怒叫道:"民众快要起来了!你们的天堂的柱脚已经在那里震摇!"他这话,好像是"预言"。一八七一年,民众当真起来了!但是雨果怎样呢?他又对于这一次的革命(巴黎公社)犹豫而且反对了。

雨果的小市民的特性不但见于他的政治思想也见于他的作品的取材。他这个市民阶级(工业资产者)文艺运动的领袖,却又是对于企业家、资本家、商人、银行家等等资产者群的生活疏远的人。他的作品并不像稍后的巴尔扎克(Balzac)似的反映了市民阶级的世界,他的作品中的主人公没有企业家银行家等等。他的欧那尼是一个从自己阶级里没落下来而走入了叛徒群中的贵族;他的玛利红(戏曲 Marion de Lorme①内的主人公)是一个社会所不齿的卖淫妇;他的吕伯兰(戏曲 Ruy Blas②内的主人公)则是一个没有身分的被贱视的当差。他在《哀史》中固然终于写到那主人公成为大企业家了,然而这位企业家不但从前是穷光蛋而且是囚徒,并且他之经营企业也与一般牟利的企业家不同,他不是榨取者。在《海上劳工》中,雨果又写了一个资产者——船主;然而这位船主既不是书中的主人公,并且绝不是雨果认为有意思的人儿。资产者在雨果的作品中没有地位。

然而雨果也没有描写正常的小市民。浪漫主义者的他需要特殊的和异常的人与事;所以平凡的小市民生活也引不起他的兴味。他只好拣取没落而成为叛徒的贵族以及被屏于社会圈外的卖淫妇私生儿一类的人。

---

① Marion de Lorme 《玛丽蓉·德洛麦》,原名《黎塞留执政时期的一场决斗》,1829 年写成,1831 年演出。
② Ruy Blas 《吕伊·布拉斯》,1838 年上演。

市民阶级之成为文艺作品中的主人公,或者说,在文艺中反映出市民阶级的整个世界,要到后来(可是并不久)市民阶级确立了支配权,必须创造它自己的文化,因而创造了写实主义的艺术——这一个时候。写实主义才是市民阶级自身的艺术形式。浪漫主义不过是从贵族的古典主义到市民阶级的写实主义中间过渡期的一种东西,它的主要的使命是给后来的写实主义扫清道路而已。雨果在法国文艺史上,就完成了这样一个使命。然而因为是否定了古典主义(贵族阶级的艺术形式),所以浪漫主义也可称为市民阶级文学发达上的第一个阶段。

在这一阶段里,一方面还有许多贵族的遗物存在(例如我们在本文第五节末尾说过的夏多布里昂等人的浪漫主义的作品),自然是不免的,而另一方面,受过古典主义教养的小市民知识分子像雨果那样的人成为新运动的先锋,也是常常有的事。

八

浪漫主义这个名词,在十八世纪中叶的英国已经有了。十九世纪开头,德国文学界发生了所谓"浪漫派",修来格尔(Schlegel)[①]两兄弟,迭克(Ludwig Tieck)[②],是此派的主要人。他们创立了文艺期刊《阿忒尼安》(Das A-thenaeum,这是希腊神话中"智慧之神"Athene 一名而来,本为奉祀 Athene 的神庙之称,后在一三三年罗马皇帝哈得良用为研究文学和艺术的学院之名,后又成为鼓励文学艺术的学术机关的通称)。他们主要的目的是"反古典主义",一面要从莎士比亚的戏曲里找出反古典主义的东西来,一面又要从

---

① 修来格尔　通译施勒格尔,兄弟俩均为德国文艺理论家。
② 迭克　通译蒂克,德国作家。

"中世纪"的研究汲取他们这新运动的"灵感"。当时此种德意志的"新运动"由斯塔尔夫人（Madame Staël）介绍到了法国，以次复移传到其他的欧洲国家。

一八二七年十月间，雨果给他的戏曲《克林威尔》写成了一篇长序，算是"浪漫主义"的宣言。雨果在这"历史的文件"内说明人类历史是不断地进化的，进化的人生当然产生进化的文学，人类在原始时代产生了抒情史，在古代产生了史诗或叙事诗，至近代更要求一种诗的新形式——戏曲。而这新形式的艺术应该不受古代的成规所束缚。"戏曲的作风要有自由、爽直、忠实的诗句，什么都敢说出来，有什么话说什么话"，不要矫揉造作的风雅字句，要用自然而活泼的俗语。

因为戏曲这一部门有它从希腊悲剧发展下来的最完备的古典的成规，所以雨果的浪漫主义"宣言"直针对了戏曲。然而浪漫主义对古典主义的否定，并不止此。浪漫主义在欧洲各主要国家，虽然因为各该国的社会、政治、文化等等之不同，而表现了各异的面目，并且即使同在一国内，也因为作家所属的社会集团之不同，而有了不同的面目（例如上文说过的同属于法国浪漫主义文学的夏多布里昂一派与雨果一派），可是把否定古典主义的浪漫主义作为一个整体来讨论古典主义与浪漫主义的异趋，仍然是可能的事。

第一，古典主义是有"世界主义"性的。古典主义跨过了各异的民族性，而惟以人类一般为依归，而所谓"人类一般"者又只以"古典的"为规范，强以"古典的"服装包蔽了现代人生。古典主义看不起"中世纪"，崇拜着更远的古代希腊、罗马。可是浪漫主义则以"民族"和"人类一般"相对，它是"国民主义"性的；浪漫主义对于古代希腊、罗马却不感兴味，而注目于古典主义看不起的"中世纪"。中世纪的传说故事成为浪漫主义文学最主要的题材。

这一点是英德法各国各派的浪漫主义作家大家共同的。

第二，古典主义只看见贵族成分异常浓厚的都市，而且只爱都市；它是以组织都市居民的意识为目的的。浪漫主义却以"自然"和"都市"相对。浪漫主义的作家几乎全是"自然"的赞美者、崇拜者。这又是他们大家共同的。

第三，古典主义所要表现者，是公认的全社会（贵族是中心）共通的思想、情感、意识等等。但是浪漫主义则以"自我"和古典主义的所谓"社会"相对。浪漫主义要求表现"个人"的生活态度、"个人"的思想情绪。在这一点上，市民阶级的浪漫主义者就表示了这个新兴的阶级反抗着贵族的意识支配，也就是这个新兴的阶级在创造自身文化过程中的第一个阶段。这是除了有些贵族倾向的浪漫主义作家稍稍不同而外，也是共同的一点。

第四，古典主义爱一切抽象的和普遍的东西。它不见个别，只见一般；不看事实，只有观念。它是理性的、逻辑的、冷静的。浪漫主义则专求特异——作品的背景要放在特异的地点，西班牙、东方成为浪漫主义作家最心爱的场所，人物的个性甚至形状也要特异，于是残废者、囚徒、卖淫妇、私生儿成为他们最中意的主人公。浪漫主义又以"想像"和古典主义的"理性"相对，空想幻觉成为浪漫主义的主要色调。而且为的要"否定"古典主义的理知的冷静，浪漫主义就要求着神秘的、恐怖的、恶魔的东西。

所以从全体上看，浪漫主义几乎没有一点不是古典主义的对立和否定。古典主义东，浪漫主义就偏偏西，这一种非常尖锐的对立和否定之所以发生——或者说，"正""负"相生的发展，并不是因为古典主义本身已经盛极而衰，遂惹起了民众的厌倦。不是的！什么盛极而衰，喜新厌故，或把浪漫主义看作古典主义的反动，诸如此类的解说，都不免错误。从古典主义到浪漫主义这一文学进化的背后，是有社会的进化作了根的。这根，就是我们上文说过的陆续在那里成长壮大的工业资产者的社会。英国是最初进入了工业生产的阶段，工业资产者的市民阶级也是在英国最初养成，所以浪漫主义也是在英国最初发生。而且这一新兴阶级自身的艺术，写实主义的文学，也是在英国早几年产生。市民阶级在创造他们自身的艺术以前，有肃清道路的必要，浪漫主义的无处不是古典主义的否定,正是清道夫不得不然的使命!

九

雨果的第一部引人注意的小说是一八三二年出世的《巴黎圣母院》(Notre Dame de Paris)。这一部书具备了浪漫主义的各种要素。三十年后,雨果完成了他的最有名的《哀史》。这是更伟大的著作,预备的和写作的时间足足有十五年多。我们说它更伟大,因为它不但包括了法国大革命乃至滑铁卢大战的历史的背景,并且又是雨果的社会理想的告白(这一点,我们也说过了)。《哀史》发表后四年,《海上劳工》也出来了。这两部书就合成了雨果的社会观——政治思想的全部。

现在涉猎世界文学名著的人也许会滑过雨果的那些戏曲,可是绝没有不想读读《哀史》的,也绝没有不知道《哀史》的大名。雨果自己称此书为"社会的史诗",内容有滑铁卢战争,有一八三二年六月的革命,有冒险,有恋爱,甚至还有侦探小说似的"奇情";主人公先是工人,后来做了犯人,又做了企业家,后来又成为囚徒……真所谓变幻无穷——

大约是法兰西大革命的时候罢,拉·布里地方有一个穷人若望·法尔强,每天辛苦做工所得,仅够养活了他的姐姐和七个外甥。有一天,他姐姐的一家都挨饿了,他去偷了一块面包,不幸被捕,判决了五年的监禁。他在监里两次越狱都失败了。因此他的刑期反倒增多为十九年。到了一八一五年他出得监来,已经变成了凶狠、狡猾、沉默寡言的一个人了;他的和善的天性已经泯没,他要对不公平的社会报复。但是他在监里学会了写读,而且他有思想。

他无家可归,人家固然不肯收容他,小客店也不肯留他,结果他到了阿尔卑士山脚下 D 城主教米列尔阁下的门上。他受了很好的接待,可是到晚上他就偷了主教的一些银器,而且正要逃走的时候,又被捉住,带回主教府上对证

图 23　若望·法尔强拿着主教送给他的银烛台

他的是否偷盗。主教是好主教,他微笑地在逻卒面前给法尔强包谎,说银器是送给他的,不是偷的。逻卒去后,主教又加送一对银烛台给法尔强,并且说:"你从此做一个老实人罢。老弟,你不再是在坏的这一面,你是在好的这一面了。我把你的灵魂买了来,而且给了上帝了。"

法尔强这次刚刚逃过了法网,立刻又把不定又要做坏事了,但这是最后一次的诱惑。他在路上抢了一个穷孩子的两个法郎。然而刚刚抢到手,他就自悔,他要找着那孩子还他,可是终于找不到。

于是两年以后,小小的 M 城里来了个外路人,自称马得兰,是工人打扮。他刚到了这城,市政所失火了,他赶去救火,救出了警察长的两个孩子。因为有这一点功劳,他虽然没有护照,也就马马虎虎过去了。他在 M 城住下,他有发明,他赚钱了,有地位了。他创办了大工厂,还办一个医院、几所学校。他给工厂里的工人工资很高。他体恤穷人。终于人望所归,他做了市长。大家亲爱地呼他为马得兰老爹。

他的工厂里有一个女工芳亭,从前有过爱人,生了一个女孩子,现在是爱人已经丢开她和那女孩子了,她就自己做工,却把孩子寄养在一对无赖夫妇叫做忒奈提阿的家里。后来厂里晓得了芳亭有个私生儿,就把芳亭开除。可是这件事,厂主——好心肠的马得兰老爹却完全不知道。芳亭没有了工作,就穷得不得了,连孩子的寄养费也付不出。无赖的忒奈提阿夫妇一面夺了芳亭的孩子的衣服给他们自己的孩子穿,一面只管写信逼芳亭要钱。芳亭被逼到没有办法时,只好把自己的美丽棕色头发都出卖了。然而在这当儿,忒奈提阿夫妇又谎称葛色帝(就是芳亭的女孩子)病了,立等着要一百法郎。为的要凑得这笔款子,芳亭又把她的好看的当面牙齿卖给一个游方的牙科郎中。于是她带了那钱到乡下去看望她的孩子。路上偏偏碰着一个浮浪少年调戏她,抓雪撒在她的颈脖间,她一时性起,打了那人一记耳光,这可糟了,她就被捕。

捉住了芳亭的警长叫做耶凡尔,顶凶暴的一个人。从前法尔强犯案的时候,耶凡尔正是看守,并且他早就心里疑猜现在的市长马得兰就是从前的犯人法尔强。芳亭带到了市长面前,市长就释放了她。然而芳亭想到自家目前的一切苦恼都因失业而起,而失业,她以为全是市长兼工厂主的马得兰老爹之故,所以她非但不感激市长释放她的恩典,反而恨他;她当面唾骂市长。市长并不生气,他查得了芳亭恨他的原因,且又知道芳亭害肺病,就将她送进医院去治病,并且答应了要照拂她的孩子。

差不多同在那时候,警察捉到了一个人,就有三个老犯人咬定了这人就是久已失踪的法尔强。可是真正的法尔强当真就是那位慈善的大企业家而兼市长的马得兰老爹。他知道了有一个无辜的人将要代他受罪,良心不安极了;他终于排除了非常的困难,赶到阿拉斯去,那个假法尔强的案子就在那边审判的。他赶到了时,法官正在宣判,他立即上堂自首:他是真正的法尔强,他偷过D城主教家里的银器,又抢了过路的穷孩子的两个法郎。

法官不肯加罪真正的法尔强,可是那凶暴的耶凡尔却不肯放过他。就在芳亭断气的床前,从前的法尔强而现在的马得兰老爹被捕了。他关在监牢里了,可是他有大力,他破监逃出,到家里急急忙忙收拾了他的大家当,而且埋藏在蒙忒费梅的森林中,然而终于又一次被捕,判决他终身监禁。

九个月后,在土仑地方,他挣断了镣链,救了一个水手的性命。这水手是倒吊在桅杆上的。然而法尔强自己也许是失足但也许是有心一跳,落在水里就此不见了。大家以为他是淹死了。随后就是滑铁卢大战。从前芳亭寄养她那女孩子的忒奈提阿夫妇在战场上偷了战死者的钱财,居然在蒙忒费梅地方开起一爿藏垢纳污的小客店来了。芳亭的女儿葛色帝现在已有八岁,受尽了他们的虐待。一八二三年圣诞节是葛色帝的痛苦到了尽头的一天。他们派她到那可怕的森林中去汲水。她几乎回不了家。可巧遇见一个衣衫破烂的过路陌生人,这才代她提了那笨重的水桶,一同到了忒奈提阿那小客店里,这个陌生人又救脱了葛色帝的一顿打。第二天早晨,这陌生人就付了忒奈提阿夫妇一千五百法郎,带了葛色帝往巴黎去了。他就是大家以为淹死了的法尔强。他在巴黎城外找了个最下等的地方住下。这地方,白天是丑恶的,黄昏时候是阴恺凄惨的,黑夜里简直是险恶得怕死人的。他以为住在这个地方再也不会出岔子了,可是他的慷慨乐施又引起了他的房东老婆子的猜疑。

  有一天,他无意中瞧见了他的死对头耶凡尔。他立即带了葛色帝逃避。可是耶凡尔追踪而至。要不是万分的急智以及他那过人的大力使他能够爬过一堵高墙,他和葛色帝一定是不免的。他爬过了墙,这才知道自己是在比克普司修道院的园子里,管园子的傅契莱文老头子,从前法尔强当市长的时候救过他一命的。傅契莱文老头子知道报恩,他认法尔强做兄弟,先稳住了他的副手的猜疑。小葛色帝也就送在修道院的学校里念书。

  在修道院里,法尔强和葛色帝总算过了几年太平日子。葛色帝大了,出落得异常美丽,好像是四月里的樱花突然间就开放得浓艳照眼了。法尔强钟爱葛色帝,犹同他自己的女儿,犹同他自己的孙女儿,犹同是他生平最爱的女人——他是从来没有爱过女人的。他防护葛色帝,无微不至。而他的谨慎小心也不是没有理由的。他知道忒奈提阿两个坏蛋已经到了巴黎,而且跟一帮强盗在一起,而况还有那个耶凡尔,永远在搜寻察访呢!一边是法外的强盗,一边是法律化身的耶凡尔,这两边都是要得法尔强和他宝贝的葛色帝而甘心!法尔强怎么能够不加倍小心呢?

于是一八三〇年的革命来了。三天的巴黎的市街战,法尔强也参加,而且救了耶凡尔一命;这才使得这位法律化身的凶暴的耶凡尔居然良心发现,不再做死对头。

现在葛色帝的危险减少了一边了,剩下的一边,法尔强也还有把握对付。可是另外来了一个危险却是法尔强束手无策的。这就是最厉害的敌人——爱情。

男爵玛略斯,他的父亲就是从前滑铁卢大战时重伤在战场上被坏蛋忒奈提阿掠夺了钱财的人们中间的一个,幸而这受伤的父亲居然没有死,然而现在玛略斯却因为跟他的王党的祖父政见不合,被逐出了家庭,靠一支笔过穷苦的生活。他和葛色帝无端遇见了,就发生了爱情。不用说,要得男爵玛略斯的祖父承认这个婚姻是比上天还难些。葛色帝因此发愁。法尔强也是束手。然而机会又来了。巴黎的六月暴动恰好给法尔强一个机会把那重伤的革命青年玛略斯从曲折深暗的阴沟里救了出来,送到他老祖父家里。这一件事感动了那顽固的王党老头子,慨然允许了玛略斯和葛色帝的结婚。法尔强给葛色帝的陪嫁是六十万法郎。他为的要解除良心上的痛苦,就把他自己一生的经历统统告诉了玛略斯。不料法尔强最后一次的好心又碰了钉子。玛略斯不懂得法尔强一生做的只是好事,反以为他是历次犯案的坏人,居然让法尔强捧着一颗碎心孤凄地跑出了他的屋子。

然而坏蛋忒奈提阿知道了葛色帝已嫁而且有钱,就找到了男爵玛略斯,恐吓他,敲他的竹杠,无意中却显露了法尔强一生的行事都是可敬可贵而又可悲。于是玛略斯到底懂得了,赶快和葛色帝去找到孤独的法尔强时,这位非凡的老头子已经病在床上,快要断气。他总算最后这才尝到了快乐之杯。他死在玛略斯他们俩的臂弯里。

十

若望·法尔强,又叫做马得兰老爹的,就是雨果理想中的"有钱人"——"在上层的人";接着他又写了一个理想的"在下层的人",这就是《海上劳工》中间的主角吉利亚。

某圣诞节的早晨,美貌的少女特洛屈得在雪地上写了一个男人的名字——吉利亚。吉利亚看见了这个雪地上的字,而且知道是谁写的,就永远记住了。

吉利亚是一个青年,出身微贱,一个穷光蛋,住在革因塞岛上圣·散普森地方。他是一个渔夫,但也会做木匠,会造车轮,不尴不尬的时候还能充一充机器师。他又是很能梦想的人。

特洛屈得却是船主勒西利的侄女。这位船主,说他是和善的呢,有时却也暴躁得叫人下不去;说他是开通的呢,有时却也固执迷信。他看待这位父母全亡的侄女犹如亲生。他从前有五万法郎的积蓄,本来预备给他的侄女做陪嫁的,可是被他手下的一个人轮泰纳偷去了。四十年的积蓄,一旦成空,但是勒西利船主并不灰心,为的他还有一条船——"杜兰特号"。这条船决不会对不起勒西利,因为这条船的那副机器是靠得住的宝贝。

"杜兰特号"的船长叫做克罗宾,一个有本事的航海家,而且是游泳的好手,而且,绝不会像轮泰纳那么忘恩负义。有一次,克罗宾航行到大陆,恰巧碰见了那个偷钱的轮泰纳。这坏蛋,那时手头已有七万五千法郎了,正打算离开那地方。克罗宾用手枪逼住了那坏蛋,将他的七万五千法郎如数挖出,就立刻开船走,虽然那一天大雾茫茫,出海是危险的。

克罗宾是要回到圣·散普森去,可是在海峡中触了礁。他放救生艇将乘客和水手全部脱离危险,他自己却守在破船上,与船同命。这恶消息到了勒西利的耳朵里,他可急死了。他的侄女的嫁妆全靠着这条"杜兰特号"呢!他立即找人去探视克罗宾可还活着不,"杜兰特号"可还有救不?吉利亚是第一个去,第一个得了确讯:克罗宾是没有了,"杜兰特号"破到不可收拾了。然而那副机器倒还是好好的。呵!机器还是好好的么!勒西利的希望又回来了。这副机器!这副机器是勒西利亲自打样的。"杜兰特号"的价值就只在这副机器!他立即宣言道,谁能够弄回这副机器来,他就是特洛屈得姑娘的丈夫!人堆里有一个青年挤出来问道:"你说是要把姑娘嫁给弄回机器来的人么?"这青年就是吉利亚。勒西利指天为誓,于是吉利亚就出发了。

吉利亚的工作是困难危险到难以想像的。首先是他住的问题。离沉船四百码远,有一个山嘴,这是唯一的可以停泊他的小船的地点;然而吉利亚怎么能在船上过夜呢?潮水来时他会淹死的。他又不能在岸上过夜。为的往返太耗费时间,而这当儿,简直一分光阴都不能白费的。后来他发现那山嘴有一块突出的尖角,从这尖角挂一条绳,可以爬上缒下。他不顾危险,就走了这一条路。他立即开始工作。他这工作,需要水手、木匠、机器师、铁匠——各色人才,然后才办得了,可是他必须一个人包办。

中途却又发生了例外的困难。干粮吃完了。他只好拾些蚌螺捉些蟹来充饥。有一天,他捉蟹捉进了一个洞。洞中水深及腰。他正在张望,猛地有一条软的冷的活绳子套住了他的右臂。他赶快挣扎,不料又一条冷的活绳子箍上了他的身干了。这是比钢丝索子还要韧些的绳子,像旋螺钉似的一刻紧似一刻。转眼之间,竟有这样的活绳子五六条将他全身绑住,几乎连气都透不出来。

于是突然又有一个怕得死人的圆东西向他冲来,这是那妖怪的头了。

幸而吉利亚的左手还没被绑,而且他带得有刀。他正想拔刀,那妖怪放出又一条活绳子来捉他的左手了。说时迟,那时快,他挥刀奋力画一个大圈子,削去了那妖怪的头,那些活绳子也就纷纷落下。他杀了那章鱼后,照旧去捉蟹。他走进洞深处,就看见了一副骷髅,肋骨上有一根皮腰带,带上有人名,正是旧船长克罗宾！带上还扣着一个小小的扁铁盒,打开一看,是三张英格兰银行的一千金镑的钞票,合法郎正是七万五千。特洛屈得姑娘的妆奁是有了！

然而此来是为了那副机器,吉利亚还是冒着生命的危险工作下去。终于一天晚上,他和他的小船同到圣·散普森,载着那"杜兰特号"的宝贵的机器。他轻轻哼着一支快乐的小曲,那是他有一回听得特洛屈得姑娘在琴上弹过的。他悄悄地朝勒西利的屋子走去。他抬头一看,前面就是特洛屈得姑娘香房的窗子了。他走近花园,他看见特洛屈得姑娘正在花园里！

可是她有一个伴,这是个男人。吉利亚记起了这男人就是那年青的候补牧师,而且还是吉利亚在水上救过他的性命的。这年青的候补牧师长的一张好脸蛋,他还有一副上好的嗓子。现在他就在说话。特洛屈得也在那里说话。呵,他们说的是情话呢！他们拥抱了！吉利亚不声不响赶快溜走。

勒西利听得他那宝贝的机器已经安然回来,就说道:"我得造一所屋,放这部机器。眼前我没有那笔钱,但是可以借,担保品是好的。只是克罗宾那坏蛋——你看,这里是轮泰纳写来的字条,他说他已经交给克罗宾了,一共七万五千法郎,刚好是他偷去的数目加上利息。"

"这就是七万五千法郎。"吉利亚说,把那装着三张一千金镑钞票的小铁盒递给勒西利。

勒西利抱了吉利亚喊道:"你真是了不起的好汉！你立刻和特洛屈得结婚罢！"

"我不和她结婚了。"吉利亚坦然回答。

勒西利坚持他的约言。他暴躁得什么似的。吉利亚却像一块铁。勒西利脸全涨红了,吉利亚的脸色却是死白。吉利亚的主意谁也拗不过来。特洛屈得和那候补牧师结婚了。他们搭了邮船"卡西米亚"到英国去度蜜月。

吉利亚站在海滩水浅处（这地方正离他从前救了那候补牧师性命的锯儿礁不远),望着那"卡西米亚号"出口。涨潮来了,但是"卡西米亚号"正在这当儿出口。它在和风中慢慢地出去。潮水爬上了那有名的锯儿礁了,但是吉利亚的眼睛只顾盯住了"卡西米亚号"望着。潮水更高一点,齐到吉利亚的膝头了,但是在"卡西米亚号"上太阳光照耀的一点正站着特洛屈得和那候补牧师。女的头靠在男的肩上,男的臂膊围在女的腰部。忽然间海面澄静,就像天上的乐园。

"卡西米亚号"向前去了。已经出口了。这时潮水早齐了吉利亚的肩胛,但是"卡西米亚号"还可以看得见。渐渐儿它只成一小点了。这一小点也闪闪不定地,终于不见。"卡西米亚号"不见了的时候,潮水也没过了吉利亚的头了!

茫茫一片大海,什么也看不见了!

十一

像我们已经说过的,《哀史》和《海上劳工》是雨果的"社会思想"的表白。若望·法尔强和吉利亚这两个人物,是"理想化"到有些不近情理的。然而他们那"超人"的能力,"超人"的坚强意志,在作者的热情的笔下,即使我们现在读去也感得异常的魅力。我们不能相信雨果之所信,但是我不能说那样铁一般的人物不值得赞美!无怪前世纪三十年代的欧洲青年五体投地佩服这两部小说。也无怪每时代有许多人热心爱读这两部小说!

第七 《战争与和平》*

一

《战争与和平》(War and Peace) 在一八六五——一八六八年之间陆续发表。《战争与和平》——这一百万言的巨作,开头第一章就用彼得堡的上流社交界的背景把书中几个主要人物一一引上了场,把当时很紧张的欧洲政治关系从那"茶话会"的谈笑声中逗出来,并且把各人对于当时俄罗斯民族利害关系极大的"战争呢,还是和平?"——这一问题的态度和见解,也在那"茶话会"的谈笑中透露出来了。

这开头第一章第一句就是用"茶话会"中间谈的形式说明了法国皇帝拿破仑第一和俄国"沙皇"亚历山大第一之间有了利害冲突。战争呢,还是和平?成为沙皇宫廷中尚未决定的问题,而开始了一百万言的《战争与和平》的第一语的安娜·巴芙洛芙娜·鲜勒尔——她是俄皇后的亲信女官,是那"茶话会"的主人,就是一位热心的主战派。

作者大书特书那"茶话会"的时间是一八〇五年七月某夜。这当儿,正是英俄奥密结同盟企图打倒拿破仑。

在《战争与和平》的最后一章,是一八一三年春末,"战争"早已经过了

---

* 本篇最初发表于一九三五年十一月《中学生》第五十九期。

好几次，而且最后一次的莫斯科近郊（七十英里远）鲍洛提诺（Borodino）血战也已过去，甚至莫斯科的放弃，五日夜莫斯科的大火也已过去了；在这最后一章，我们看见在第一章中出现而且后来时时出现的全书的主角（请不要把一般小说中的主角看待他）彼得似乎到底已经悟得了"人为什么而生存"，而且要开始他的新生活——作为他从新做人之表现的一项的，是他和娜塔夏的恋爱；她也是要"从新做人"的。

然而《战争与和平》还附有八九万言的"尾声"（Epilogue）。这所谓"尾声"，显然是另一小说的"提要"——不过也还没有完全。《战争与和平》中的主角之一彼得在那"尾声"中已是极重要的主角，而且有了"新的姿态"。他投身于秘密的政治活动了，他是"十二月党"中的要人。

在《战争与和平》中，彼得是一位富有博爱、自由、平等思想的贵家子弟，他渴望知道"人为何而生活"，但是，人生是什么，社会是什么，乃至当前的政治如何，他都是茫然的，而且未尝有过精密的研究和观察。直到拿破仑进攻莫斯科那时（一八一二年秋末，这位彼得在俄国贵族的政治的社交的圈子里混了已经有七年了），彼得被法军所俘，受了同被俘获而又囚禁在一处的柏拉东·卡拉泰夫（Platón Karataév）的思想的感化，于是彼得恍然于"人生之大路"了。

所以《战争与和平》中的彼得是一个时时在发展中的"性格"。不但是彼得如此，《战争与和平》中其他的重要人物，如娜塔夏和鲍尔孔斯基（安德烈）等，也是如此。自然，彼得所恍然大悟的道理是不是真正"人生之大路"，很成问题，然而一八〇五年七月某夜在安娜·巴芙洛芙娜·鲜勒尔家"茶话会"上第一次出现的彼得，和一八一三年一月回到大火后的莫斯科的彼得，显然是不同的；前者没有"定见"，后者已经有了"定见"。

《战争与和平》后附的"尾声"——另一小说的"提要"，就是要写这既有了"定见"的彼得如何从事秘密政治活动。但是我们不要以为托尔斯泰既写了《战争与和平》,既把彼得这一"性格"发展成型,然后这才计划以"十二月党"为背景拟写一部彼得后半生事业的小说。不是的!托尔斯泰倒是先想写一部以"十二月党"为背景的小说,但因构思以后"发现"了要写"十二月党"便非先写"十二月党"产生以前的俄罗斯历史上的一大事件以及此一大事件给与俄国智识分子(贵族出身的)之影响不可——结果就是《战争与和平》。

《战争与和平》全稿完成化了七八年的时间。这中间,托尔斯泰的思想也慢慢有了变化。我们在上文不是说过彼得被俘后遇见了柏拉东·卡拉泰夫么?这位柏拉东·卡拉泰夫——一个良善的俄罗斯农民,大小经过数十战,却是一位"无抵抗主义者"。在托尔斯泰的作品中,这是第一次出现的一位"无抵抗主义者"。柏拉东·卡拉泰夫的出场在《战争与和平》将要结束的地方了,而且只作为一个配角出现的。但是"无抵抗主义"在托尔斯泰心中却正在一天天发展而且强烈,于是既经完成了"十二月党"小说的前奏曲——《战争与和平》以后,托尔斯泰无意再写"十二月党"的小说了。现在留下的,就只有作为"尾声"附在《战争与和平》后边的七八万言的"提要"。而且这"提要"所包含的也只是未实现的"十二月党"小说的一个开端。这部小说要是实现了的话,大概不会比《战争与和平》短了多少的。

二

《战争与和平》是不是历史小说?

可以说是的。因为这么一部百余万言的巨著——人物多至一百以上(指书中有名姓的),场面自血战、国王的会议、贵族做生日、贵族的丧事、剧场、跳舞会、打猎乃至小儿女的情话、农民的生活、十九世纪初十年的俄国的政治事件和社会现象几乎网罗无遗,然而贯串这一切的线索就是"对拿破仑的战事"。这一战事,因了各色人等之生活的不同,以及地点之为都市或农村,为官僚贵族的茶话会或为地主别庄中的宴席,而呈现了各种强弱不同的影响——这是我们读着这部巨著的时候明显地看得到的;然而这一战事无论如何是影响着全俄罗斯也是我们一边读着一边明显地感到的。而且在全书的结构上说,既以对拿破仑的战事始,亦以对拿破仑的战事终。所以这部巨著可以说是历史小说。

但是它又不仅是历史小说。在这以前的历史小说所包含的意义不能包举《战争与和平》的特点。《战争与和平》有以前的历史小说所没有的价值!

首先,《战争与和平》中虽然写了拿破仑、亚历山大(俄国皇帝),以及科都曹夫(俄国的大将)等等历史的人物,可是他们绝对不是《战争与和平》的主角。这巨著的主角是彼得和娜塔夏一类的年青人。他们在全书开端的时候还是很年青的人,几乎可说还是小孩子;他们都是上流阶级的儿女。他们在战乱的十年间,在惨痛的经验中形成了他们的"宇宙观"和"人生观"。他们的生活互相交错,成为书中最动人的部分。他们的生活(心理分析的描写)和那些"历史人物"的事业并排在一处,并不减色些。所以就这一点看来,《战争与和平》是十九世纪初十年的一些典型的俄国贵族青年的艺术的传记,是描写了整整"一代新人"的生长与发展的。

其次,《战争与和平》又写了整个俄罗斯民族。从农奴到贵族地主,各阶层的生活都不缺少。托尔斯泰显然是存心要把俄罗斯民族最困苦的年头(对拿破仑战争)的全般社会相写进他这部大作里。

最后——而且比较最不重要的,才是那些"和"与"战"的历史事实。这在书中也占了不少地位,而且描写得多么动人,可是托尔斯泰并不为了这些"历史事实"的本身而写的,他所以要写它们还是为了上述的两个目的。

历史小说很多,然而在十九世纪《战争与和平》却以"新形式"的历史小说出现,使从前的历史小说相形之下只能算作"历史的小说化"。

三

《战争与和平》开首是俄国皇后亲信的女官安娜·巴芙洛芙娜·鲜勒尔邀请了贵媛、达官、公子的一个茶话会。差不多是彼得堡社交界的有名人物全到了会。托尔斯泰在这"茶话会"中,一方面描写了那时(一八〇五年)欧洲政局的紧张与俄国朝野惴惴不安的情绪,另一方面介绍了书中的重要主角登场。我们在这茶话会中看见了标准官僚的华西利亲王(Pririce Vassily)以及他的女儿:娇纵淫逸的女儿,美貌的爱伦(Ellen)。他还有一位十足纨绔气的无恶不作的儿子阿那托尔(Anatole),以后我们也可以见到他。茶话会中另一个来客——书中重要主角之一——就是安德烈·鲍尔孔斯基小亲王(Young Prince Andrey Bolkonsky),一位美少年,军人气概,那时正受命为大将科都曹夫(Kutuzov)的副官,将从军出发到奥国,因为那时奥俄联合起来和拿破仑作战已经是快要成熟了。

但是"茶话会"中最惹人注目而且是全书最重要的主角的一人却是那彼得。他是加萨林①朝的名人勃曹霍夫伯爵(Count Bezuhov)的私生子,一向在外国受教育,这回是第一次回俄国,而且第一次被引进上流社交界。老伯爵此时卧病在莫斯科,医生已经束手,所以彼得的被召回有立为老伯爵的正式合法嗣子且承受偌大产业成为全俄第一富人之希望的。不过彼得自己却从没把这些"希望"在心里转过念头,他简直从没感到,从没有所希冀。他回来了,因为要他回来;他不知道为什么要他回来,他也不探听为什么要他回来。他心里忙着的,只是欧洲的政局将如何变化,拿破仑的政权应当用什么来代替——而最最根本的一个问题是"人为何而生存"?

---

① 加萨林　通译卡萨林。

他是一个魁梧的巨人,举动粗朴而爽直,他的心地也是粗朴而爽直的。他不懂得官僚社会那种欺诈、诡谲、阴险,他也不熟谙贵族社交界那些虚伪的礼节。他闯入了安娜·巴芙洛芙娜的"茶话会"就像一头野熊似的;他走路时会碰歪了椅子茶几,会碰着了贵妇人们的裙边,他会率真地对人发议论,追住人辩论,人家说话时他听得不耐烦或想起有话要和别人说时,他就会不管那位发言人有没有说完就掉头走开。他不会附和人家笑,不会似听非听地在一旁站着点着头。

然而他之将为"勃曹霍夫伯爵"而且为俄国第一富人的可能,安娜·巴芙洛芙娜"茶话会"中那些漂亮的客人是感得的。所以虽然因为他是一个"白丁"而只得了安娜·巴芙洛芙娜的"点点头"的迎接,可是安娜·巴芙洛芙娜的招待是殷勤而且亲密的。其余的贵客也把他的种种"失礼"视为当然而欣然容纳。

彼得和安德烈·鲍尔孔斯基小亲王是本来相识的。安德烈小亲王的举止既不像其余的客人们那样虚伪,也不是彼得那样的天真莽撞。他是熟谙上流社交的仪节,然而不愿随俗虚伪,他是干练而凝重,矫然不群而又不露锋芒的一位年青的贵胄。他是理智的,不如彼得那样的热情;他是实际的,不如彼得那样的富于空想。然而他俩是好朋友。

当"茶话会"散了以后,彼得和安德烈一道回到安德烈的公馆,两位朋友谈心的时候,安德烈问彼得道:"老兄决定了没有?进骑兵队呢或是进外交界?"然而彼得的回答是"我自己也莫名其妙"。彼得此时一心在念的,只是在茶话会中和"有趣的人儿"摩列哇主教(Abbé Morio)谈到的"永久和平的方法"。他不相信那主教的"方法"有效,但是他相信"永久和平"是可能的,只不过他不知道如何而能实现"永久和平";他一心想着这一点,而安德烈却问他决定了进骑兵队呢或是外交界。安德烈很实际地逼住了问他。但他只管发展他的幻想;他说:"现在这战事是反对拿破仑的。如果是为自由而战,那我就能懂得,我就第一个要去投军,然而现在是帮着英国和奥国去反对世界上最伟大的人——那就不对了。"安德烈听了那些孩子气的话耸耸肩膀。他回答彼得道:"要是人人都为他的信仰而战争,那就不会发生战争了。"彼得就接口道:"可是那就好了。"安德烈于是冷然说:"也许是好事一桩,可永远办不到……""那么,你为什么要去打仗?"彼得问。"我么,"安德烈回答,"我自己也不知道。我不得不去。而且,我要去……因为我觉得我目前的生活太乏味了。"

这两个好朋友的性格就是这样相差得很大。

托尔斯泰是把安德烈·鲍尔孔斯基小亲王来代表了十九世纪初年俄国贵族的优秀知识青年的一派——不满于现状,苦闷,然而因为是理智的,实际的,所以太缺乏了理想,只能被"现实"拖住了跑;而彼得则是又一派,太热情,太空想了,没有生活的经验,所以皇皇然追求"人生之意义"而毫无方法。后来安德烈在鲍洛提诺大战(一八一二年秋)时受伤而死——怀着一个新的教训而死了,彼得却因做了几个月的俘虏而得到了他所追求的东西了。不过这是后话。

四

在安娜·巴芙洛芙娜的"茶话会"以后,托尔斯泰就将他小说的背景从彼得堡转到莫斯科,从"茶话会"转而写一个贵族大地主伯爵夫人的"命名日"纪念宴会了。这位贵族大地主就是伊尔亚·安得立区·洛斯托夫伯爵(Count Ilya Andreitch Rostov),一位优游闲居的贵族。这一个家庭也是书中一个重要的家庭。那位伯爵的女儿娜塔夏(Natalya)就是书中重要的主角。一八〇五年这一年,她才只十三岁。可是已经是一位很解事的小姑娘了。

洛斯托夫伯爵家"命名日"的宴会当然是很热闹的。到了七八十位客人,莫斯科的场面上人差不多全到了。然而托尔斯泰在这一大段文章里注意写的却不是那宴会,而是洛斯托夫家的家庭状况。在这里,我们听见了伯爵夫人和亲戚安娜·密哈洛芙娜姑母的家常琐谈;这位安娜·密哈洛芙娜就是也到了安娜·巴芙洛芙娜的茶话会,而且托华西利亲王代她的儿子鲍立司(Boris)找差使的。从这位安娜·密哈洛芙娜嘴里又带到彼得和那卧病的勃曹霍夫老伯爵。

安娜·密哈洛芙娜又讲起了彼得在彼得堡闯下了场祸。原来那晚上"茶话会"以后,彼得到安德烈·鲍尔孔斯基公馆里谈了一会儿就告辞出来了。他是和华西利亲王的儿子阿那托尔住在一处。虽然安德烈坚嘱他不可再和那"花花公子"在一处,而且他自己也颇以为然,可是走出了安德烈的公馆以后,彼得到底又回到老地方。他是觉得已经同住过那么许多日子,再住一两天也不算什么。那夜里,他和阿那托尔以及另一朋友喝了很多酒,开了许多新奇的玩笑,末了就把阿那托尔的不知从什么地方弄来的一头熊装上车子,打算送到一个女伶家里再开一次玩笑。在路上,被警官所阻,这三位就将那警官捆在熊背上,连人连熊抛在河里,熊驮了那警官在河里泅水。因这一件事,彼得他们失了面子;那另一位朋友罚降级,彼得罚不准在彼得堡居住,而阿那托尔也由华西利亲王暗暗送出了彼得堡。安娜·密哈洛芙娜说了这故事,就批评彼得的品行:"人家还说他受过好教育,还说他聪明呢!外国教育出来的人就是这样!……人家想介绍他跟我来往。我一口拒绝道:我家里还有姑娘们呢!"

在这洛斯托夫伯爵夫人的"命名日",我们还看见了几个青年男女的恋爱关系。这是托尔斯泰这一大段文章里的主要目标。伯爵的儿子,大学生尼古拉(Nikolay)因为他的好朋友鲍立司(就是安娜·密哈洛芙娜的儿子)已经得了军队里的差使,所以也要去从军了。他已经决定跟就要开拔的骠骑营营长走(在这里,托尔斯泰又暗示了军事行动的紧张)。他这英雄气概,引起了一位漂亮小姐卡拉金·裘丽亚的爱意,但又因此引起了他的表妹松霞(Sonya)的嫉妒。松霞和尼古拉中间早就有了爱的。于是在另一室里,松霞独自躲在那里垂泪,尼古拉找到了她,安慰她,拥抱她亲嘴。这一幕被还是玩洋囡囡的尼古拉的妹妹娜塔夏偷看见了。这位十三岁的小姑娘觉得这样拥抱是怪窝心的,她招了鲍立司来羞答答地说,"我有事要你教我。"她要鲍立司和她的洋囡囡亲嘴。但当鲍立司莫名其妙地看着她的时候,她就丢开了洋囡囡,拉着鲍立司,轻声说"靠近些,靠近些!"红着脸又正经又愕然地对鲍立司道:"你喜欢和我亲嘴么?"鲍立司也脸红了,说了一句"你多么怪!"就俯下身去,但是不动作,却在等候。娜塔夏突然跳上了一个桶子,那就比鲍立司还高些了,她抱住了鲍立司的头颈,和他亲嘴。于是她跳下桶子,低头站着。鲍立司说:"娜塔夏,你知道我是爱你的,但是——""你爱我?"娜塔夏插嘴。"是的,爱你,"鲍立司说,"但是,我们现在不要这样做……再过了四年……那时我将求你。"娜塔夏忖量了一会儿,扳着她的小指头算道:"十三,十四,十五,十六……"终于快活而得救似的微笑着说:"很好。那么算数么?""算数!"鲍立司说。"永久么?一生一世么?"娜塔夏说着就挽着鲍立司的臂膊高高兴兴走进了隔壁房里去。

　　安娜·密哈洛芙娜和那位病危的老伯爵也沾点儿亲,所以从洛斯托夫家出来,她也就带了儿子鲍立司去探问那位病中的老伯爵。她当然有目的,曾经教过她儿子许多话,因为老伯爵又是鲍立司的"教父",如果鲍立司做得乖乖儿的,或者可以在老伯爵的庞大遗产里分润到一点点。这是安娜·密哈洛芙娜的用心,鲍立司本不大愿意,但他已经答应"为了她的缘故,一切照办了"。安娜实在很穷,她刚刚和洛斯托夫伯爵夫人开口借钱呢。

　　此时华西利亲王也早到了莫斯科了,就住在勃曹霍夫老伯爵的府上。他从他夫人方面也是老伯爵的亲戚,所以他也有分到遗产的希望。他到莫斯科也就专为此事。安娜·密哈洛芙娜也知道华西利亲王来了,她预定先见这位亲王,相机行事。这位衣衫不大光鲜的太太可实在能干得很。

　　还有,一向伺候老伯爵的三位公主(都是老伯爵的侄女或干女儿),自然也有分润到遗产的份儿。老伯爵的遗嘱上究竟怎样分派,谁也不明白;但华西利亲王他们都知道彼得是老伯爵最钟爱的,都知道彼得是一个劲敌,所以他们不言而喻地一致在排挤这位不通世故的年青人。

至于彼得本人呢,一点也不知道那些把戏,并且永没有想到有这些把戏。他从圣彼得堡回来,就找那三位守在老伯爵病房外边的公主,说要见见他的父亲。但是三位公主一定不许他进见,说他在圣彼得堡干的荒唐事简直把老伯爵气死了,还要见他,不是要老头子死么?彼得没有办法,只好成天坐在自己房里。当安娜·密哈洛芙娜来找了华西利亲王鬼鬼祟祟的时候,彼得正在自己房里对着一堵墙发挥他的政治观察:"英吉利的日子是完了!密司脱劈脱(Pitt)危害他本国以及人类权利的人,该罚!"然而他还没有把劈脱处罚,一位青年军官(就是鲍立司)进来了。鲍立司是给他带个口信来:洛斯托夫家请彼得去吃饭。彼得以为鲍立司就是洛斯托夫家的儿子,一面说"竟认不得了",一面就跟他叙旧游。待说明了不是时,彼得就说:"哦,原来如此!有那么多亲戚在莫斯科呵!哦,你是鲍立司……呵呵,现在弄明白了。你说,你对于远征波龙尼(Boulogne)的意见怎样?……如果拿破仑渡过了英伦海峡……"他只是一心在欧洲的政治。

彼得果然赴了洛斯托夫伯爵夫人"命名日"的宴会。他进了会客厅,就坐在就近的当路的一把椅子里。他这么一个大个子当路一坐,别人就不好进出了。人人都觉得他这坐处不相宜,只有他一个人不觉得。跳舞的时候娜塔夏对他说是"妈妈教我来和你跳",于是彼得这大个子就和这位矮小的十三岁姑娘作对跳舞。娜塔夏很得意,因为她居然和一个大人跳舞,而且是从外国回来的一个。

这里洛斯托夫家跳舞到第六次时,那边勃曹霍夫老伯爵也快要断气了。莫斯科总督亲自到老伯爵家跟这位加萨林朝的名人作最后一面。许多亲戚都悄悄地候在病房外。可是谁也没有想到缺了个彼得。

然而病危的老伯爵是记到他的儿子的,他老是指着彼得的画像,因此华西利亲王不得不派人去唤彼得回来。

华西利亲王和老伯爵三位侄女中最大的一位——卡脱吕娜·西莫诺夫娜在秘密谈话,华西利谈到老伯爵的遗嘱,询问卡脱吕娜知道不知道遗嘱放在什么地方;他口口声声说是"为了卡脱吕娜和她的两个妹妹的利益"。但是卡脱吕娜自信她和她的妹妹是合法继承人,而且服侍老伯爵又那么久,而彼得不过是一个私生子,照法律是无权承继的,所以她不肯告诉华西利亲王。后来华西利说明老伯爵曾经写了请求书给皇帝,请恩准立彼得为正式嗣子,而且老伯爵的遗嘱上大概也是载明遗产全归彼得承受的——只是老伯爵的请求书有没有送出,尚不可知,如果没有送出,那就还有补救办法;所以最重要的事先须找这封信和遗嘱的下落。于是卡脱吕娜觉得自己是太被亏待了,"世上竟无公平",而且她以为这全是那个安娜·密哈洛芙娜在捣鬼,因为去年秋间,安娜·密哈洛芙娜拜望过老伯爵,说了许多时候的话,攻击卡脱吕娜姊妹三个,老伯爵竟因此足足有半个月不叫到她们姊妹三个,以后不久,他就立了他那最后的遗嘱。卡脱吕娜于是和华西利成为一条路上的人,她说出老伯爵的重要文件都放在他枕头底下一个皮书包里。

这当儿,安娜·密哈洛芙娜护卫着彼得来了。这位精明的太太知道事急,便决定同彼得一同来。她再三叮嘱彼得,什么都依了她的指示做,因了这是"为了彼得的利益"。彼得不大理会这句话,然而他愿意什么都听她的指示,因为他实在不知道在丧事中他应当怎样动作。他知道这是一件大事,他什么规矩都不懂,所以他愿意虚心领教。

安娜·密哈洛芙娜领了彼得从后边的扶梯进去,经过卡脱吕娜和华西利密谈的那间房的门外,到了老伯爵的病房。彼得一路只是跟着走。病人此时移坐在一张太师椅里,有男仆扶着他。教士、亲戚、医生,挤满了一房,正在举行祷告。这是送终前的仪式。彼得照着安娜·密哈洛芙娜的指示行事,他以为眼前一切人们的一举一动大概都是仪式而不可缺少。所以当他看见华西利亲王和长公主卡脱吕娜进房来执了白蜡烛站一会儿就走到伯爵那张大床旁边似乎找什么东西,然后又悄悄地走出房去——他以为也是必不可缺的仪式。

接着,安娜·密哈洛芙娜也走出病房。彼得因为是被叮嘱过照她行事的,所以也就跟了出去。但是在病房外的一间房里他却看见安娜拦住了门不许卡脱吕娜出来,而且和卡脱吕娜争夺一个皮书包。华西利亲王也在旁,一脸凶相。卡脱吕娜此时全不是平时那样温柔了,她斥安娜为"外边人",不用她来管,可是安娜毫不退让。华西利也上前来:"皮书包交给我!"安娜就呼彼得来帮她。彼得正不知是怎么一回事,卡脱吕娜的妹妹慌慌张张跑来说伯爵归天了。卡脱吕娜一惊,皮书包掉在地上,安娜·密哈洛芙娜立即攫了去,也返身跑进病房。

事后,安娜·密哈洛芙娜对彼得说:"要是你不在这里,上帝知道会闹出些什么;你知道的罢,刚刚是前天,伯爵还允许我他要好好照应鲍立司,我希望你会忠实地继承他的遗志。"

于是白丁的彼得成为勃曹霍夫伯爵而且成为全俄第一富人;在他自己眼光中,他还是从前的他,但在人家眼光中,他是另一个人了。

五

现在,场面从莫斯科的伯爵府转到黑野山的鲍尔孔斯基亲王的田庄。老鲍尔孔斯基王爷(尼古拉·安特立乞)从前当过司令,诨名"普鲁士王",在保罗皇朝被谪归田,一直到现在和他的女儿玛亚(Marya)以及女先生宝莲小姐(Mademoiselle Bourienne)住在他的采地。老亲王是一位古板严厉的人。他要一切都有法律。他的吃饭时间有一定,而且一分钟也不许差。他女儿每天早上到起坐室里向他问早安的时间也有一定,他会客的时间也有一定。虽然他是退休之身,但省内各官对他都非常恭敬,常来问候;来了时也得和这位老亲王的园丁一样遵守那刻板的纪律。公主玛亚在父亲面前时常常捏一把汗;她每天祷告上帝保佑她在父亲的面前那一段时间平安无事过去。

老亲王亲自教女儿几何学。这是玛亚一天中最大的难关。她愈是害怕,愈是会说错了答案,那时老亲王就要大怒。他推开书站了起来,踱了几步,然后又走到女儿身边,坐下说:"小姐,数学是一门庄严的功课。数学会把你脑子里的无聊念头赶出去。"

十二点到二点,照时间表上是老亲王歇中觉而玛亚公主练习古琴的时候。一个男仆守在老亲王的书房门外,不到钟点无论什么事都不能去叫醒老亲王。这时候,安德烈小亲王和他的年青的夫人坐车来了。安德烈是送他夫人到家后就要随军出发的。他的到来,也不能破坏老亲王所定的时间表,所以他和夫人就去看玛亚。

到了时间,管家报告老亲王说是少大人和少夫人到了。老亲王特示恩典,叫安德烈不用等候他换衣整发,他可以一边整发一边见他。老亲王是喜欢老式打扮的,戴着长的假发。安德烈一进门,老亲王就叫道:"啊!战士!他要去打拿破仑了?"

老亲王一边让仆人给他整发,一边就要安德烈报告军事上的准备。安德烈就详细报告了如何有九万人的一支军队要去压逼普鲁士放弃中立加入战团,如何这支军队的一部分要在斯特拉尔松得(Strahlsund)和瑞典军队联络,如何有二十二万人的奥军将在意大利及莱因河和十万人的俄军联络,而且如何五万的俄军要和五万的英军在那不尔士(Naples)[①]会合;总之,共计有五十万人从各方面同时向法国进攻。安德烈愈讲愈热烈,开头用俄国话,后来全用了法国话。但是老亲王对于这庞大的军事计划之实现的可能性不能

---

① 那不尔士 通译那不勒斯,意大利西岸港市。

置信。

第二天晚上,安德烈就要出发了。下午他像平常那样镇静把行装收拾好。玛亚送他一个银的小小的救主像,要他挂在胸前贴身处,安德烈因为妹妹的诚心,也就接受了。于是又谈到少夫人理莎,她虽然才来了一天,已经住不惯,常常哭;而且她又已经有了身孕。安德烈的个性和他夫人的个性完全不同的。安德烈告诉他妹妹道:"如果你要知道我和她中间的实在情形么……如果你要晓得我是不是快乐的呢?我不快乐。她快乐么?她不。为什么这样?我也不知道。"

出发以前,府里人上上下下都站在门前送别,除了老亲王。老亲王唤安德烈到他的大书房里去,他们父子俩要单独地话别。安德烈进了书房时,老亲王正在写一封信。安德烈在书桌旁站住,老亲王仍在写信,却问道:"就要走了么?""我来给你告辞。""亲我这里,"老亲王指自己的面颊,"谢谢,谢谢!""为什么谢谢?""为的你准时走,不多逗留;为的你不恋恋于裙带。男儿以身许国。谢谢,谢谢!"老亲王一边说,一边仍在写,笔尖刮在纸上把墨水都弹溅开来了。老亲王又接着说,"要是你有什么话,你就说。""关于媳妇……我惭愧我留下媳妇要你照顾了……""说什么废话,说你要说的话罢!"

安德烈于是就说他的媳妇不久要分娩,还是到莫斯科接个产妇医生在家等候。老亲王虽然不大喜欢这些新法,也并不坚持。

老亲王把写好的信用了印交给安德烈说:"不要牵记你媳妇;能办到的,我总给办。现在,静听:这封信给米哈尔·衣列诺维乞(科都曹夫将军,俄军总司令)。我信里要他量才使用你,不要老是叫你当副官,副官这差使是下作的!……要是他不错,你当差当下去。尼古拉·安特立乞·鲍尔孔斯基的儿子不用仰人鼻息的。"于是老亲王又给了一把剑和他的回忆录原稿,嘱咐道:"我一定死在你前头的。这里是我的回忆录,等我死后,献给皇帝。这里,是一封信和一张银票,这是奖金,给任何能写苏伏洛夫(Suvorov)战史的人。都送到学士院去。这是我的札记,等我死后你留着读,于你有益。""一切我都照办,爸爸。""那么,现在,再见罢!"老亲王将手给他儿子亲一亲,"记好,安德烈,要是你战死,老夫晚景自然可悲……"老亲王顿一顿,立即锐声说下去,"然而要是我知道你干的不像是尼古拉·鲍尔孔斯基的一个儿子,那我……我会羞死的!""爸爸,这是不用你嘱咐的。"安德烈微笑地说。老头儿不言语,安德烈又说道:"另有一件事我要请求你,要是我打死了,而如果我有一个儿子,请不要让这孩子滑出你的手;让这孩子跟你长大起来。""不要给你媳妇带领?"老亲王说,笑了。他们面对面看着,静默了一会儿。老亲王的锐眼盯住了他儿子看。老亲王的下巴微微一抖。突然他叫道:"我们的话完了……你走呀!""你走呀!"老亲王大声叫着,声音里带着愤怒,他拉开了书房门。

六

一八○五年十月,俄国军队驻在奥国要塞柏拉诺(Braunau)一带,总司令科都曹夫的司令部也在这要塞里。

骠骑兵柏芙洛特拉特斯基联队驻在离柏拉诺二英里之地,洛斯托夫伯爵的儿子尼古拉就在这联队里。

科都曹夫将军的大军是准备接战的,然而因为前方的奥军(马哈将军统带的)中伏大败,科都曹夫将军不得不退向维也纳,退军时将柏拉诺左近英河的桥以及在林士(Linz)的托伦(Traun)河桥全都拆毁。十月二十三日,俄军渡过恩斯(Enns)河。从恩斯镇到河边,一路全是俄军的辎重车和炮队。退军的秩序已经有点混乱了。此时拿破仑正带了十万大军飞速地追上来。受当地农民的不欢迎,没有了友军,疲乏而且缺乏给养的三万五千俄军奉总司令科都曹夫的命令赶快退到多恼河①区的低地。一路退，一路也打了几仗。奥军早已远远逃走，所以科都曹夫的大军有陷于法军重围的危险。

十月二十八日，科都曹夫带兵渡过了多恼河，在左岸暂驻。这方才算把一口气松一松，多恼河隔开了拿破仑的大军。十月三十日，科都曹夫攻击河左岸的法国军——莫底安的一师兵，结果大胜，于是俄国军第一次得了一面旗，一尊炮，以及两个法国军官的战利品，而且把法军的追击暂时阻止。俄军士气因此振作了些。

到这时候为止，安德烈小亲王在司令部。胜了莫底安以后，科都曹夫派安德烈小亲王到白鲁恩（Brünn）向奥皇告捷（奥朝廷现在是迁在白鲁恩，因为维也纳受法军的威胁了），并谋俄奥军的联络。但是奥国此时已在暗中和拿破仑妥协，安德烈亲王不得要领，赶快回去，但是拿破仑的大军早已把安德烈回到克莱姆斯（Krems）的路遮断了。

原来在十一月一日，科都曹夫得了情报，知道俄军的地位危险得很。拿破仑的军队已渡维也纳桥，猛力前进，要切断科都曹夫和俄国后援军的联络。如果科都曹夫仍留在克莱姆斯，那么，就要受拿破仑十五万大军的包围，有全军覆没的危险。科都曹夫如果再退，谋与俄国的后援军联络，那么，有两条路可走：一条是取道波希米亚，此条路希望最小；二是从克莱姆斯朝奥尔莫支（Olmütz）走，但法国大军正从此路来，也不妥；但后一条路终于被采取。

然而在克莱姆斯和奥尔莫支间有一地点名次南木（Znaim），倘使这地方先被法军占去，那么科都曹夫就糟了。他得赶在法军之前通过这次南木。不过从维也纳（法军所在地）到次南木路近，科都曹夫若要全军赶在法军之前到达次南木，一定是不成功的；因此科都曹夫当下就派勇将巴格拉辛亲王带了四千兵急驰往次南木左近，面维也纳，背次南木，扎住，掩护大军通过次南木。

---

① 多恼河　通译多瑙河。

巴格拉辛亲王受命和法军死战,尽力支持下去。腾出这时间来,科都曹夫方好领大军及辎重炮队安达奥尔莫支。

巴格拉辛亲王按照计划到了次南木与维也纳之间的霍拉勃伦(Hollabrum)布成了阵势,法军的先锋队就来了,是马拉(Murat)大将带领。马拉果然不出科都曹夫所料,以为前面的俄军是科都曹夫率领的主力,就不敢轻攻,欲派人提议休战三天,一面报告维也纳的拿破仑大军,催他们赶快接应。拿破仑一看报告就知道马拉误了事,立即令马拉火速进攻,同时亲提大军赶来。

霍拉勃伦一战,在黄昏时开始,巴格拉辛亲王只有四尊炮在阵地活动,而这四尊炮在阵地中央的高地毫无步兵保护,却一再使敌人误为俄军的主力所在,而且一再以榴霰弹击退了进攻前来的敌军。这一战,安德烈小亲王是目击的。在夜里,巴格拉辛亲王的掩护队(没有多大损失),也就退出阵地,赶上了向奥尔莫支退却的科都曹夫的大军。

十一月十二日,科都曹夫全军驻在奥尔莫支,和俄国来的援军集合,等候俄皇和奥皇的检阅。这回,俄皇自为总司令,和奥国的联军拟作大规模的进攻。然而在奥斯特里齐(Austerlitz)一战,俄军大败。安德烈小亲王受伤失踪。

七

那时候,华西利亲王已经达到了把他的女儿爱伦嫁给彼得(现在是勃曹霍夫伯爵并且是全俄第一富人)的目的,就打算给他的儿子阿那托尔找个有钱的老婆。他早就看中了鲍尔孔斯基老亲王的女儿玛亚(看中她的嫁资)。一八〇五年十二月中,他带了儿子到黑野山的鲍尔孔斯基亲王田庄。然而他碰了一鼻子灰回去。

彼得糊里糊涂娶了爱伦,糊里糊涂随爱伦浪漫,糊里糊涂化他的财产。但在奥斯特里齐败仗的消息到达莫斯科以后,彼得在席面上和莫斯科著名的决斗手——漂亮的杜洛霍夫（Dolohov）,人家都说他是彼得的夫人爱伦的情人,彼得自己也听得过不止一次——言语起衅,弄到了决斗。彼得从没用过手枪,但这次决斗,由他先放,他糊里糊涂一枪竟打中了对手。杜洛霍夫带伤还击一枪,却没有打准。

决斗后的夜里,爱伦从外边回来就质问彼得为什么要和杜洛霍夫决斗。"难道人家说杜洛霍夫是我的情人你就相信?你凭什么相信?"这美貌的爱伦虽是贵族出身,可是泼辣俗气而且淫荡。彼得见了她那种泼悍是有点怕的,然而逼得太紧时彼得动起怒来也就可怕得很。那夜里彼得先是求她莫吵,后来他忽然跳起来,抓过一方大理石的桌面大叫"我要杀死你",就要打爱伦。大理石桌面摔得粉碎,爱伦逃走了。一星期以后,彼得破费了财产的一半和爱伦分居。

在黑野山的鲍尔孔斯基亲王家里此时也发生了不小的事故。老亲王看见报纸上说俄军在光荣的胜利后不得不退却,而且全军而退,就知道这明明是败北。可是他的儿子的消息却始终得不到。

后来他得了科都曹夫的来信,方才明白了;那信里说:"我亲眼看见令郎手持帅旗率领一联队冲锋,英勇地受伤而倒,不辱没他的父亲和他的祖国。我和全军都很抱歉,到现在还没确知他是活着呢还是故世了。我安慰您,也安慰我自己。他大概还活着,因为不然的话,战死各军官的名单里应该有他的名字了,这名单在停战旗下已经交到我这里了。"

接到这封信后,老亲王虽然照他的时间表吃饭散步,但是一句话也没有了。当玛亚去见他的时候,他的脸色不是忧悲,也不是颓丧,但是愤怒而冷涩。玛亚知道有不好的事了,她畏缩地问着:"爸爸!安德烈?……"老亲王别转头抽咽起来了,突然锐声叫道:"我得了消息了。俘房中间没有他,死的中间没有他。死了!"

玛亚不发晕，她忘记了对于父亲的畏惧，竟直前抱住了她父亲说："爸爸，不要避开，让我们一道哭罢！"但是老亲王别转脸去，厉声叫道："那些坏东西，那些混蛋！毁坏了军队，糟蹋了人们！为什么？去，去告诉理莎！"玛亚坐在旁边一张椅子里哭了。老亲王恨恨地说："去，去——一个败仗里打死了，那些家伙带了俄罗斯最好的人俄罗斯的光荣打了败仗。去，玛亚，去告诉理莎。我随后就来。"

但是理莎这几天正是快要分娩了。玛亚和老亲王到底不敢告诉她。第二天，理莎肚子痛了。叫在府里的收生婆立刻唤到理莎屋里。时时盼望中的一位住在莫斯科的德医也立刻派人飞马去催促。合府上下全是庄严而紧张。然而理莎到晚上还没分娩，那阵痛叫人听了发抖。玛亚在自己房里祷告（因为是大姑娘，她们不让她进理莎的房）。三月天的雪又在下了。府外路上，冰雪载道的转角处全派得有农奴骑了马带了灯在那里等候着。玛亚焦心地等着，忽听得车声远远而来，她以为是医生来了，她知道医生不会说俄国话，就裹了围巾出去，可是她听得来人中有一个声音很熟。"谢谢上帝！爸爸呢？"那声音说。玛亚觉得这声音是安德烈的声音。然而她无论如何不会想到这便是他。然而她走到楼梯的一半，一个人迎面而来，不是安德烈是谁！他抢上一步抱住了他的妹妹。"那么，你没有收到我的信么？"安德烈问。他不等回答——玛亚是激动到说不出话来了，就转身招呼那医生（他和他在半路遇见，一道来的），再冲上扶梯，再拥抱了他的妹妹。

原来安德烈受伤躺在战场上，刚遇拿破仑巡视战地，见他没有死，就吩咐抬回去叫他自己的医生医治。可是那医生见安德烈昏迷，就把他归入"无望"的一类里，交给当地的老百姓家里了。可是他到底将养好了，不过弱了许多，疲了许多。

理莎生了个男孩子，但婴儿落地，理莎就死了。

八

彼得和他的夫人闹开后就到彼得堡去。半路上他遇见了一位共济会（Free mason）的会员,和彼得大谈"道理"。到了彼得堡,彼得不让外边晓得他已来了,但是他接到了无名氏寄给他的一本书,这也宣扬共济会的教义的。接着（一星期后）,一位年青的波兰伯爵维拉尔斯基——彼得本来相识的,就来找他,而且告诉他,共济会中的一个位分很高的会员提议请彼得入会（不照普通手续而另开特例）,问彼得是否愿意。

彼得虽然并没明白共济会的内容而且他向来不信上帝,但此时一半是精神上苦闷,思想上没有出路,一半是好奇,竟立即答应。

于是维拉尔斯基引彼得到了一所大房子,先走上一条暗黑的扶梯,到一间有个小灯的小房里,就遇见一个服装古怪的人；维拉尔斯基和那人低声说了几句,就用布条掩蔽了彼得的眼睛,再引彼得进去,一路上对彼得说："如果你打定主意进我们的会,你必须用很大的勇气忍受一切试验的。"彼得只是点头。他有点诧异,有点怕,然而又好奇；他相信他是打定了主意要进会。

他被带着经过了好几个房间,经过了好些古怪的试验（仪式）——有时蒙着眼,有时不蒙,终于他被引到了会众聚集的房里。这时蒙眼的布条被拿掉了,他这才知道平时他所认识的人里有好几个是这共济会的会员。主席是一个年青人,彼得却不认识。

于是彼得恭聆了会中的三个目的和七德；那三个目的是：一、保守而且传授某种重要的神秘,这是共济会最大的目的,是这集团的基础,任何人力所不能毁的；二、为要达此第一目的,必须革新和净化他的智识；三、既革新且净化了心和智识,就得努力促进全人类,用全力去和世界上最大的罪恶搏斗。彼得佩服这三个目的,而且默念着"用全力去和世界上最大的罪恶搏斗",顿时觉得他前途的事业无限的多，无限的光明。

那七德是：一，守会中的秘密；二，服从会中上级命令；三，道德；四，爱人类；五，勇敢；六，自由；七，不怕死。而"不怕死"或"爱死"，尤其重要云云。彼得觉得这七德也是件件中听。

最后，又郑重告诉彼得：会中不重空话，注重力行。

于是彼得就为共济会的会员了。当拿出捐簿来的时候，彼得本想多捐一些，但因想到多捐未免近于炫富，怕不合于"道德"，所以他就照别人所写的数目填了他自己的捐数。

自从进了共济会以后，彼得觉得从新做了人，愉快而且乐观了。

以后不久，彼得就到基甫（Kiev）去；那边他有很多的田屋、农奴；他打算大大改革一番。他召集了他的管家们，说他要用渐进的手段把他的农奴全体解放；他立即要举办的是在他的农村中建造教堂、学校、医院，废止强派工役，不许再派有孩子的女人们工作。然而彼得不是一个办事的人，他没有具体办法；他又不大明白自己的经济情形，管家们说出一大篇账来——某处欠债多少，银行押款利息该付多少，莫斯科伯爵府的开销多少，伯爵夫人用费多少——原来他是在借债度日，他就没有办法了。管家们又按着那篇账说他的改革计划某点可行，某点稍缓可行，某点实在一时无法进行……他更没有主意了；他只好说："就照你说的办罢。"

同时，基甫的社交界又来拉他了。他是当地最大的大地主，自然当地的上流社会要和他结交。于是整天地忙于应酬，什么都没有时间去办了。他想"从新做人"，然而他的生活还是和从前一样。

一八〇七年春，他决定要回彼得堡了。他先要检视一下他的农村，看他的管家们把他那"改革计划"进行到怎样。管家们立刻去布置。彼得被引去看了管家们临时扮演出来的"农奴生活的快乐"，觉得很满意，于是相信总管家所说"农奴即使不解放也可以快乐"是不错的了。他不知道他以为是新建造起来的一二教堂原来是旧的新粉刷而已,他不知道他所见的一二竖了四壁的未完工的学校、医院之类原来仍是用强派工役的方法,而且他走后就停工了。这一切,彼得都不知道,他被欺骗得很满意,他相信已经为人类谋了幸福,他精神上愉快极了。

九

彼得从基甫回彼得堡时,便道就去访问安德烈·鲍尔孔斯基小亲王。

原来从一八〇六年三月安德烈回家以后,老亲王和他的儿子竟像换了个地位。老亲王因为俄皇钦命简任他为训练三省民军的总指挥,倒成为"现役",而安德烈因为厌倦了军事,只在他老子名下当个"闲差",以为规避。老亲王是在城里办公的日子多,而安德烈是在黑野山家里或者在包格却洛福自己采地上休养的日子多。他这块采地是老亲王新分给他的,因为见他老是无精打采,所以特地想出点事来叫他解解闷。

安德烈自从战场上受伤(实在那一次他精神上受的伤更大,他那次悟到所谓武勋也者,也无谓得很),以及回家来目击夫人病死以后,就变得非常悲观了。他闲来只是帮着玛亚照料他的儿子,并他自己采地上的事务。所以彼得一见他时,觉得他大变了。他看来什么事都没有意思。彼得侈谈自己的经过,如何进了共济会,又如何"实行"他的改良农奴生活的理想,安德烈听着不赞一词。然而并非他从没想到这些事;他是想到过的,而且想得很多,不过他怀疑于此种办法的实际效能——他觉得都没有意思。

但是彼得那种乐观而勇敢的精神无形中到底影响了安德烈。所以自从彼得访问以后,安德烈那个死灰似的心到底慢慢又生出热力来了。他闲居中很读了许多新书,他又把自己亲历的两次战争细心研究,草成了"改革俄罗斯陆军编制"的草案;而特别是彼得所自以为"实现"了的"改良农奴生活"的方案,安德烈却当真在他采地上实行成功并且解放了他采地上的农奴。因为在实际办事方面,他比彼得强得多。

这样过了两年,恰值俄国政治上酝酿着一个大改革——所谓亚历山大的新政。这激动了安德烈。于是在一八〇九年八月他到了彼得堡,行箧中带着他那"改革俄罗斯陆军编制"的条陈。他打算把这条陈献给亚历山大皇帝。

这时候,俄国与法国正由"战争"而"和平"。亚历山大和拿破仑在底尔西特(Tilsit)会面订结和约以后,两面的交情一天一天好起来。一八〇九年,俄国还出兵帮助从前的敌人拿破仑去打从前的友人奥地利。

这时候,主持亚历山大新政的大人物是斯班伦斯基(Speransky)——一个新派人。安德烈·鲍尔孔斯基小亲王一到彼得堡,一般维新派都引以为同志;因为他们早就晓得安德烈在自己采地上实行了解放农奴,而且实行了一种改良的设施。一班老派呢,因为安德烈的父亲的关系,也着实看得起这位再出来的小辈英雄。而且安德烈这几年来也着实谙练了,对人接物都比从前蕴藉而谦和。因此安德烈到彼得堡不久就成为政治舞台上的要角;他当了"陆军改革委员会"的委员,又当了"法制改革委员会"的小组主席。他担任修订民法。

同时,彼得的精神生活也在经过第二次剧烈的变动。

彼得自从基甫回到了彼得堡,对于共济会事业愈加热心。他花了很多钱办理会务以及会中的慈善事业;他无形中成了共济会彼得堡支部的领袖。然而他愈热心,他对于共济会的信仰却愈加动摇;似乎因为他先就不自觉地发生了动摇,这才加倍热心起来以图"克制"他这动摇。他的私生活方面也有不能尽合"会规"的地方;他喜欢吃得好,喜欢喝酒,而且因为是"独身",有时也不免逢场作戏。这一切,他明白,然而他意志软弱,不能克制掉。在这一点上,他的热心会务,又似乎带点赎罪的性质了。这矛盾使他渐感痛苦。

他又感到会中的"同志"都不像真能使共济会发挥"使命"的。他把所认识的同志分为四类：第一类是过着清苦节欲的生活，专门研究神秘抽象的"理论"的，什么所罗门庙的七星是指的什么……等等玄之又玄的"理论"。他们不问会务，也不参加"社会事业"。老资格的"同志"都属于此派。例如奥西泼·亚历克西维乞（Osip Alexyevitch，就是彼得在路上第一次遇见的那人）。第二类是像彼得自己一样的人，在动摇，在追求，感到"失望"然而仍在盼望着。第三类是只见到共济会表面的仪式，却不问——且也不想寻求它的真正"使命"的麻木的同志。此类人最多，就是彼得堡支部的主席也属于此派。第四类却是别有用心这才进了会的；他们的目的是借此可以和会中同志之有社会地位者亲近接触。这简直是把共济会当作升官发财钻营之一道了。

彼得相信共济会的"理想"是对的，不过俄国的共济会却走上歧途了。因此他就决定出国一次，看看别国的共济会。

一八〇九年夏天，他"考察"回来了。他觉得颇有心得。当彼得堡的共济会支部开会听他"国外"带来的报告——"神秘"——的时候，他就演说了一番。他主要的意思是同志们应当运用他们各人的势力（社会地位）和财力努力干社会事业——"为人类谋幸福"。不料他这番演说引起了许多人反对（主席在内），斥他为"出风头主义"。虽然也有一部分人赞成他，然而他们赞成的观点又不是彼得本来的意思。

这一次以后，彼得和他的同志中间就有了裂痕。那时他的夫人又写信给他，请求"和好如初"，他的岳母也来找他代女儿说情。彼得想到"恕"是最高的德行，也便有允意。他特地到莫斯科找着奥西泼·亚历克西维乞，请求"指迷"。结果，他和夫人复和。但这一次他决定只做名义上的夫妇。

然而奥西泼·亚历克西维乞的"理论"虽然一时给彼得一种"安慰"——或"希望"，而彼得的动摇苦闷一天一天厉害起来了。他开始几天还依了奥西泼的指导写日记，拟用这"反省"工作来克服动摇，但不多几天，他就荒废了，他完全回到了未进共济会以前的无聊生活。

十

洛斯托夫伯爵家的娜塔夏已经十六岁了。正到了她从前和鲍立司口头约定年份届满的时候了。伯爵和伯爵夫人知道有这件事,然而从不把它当一回正经。那是小孩儿玩得高兴时的戏言罢了,怎能算真?娜塔夏自己呢,也觉得从前这句话可以当真也可以不当真。并且她自己也不明白现在究竟爱不爱鲍立司,也不明白到底从前是否爱过鲍立司。她一向来常觉得她所遇见的不讨厌的青年她都爱过,但绝没有专爱过任何人。

鲍立司呢,却存心取消从前这句话了。这几年来,他因为善于钻营,居然很得意似的;他一心打算娶一个富有遗产的女子,他知道洛斯托夫伯爵家已经到了破产的地步。在伯爵夫人方面也想把娜塔夏嫁一个有钱的丈夫。娜塔夏自己无可无不可。

然而当鲍立司抱定主意要明白表示从前儿时的戏言不算数而到了阔别四年的洛斯托夫伯爵家时,他忽然又被娜塔夏的娇艳活泼所迷。他预定的计划暂时搁起,他到伯爵家去的次数倒一天比一天勤起来了。他理性上还是决定不娶娜塔夏,但感情上总不由他不往伯爵家去走动。

这一个僵局后来由伯爵夫人和鲍立司的一番单独谈论而解决。自然娜塔夏是无可无不可。

不过十六岁的女孩子究竟和十三岁时很不同了。所以当一八○九年十二月三十一日在一个盛大的跳舞会中遇见了安德烈·鲍尔孔斯基小亲王的时候,娜塔夏心里就有了很深的印象(其实一年前安德烈偶因访问到洛斯托夫家过一夜时,娜塔夏就不自觉地心里扰动,睡不着觉)。

安德烈觉得娜塔夏是彼得堡社交界中少有的女子,天真,活泼,带点羞怯,然而这羞怯也是天真而且热情的。安德烈可没有意识到要爱她,安德烈正忙于政治事业；然而从那次跳舞起他忽然发现所谓"新政"原来不过是无数次"会而不议""议而不决"的委员会的开会罢了。他忽然发现他所钦佩的主持"新政"的要人斯班伦斯基原来也不是像他所想像的那样有聊。安德烈烦躁了，幻灭了，却是有一个地方能使他安慰愉快，那就是娜塔夏家。

几乎是他第一次跳舞后第一次访问洛斯托夫伯爵家的当儿，洛斯托夫家中人就觉得他是为了娜塔夏而来的；娜塔夏自己也认为如此。伯爵、伯爵夫人，都默认这是当然的事。娜塔夏的表姊（也是寸步不离的女伴）松霞更时时觉得自己夹在中间会碍眼，时时借故避开。娜塔夏见表姊避开，又是喜，又是心慌，她和安德烈独对的时候总是又喜又慌，倒拘束得多。安德烈是温柔的、安详的，他只和娜塔夏谈些不相干的话——国外的风俗人情之类，然而好像两边都了解这些话的效力十倍胜过绵绵的情话。

不多久，每逢安德烈到伯爵家去，伯爵夫人就以为安德烈一定要开口求婚了。她便心跳。而娜塔夏也同她母亲一样。安德烈也心中自认他未来的快乐寄于娜塔夏身上。然而他要先得父亲的赞同。他先把他的心事对好朋友彼得讲，彼得听了不知道为什么也心慌，然而他是非常赞成的。他说，除了安德烈就没有人配得上娜塔夏，而除了娜塔夏也没有人配得上安德烈。终于安德烈回家请求父亲的同意，却并没把这事先告诉伯爵家。

鲍尔孔斯基老亲王不赞成儿子的婚姻。他说那女子年纪太小，他又说安德烈身体不好，应当先出国游历一趟，给他的儿子找一个德国教师来，然后再议婚事。可是安德烈已经决定主意了。他再到洛斯托夫家里时就对娜塔夏说明了爱意，并且说因为老父还没同意，婚事延期一年，现在也不必正式订婚，只是大家心里谅解就得了。他说："延迟我的幸福一年，我是难受的，但你在这一年里可以从容考虑。你太年青，你也许会移转了你的感情；如果如此，那你是充分自由的，我们今番的事并不束缚你。不过我是已经受我今天的话约束住了。""可怕，可怕！"娜塔夏抽咽着突然叫起来，"等上一年，我会心焦死了!可怕!"然而她又突然止住了她的抽咽,说:"我一切都依你,我快活极了!"安德烈依然只吻着娜塔夏的手,并不拥抱她;这一事,他也要留到一年以后呵!娜塔夏那一句话后,洛斯托夫伯爵和夫人就进来了,拥抱了娜塔夏,祝她幸福,祝安德烈幸福。

这以后,安德烈就准备出国。他动身以前,天天到伯爵家。伯爵家上下都当他女婿看待。他和娜塔夏之间表面上好像生疏了,然而两人心中都是更亲密,更了解,就同已婚的夫妻一样。分别那天,安德烈辞行中对松霞说:"我拜托你,莎菲小姐,如果发生什么事,你要找人商量找人帮助的时候,请找彼得,他是我的知己朋友。"

安德烈走后,娜塔夏足有半个月失了魂似的,不言也不笑,以后也就和平常一样地天真活泼毫无心事了。

十一

安德烈出国以后,洛斯托夫伯爵全家回到他们乡下采地去住了。他们的经济情形一天一天坏了。伯爵夫人又生了病,成年卧在床上的时间多。安德烈常有信给娜塔夏,信里充满了热烈的恋念。他这时在瑞士。在寂寞的乡间,娜塔夏无可消遣,她有时觉得这一年的时间大概永远不会完了,觉得安德烈大概永远不回来了。

彼得却从彼得堡到了莫斯科住下。他和共济会的关系已经等于没有,他过着从前的无聊生活,倒也毫无苦闷。然而并不是他那苦闷的病根已经除掉,倒是那病根已经深入,虽不像从前那样给他难受的痛苦,却无时无刻不在轻轻儿刺他:"为什么?有什么用?世事纷纷究竟是什么?"这样的念头一天好几次兜上他的心。

那年冬天,鲍尔孔斯基老亲王也来莫斯科住了。这时候,对于亚历山大新政的不满,以及反法兰西的空气,正在莫斯科一天一天浓厚。老亲王因是前朝重臣,而且通晓政情,声望素来好,所以一到莫斯科后便成为反对派(反对新政要人斯班伦斯基等人)的中心。

可是老亲王的身体却更加衰弱了,脾气也更加暴躁了。玛亚天天盼望她哥哥回来,不料安德烈因为在南欧受热,枪伤旧病复发,说要展期几个月方可以回国了。

等到安德烈归国有了定期的时候,洛斯托夫伯爵带了娜塔夏和松霞也到莫斯科等他。伯爵夫人病体不宜劳动,没有一同来,伯爵和两小姐就寄住在亲戚玛利亚·特米托来芙娜家。

玛利亚是一个能干的老妇人,她的女儿刚刚出嫁,两个儿子又在军队服务,家里只她一人。她也知道鲍尔孔斯基老亲王不赞成儿子的婚事,她劝洛斯托夫伯爵乘便带了女儿去拜访老亲王的女儿玛亚,让她们未来的姑嫂先厮熟起来。伯爵就依言行事。不料结果很不好。老亲王家那个法国女人宝莲有意不肯避开,使得娜塔夏和玛亚不能说话,而老亲王(伯爵他们并没求见他)又假作不知道女儿屋里有客,竟穿了睡衣趿着拖鞋(平时老亲王是衣履不整就不见他的女儿)闯了进去,虽然进去后故意满口道歉就走了,然而这举动明明是给娜塔夏一个"侮辱"。

娜塔夏回来后直哭了半天,叫着"他为什么还不回来呀?……"

接着因为去看戏,在戏园子看见了彼得的夫人爱伦和爱伦的弟弟阿那托尔——这花花公子。阿那托尔一见娜塔夏就着迷了,便要爱伦设法使他们俩会面。爱伦于是请伯爵和两位小姐吃饭跳舞。阿那托尔和娜塔夏跳舞,就把一派热烈的情话弄得娜塔夏心神颠倒。伯爵和松霞都有点觉得,不等吃饭就带了娜塔夏告辞,可是爱伦已经设法使娜塔夏和阿那托尔在更衣室一会,阿那托尔不管娜塔夏如何就把火热的嘴唇吻在娜塔夏嘴上。

娜塔夏回家后一夜不曾合眼。她不知道她究竟爱谁。她爱安德烈,然而也爱阿那托尔;"如果我不爱他,那怎么在更衣室那做梦一回事以后我临走时还能朝他微笑?既然一见后我就能爱他,那他一定是温和、高贵、好的人。可是这件事叫我怎样解决呀?"

过不了一天,阿那托尔的一封情书由玛利亚·特米托来芙娜家的女仆手里秘密地交给娜塔夏了。娜塔夏读了又读,心里说:"不错,不错,我爱他!"这一晚,她托辞头痛谢绝了一个宴会。

那晚夜深时松霞赴宴回来,看见娜塔夏和衣睡在沙发上。那封情书开了口落在地下。松霞一读就怕得什么似的。她叫醒了娜塔夏,正想用话探询,不料娜塔夏先表白了自己的心事。"你才同他见面一二次,你怎么就能爱他?"松霞说。但是娜塔夏说她好像已经爱了他一百年了,好像她除他以外从没爱过别人。松霞苦口劝她,又说阿那托尔名誉很不好,娜塔夏大怒,说她"怎么敢说他名誉不好!你不知道我爱他么?"于是她不再考虑就写回信给玛亚(因为玛亚有信来表示那次会见时未曾长谈的歉意,又请她不要把老亲王的举动放在心上,老亲王性情古怪,且有病,务请原谅云云),说是因为安德烈小亲王有言在先,口头的婚约本不束缚她的自由,所以她现在遵办了。她觉得这件事办得简单、干脆,而且恰好在要紧关口。

老伯爵他们本预定星期五回乡下去,但星期三他要出办卖田的勾当。那一天,娜塔夏心神很不定,她常在会客厅窗前徘徊。松霞知道她是等什么人,心里又怕又急,便暗中侦伺,不敢离开。她看见有一个军官模样的人在窗外走过,娜塔夏朝那人做了个手势。松霞相信那人就是阿那托尔。整个下午松霞看见娜塔夏异常心神不定,同她说话,她往往答非所问。傍晚,松霞看见一个女仆走进了娜塔夏的房。松霞注意听,知道又有信给娜塔夏,松霞立刻明白今晚上一定有可怕的事发生,可是老伯爵又不在家,她怎么办好?她猜想娜塔夏一定是和阿那托尔约好了私奔;她记起早上老伯爵出门娜塔夏送他时她哭;她想到写信去警告阿那托尔,但这也无用;她又想到安德烈小亲王临走时曾言万一发生事故可找彼得商量,但是也来不及了,她想到去告诉玛利亚·特米托来芙娜老太太,然而她觉得这是万不得已的一步办法。她想想没法,只守在娜塔夏房门外黑暗的过道内哭。她拼着一步不离,守上一夜;她受老伯爵家抚育深恩,况又和小伯爵尼古拉恋爱,她不能不尽心报答。她一定不能让娜塔夏跟了人私逃。

十二

那晚上阿那托尔和他的朋友杜洛霍夫(就是从前和彼得决斗受伤的那个杜洛霍夫)安排停当要把娜塔夏偷出来就逃出俄国。他们选好了顶好的雪车,顶快的马,顶有经验的马夫。他们预备好了在夜里去,约好了娜塔夏走后门,阿那托尔进去接她,杜洛霍夫守门望风。

但是玛利亚·特米托来芙娜老太太看见了松霞守在那黑暗的过道里哭,就迫她把一切都说出来了。老太太这一怒可不小,她跑进娜塔夏房里骂她"贱货",就走出来把房门反锁上。她吩咐门房,如果夜里有人来,就放他进来,又吩咐马夫把来人引到客厅,她自己在客厅里坐等。

到了时候,阿那托尔和杜洛霍夫来了,阿那托尔先进去,杜洛霍夫一瞧情形不对(因为那门房等他一进门就关门),赶快抢了阿那托尔回来,又打倒了那门房,夺门跳上雪车,飞也似的逃了。

老太太知道两个坏蛋溜走,皱了眉毛不作声,反剪着手在客厅里踱了许多时候。到半夜,她走到娜塔夏房外,手扪着衣袋里的钥匙。松霞仍旧守在房外那过道里,老太太进房,骂着娜塔夏;娜塔夏躺在沙发里,手蒙着脸,不动也不哭。老太太骂了几句,就说"虽是你这样不争气,我不许他们提一句,老伯爵面前也瞒起"。她把手抄到沙发里,掀过娜塔夏的脸来,这脸上两眼通红而坚定,并没哭。她吃吃地说:"随我去……我干吗……我要死了。"以后她又打咽,全身都抖动。老太太数说了她一番,娜塔夏跳起来大叫道:"他比你们什么人都好!要你们管什么闲账!松霞,干你什么?走出去!"于是她又失望地打着干咽。

老太太自去了,松霞守着。那夜整整一天,娜塔夏不睡,也不哭,也不和松霞说一句话。她是在盼望阿那托尔来(不是来偷,却是来正式求婚),她爱他,她恨好好一件事被别人管闲事管坏了。

第二天老伯爵回来了,松霞她们告诉他,娜塔夏身上很不舒服。老伯爵卖田成功了,本是满心快乐,看看娜塔夏睡在那里也不像有大病,他就不多管"闲事"了。

但是那天松霞她们请了彼得来,告诉他经过的事情,彼得就说阿那托尔是有老婆的(因此他的行为简直是欺骗),而且此时阿那托尔仍在莫斯科逍遥作乐,彼得刚刚还遇见了他的。这才使娜塔夏明白自己这一失足严重到极点。她大哭。这才是悔恨的悲哀的哭,她觉得她一生完了。同时彼得他们议定,由彼得设法,把阿那托尔赶出莫斯科,并且索还娜塔夏写给他的信。

娜塔夏悄悄服了毒,但是刚刚吞下一点点,她又害怕起来,就叫醒了松霞,告诉了她。立刻用了解药,总算没事;然而她的身体已经很吃亏了,老伯爵他们回乡下的预定只得搁起,派人到乡下去接伯爵夫人出来。娜塔夏这一病,好几个月后这才完全复原。

这时候,刚好安德烈·鲍尔孔斯基小亲王回到莫斯科了。他到了家里,老亲王就把娜塔夏写给玛亚表示解约的信(这是那法国女人宝莲从玛亚处偷来的)给他看,又告诉他娜塔夏和阿那托尔私奔不成的事(这也是宝莲打听了来的),加了渲染。安德烈就写信请彼得一见。

彼得到时,看见安德烈和老亲王还有另外几个客人读着彼得堡的政治新闻(维新派首领斯班伦斯基突被免职),以及俄国和法国间不免一战的紧张局面。安德烈很兴奋地谈着。彼得看出他是故意热心于军事政治,努力想忘记那突然的感情上的重创。

客人走后，安德烈就引彼得到他的房里。许多旅行用的大小箱笼都开开着。安德烈从箱子里取出一个小木匣，从木匣里取出一束信来。他这样做的时候，一声不响，而且极快。他立直了，干咳了几声扫清喉咙。他的脸板着。他的嘴唇闭紧。"对不起，要费你神了……我接到了洛斯托夫小姐一封拒绝的信，又听说令内弟在向她求婚或是跟这差不多的事，当真么？"安德烈说。彼得回道："可以说真的，也可以说是不真……"但是安德烈就打断了他的话道："这里是她的信和相片，"就把那纸包递给了彼得，"费神转交那位小姐……要是你遇见她的话。""她病得很厉害。"彼得说。"原来她还在城里，"安德烈说，"那么令内弟呢？""他早已走了。她却性命危在旦夕。"彼得回答。"哦，她病了，不胜关切。"安德烈说。笑了；是干笑，恶笑，像他父亲。"但是，那么科拉金（阿那托尔的姓）先生无意请求洛斯托夫小姐的手了么？"①安德烈问。"他不能，他是已经有了夫人的。"彼得回答。安德烈又惨然一笑，又像他父亲。"那么他现在在哪里呢，令内弟——我可以问么？""他到彼得……可是我实在也不大明白。""那不相干，"安德烈说，"请转致洛斯托夫小姐，她以前和现在都是完全自由的。请转致她，我祝她万事如意。"

彼得拿起那纸包站了起来。安德烈似乎在思索还有没有别的话要对彼得说，或是在等候彼得有话，他两眼盯住了彼得看。

"听着。你记得我们在彼得堡的辩论么？"彼得说，"你记得——？"

"我记得，"安德烈赶快回答，"我说过，一个失足的女人应得被恕，可是并没说过我能恕宥一个失足的女人。我不能够。""你怎么能把失足跟那个并为一谈？……"但是安德烈厉声打断了彼得的话道："嗳，再向她请求她的手大量一点，以及诸如此类的事么？……呵，那自然很高贵大方，可是我赶不上

---

① 这句话是"求婚"之意。

这种的绅士气派。要是承你还以朋友相待,请不要再提这话了……不要再提这件事了。再见罢。一切费神了。"

彼得是同情而且可怜着娜塔夏的,他去见她的时候,不敢把安德烈的态度直说,但娜塔夏知道什么都已经完了。她说:"我对他不住,都是我自己不是。只请告诉他,我求他宽恕,求他宽恕,宽恕了一切……"她说不下去了。彼得觉得从未见过这样可怜的情形。他说:"我去告诉他,我把一切再从头告诉他;不过……有一点,我想知道……""哪一点呢?"娜塔夏的眼睛问着。"我想要知道你那时爱不爱——"彼得不知道应当称阿那托尔什么,而且他想着他就脸红,"——爱不爱那个坏人?""不要叫他坏人,"娜塔夏说,"可是我不——不知道,我不知道。"她又哭了起来。彼得感得了从来不曾经验过的怜悯,心软,和爱。他也陪着滴了几点眼泪。"不要再提那件事了,不要再提了,我一定告诉他一切,"彼得异常感动地说,"不过有一事我请求你,当我是你的朋友;如果你有事要商量,或者只不过要把心里的闷气散一散——不是现在,是将来你身体再好些的时候,请把我当作朋友罢。"他亲一下娜塔夏的手,又说,"那我就幸福了,如果我能得——""不要对我说这些话,我是不配的!"娜塔夏喊着。她想走,但是彼得还没放下她的手。彼得觉得有几句话必须对她说,但说了出来时他自己也奇怪起来;他说:"别,别,你是前途远大的。""前途远大!不!我是一生完了。"娜塔夏回答,有点羞,又有点低声下气似的。彼得喃喃地念道:"一生完了么?"他接着说,"如果我不是我,而是世界上最美最聪明最好的男子,而且如果我是自由的,那我此刻就要跪下请求你的手和爱。"一听这话,娜塔夏哭了,这是这几天来她第一次的铭心的感动的哭泣,她朝彼得瞟了一眼,就走出房去。

娜塔夏渐渐好了起来,似乎心定了,但总悒悒不乐。她屏绝了一切跳舞会、音乐会、戏园。她偶尔笑,没有一次那笑声背后不含着泪。她一开口要笑,或是想唱,悲咽就哽住了她的喉咙了。她最不喜欢见客人了。但有一个客人她最喜欢见,那就是彼得。而彼得对她的态度是又温柔、又体贴、又正经,没有人比得上。这恐怕就是娜塔夏喜欢彼得的原因了。俄皇亚历山大《告人民》的上谕发表的那天(此时俄国和法国已经开战),彼得到洛斯托夫家,正值娜塔夏在客厅试歌。一见了彼得,她就赶上去说道:"我想试试嗓子,这——也是一种消遣。"她似乎要表明她本来无意于作乐的事。顿一会儿,她又说:"伯爵,我不该唱歌的罢?""该,该,极该!但是你为什么问我?""我自己也不知道,"娜塔夏立即回答,"不过你不喜欢的事我就不做,我什么都信任你。你知道我心上多么有你,而且你对我多么尽心尽力!……"她说得很快,彼得一听脸就红了,她却没有觉得,她又低声很快地接着说,"我看见那陆军布告上有他鲍尔孔斯基的名字,他在俄国,他又进了军队了。你——"她说得更快,几乎接不上气来,"你想来他会宽恕我么?他会不会老恨着我?你看来是怎的?你看来是怎的?""我以为……"彼得说,"他无所谓宽恕的。如果我是他的话……"彼得说到这里就顿住了,想起了前次他对她说过的"如果我是世界上最美最聪明最好的男子"那一段话来,他几乎又要再说出来。可是娜塔夏不等他说出来,就接口道:"是呀,你——你,"她说这"你"字特别热烈,"你是不同的。我从没见过比你再大量再温和的人。如果那时是你,而且现在也是你……我就不知道我又是怎么个光景,因为……"她突然滴下眼泪来了,她转过身去,把乐谱拿在眼前,开始一边唱着,一边在房里走来走去。

这时候,伯爵和松霞他们都进来了。彼得本来是带了俄皇的《告人民》上谕来给他们看的,可是伯爵问起来时,彼得却不知道他把这上谕放在哪里了。他摸摸左右两个衣袋,又摸摸裤子袋,他团团转着,慌慌张张说道:"忘记带了,忘记带了,我回家去拿去!""那你就赶不上吃饭了。"伯爵说,他们是请彼得来吃便饭的。"对呀,车夫也打发他走了!"彼得说。正忙乱着,松霞却在彼得的帽子里找着那张印刷的上谕了。

吃过饭后,彼得慌慌张张就告辞道:"我要回去了……""回去?不再坐坐么，你近来也少来呵。而且我们这位小姐，"伯爵态度从容地朝他女儿看，"你来了，她这才兴致好一点。""我忘了一件事，我当真得回去……有事……"彼得慌慌张张说。"那么，再会罢。"伯爵说了就走出屋子。娜塔夏恳切地看着彼得，问道："为什么你就要去呢？为什么你这样慌慌张张的？为什么？""因为我爱你——"彼得正想这样说，但赶快缩住了；他脸红了，眼泪到了眼眶边，赶快低下头，他改口回答道："因为我少来是对于你更有益……因为……不，干脆就是我今儿有事……""到底为什么？告诉我！"娜塔夏口气有点坚决起来了，但突然顿住了口。两个人对面看着，都有点怪不好意思似的，怪碍口似的。彼得想笑一笑，但是不能；他的微笑只显示了他心里难受。他不作声，亲了娜塔夏的手，就走了。

彼得下了决心不再去访问洛斯托夫家。

十三

一八一一年末，西欧的军队调动得很忙，东欧方面俄国的军队也急急集中，向边界输送。一八一二年六月十二，拿破仑的大军已经侵入俄国边界。

安德烈·鲍尔孔斯基小亲王在莫斯科和彼得会晤以后就到了彼得堡，想在彼得堡找着阿那托尔和他决斗。然而阿那托尔不在彼得堡，因为彼得知道了安德烈在跟寻他，就悄悄送信给他，叫他避开，他在陆军部里讨一个差使，躲到前方摩尔达维亚 (Moldavia) 的军队里去了。

安德烈却在彼得堡遇到了科都曹夫；这位大将军正受命为摩尔达维亚方面各军的总司令，便邀了安德烈同去。安德烈觉得只有军队里的繁忙紧张的生活能够使他忘记了婚变的痛苦，便也一口答应。他到了摩尔达维亚，这才知道阿那托尔又闻风躲回彼得堡去了。安德烈觉得自己大可不必再回彼得堡找这个"敌人"；他虽然打定主意不肯放过阿那托尔，却也不肯太露痕迹；他觉得如果太着痕迹,那未免把娜塔夏的身分抬得太高了,他打算做成是无意中遇到阿那托尔,而且无意中为了不相干的事争执起来,以至于决斗。他干一件事就是这样冷静周到。

安德烈在摩尔达维亚军中住了不多时,就又觉得无聊(因为这里还没有仗打);他请求科都曹夫派他到西线第一军巴克来·特·托莱(Barclay de Tolly)司令处。他渴望打仗。他自己想道:"我要打仗。为什么呢?我也不知道。我要碰到那个人和他决斗,为什么?借他的手了结我这一生罢。"六月尾,安德烈到了托莱军中。他不愿做司令部里的副官之类,也不愿做俄皇的御前武官(俄皇此时正在西线行营),他带了一联队上火线去。

这时候,隐居黑野山的鲍尔孔斯基老亲王却忙于建筑。震动了全俄国的拿破仑大军长驱直入的消息,老亲王听了冷淡得很。他的身体更坏,脾气更大,并且记性也差得远了。恶消息一天天传到黑野山,说是前线失利,俄军已经退向斯木伦斯克(Smolensk),黑野山地方恐怕要受危险,玛亚以及小尼古拉(安德烈小亲王的儿子)的德国教师着急地商议着如何避难到莫斯科,然而老亲王只管热心于他的建筑,整天拿着那建筑图样刺刺不休。

德国教师出主意,教玛亚写信派人送到斯木伦斯克市长那里,讨一个切实的消息。那送信的家人到了斯木伦斯克时,却值俄军纷纷退回,那带队军官正是安德烈小亲王。乱军中安德烈碰到了他的家人,就草草写了个条子,叫他回去赶快告诉玛亚公主,斯木伦斯克即将陷落,一星期内黑野山也将为敌军所占,全家赶快避到莫斯科。

那家人带了条子飞奔回到黑野山。老亲王这时好像梦醒了似的,丢开他的建筑图样,一面叫玛亚和小尼古拉带同德国教师等人准备往莫斯科,一面他就下令召集各乡民军,他说他要死守黑野山了。玛亚他们死劝他同走,他一定不肯;他写信给俄军总司令说"俄国老将军之一将与黑野山共存亡"。

玛亚没法,只好打发德国教师带了小尼古拉和其余的人先到包格却洛福

(就是分给安德烈的采地和庄园),她自己留着侍候她的父亲。小尼古拉他们走了的第二天,老亲王全身武装到园子里检阅他的民军,不料一口痰上来就昏厥了。于是玛亚公主和家人们手慌脚乱请医施救,老亲王虽然醒了转来,却只剩得一口气了。此时外边风声更紧,玛亚公主和医生商量之后,只好把病人载到包格却洛福。他们到得那边时,那德国教师早已带了小尼古拉上莫斯科去了。

挨了三星期光景,老亲王就死了。那是八月十五号。这时拿破仑的大军节节深入,包格却洛福也不安全,玛亚公主就也避到莫斯科。她的侄儿和德国教师等人都在那边,而且安德烈早已有了信来,说莫斯科也有危险,叫他们投奔伏罗纳支地方的亲戚。于是玛亚带了小尼古拉和其余的人都到伏罗纳支去了。

十四

八月二十六日,科都曹夫率领的俄国大军在莫斯科附近的鲍洛提诺平原和法军第一次正式打了一仗,这一场恶战,俄军虽然死守住了阵地,可是实力损失一半,丧了大将巴格拉辛亲王以及偏裨无数。同时法军方面的损失也是异常重大,暂时没有进攻的可能;然而科都曹夫认为保全军力比保全莫斯科还重要,就决定了委弃莫斯科。

从二十七日到九月二日,莫斯科在极端的混乱中。洛斯托夫伯爵一家直到九月一日这才逃难。那时前线的俄国伤兵还陆续运回莫斯科来,洛斯托夫家里也到了不少伤兵,中间就有安德烈小亲王。他是在鲍洛提诺大战时受了炮弹伤,在肚子上,已经好几天昏迷不醒。侍候他的,有他家的几个老家人和医生;他们有自己的车子。

下午,洛斯托夫全家出发,伤兵们也一同走,安德烈和家人们也在内。这时候,松霞方才从女仆口里知道安德烈重伤而且和她们一同走。她悄悄告诉了伯爵夫人,可是不给娜塔夏知道。当全家忙着收拾的时候,娜塔夏老是失魂落魄地走进走出,一点不帮忙,反碍别人的手脚。但是在九月一日,伤兵们挤满她家的大院子,而且个个人都恐怖着大难临头,莫斯科是完了俄国是完了的时候,娜塔夏忽而又高兴起来,也帮忙收拾,而且极力主张把东西留下,腾出车上的地位来载伤兵,这空前的大难对于她是绝好的刺激,她不忧惧,她倒觉得非常好玩。

九月二日的晚上,莫斯科发生第一次火警(那时法军已经进城)的时候,洛斯托夫全家正在半路上小村里打尖。此时娜塔夏已经知道安德烈受伤,而且和她一同走。(这是松霞告诉她的。松霞怎么耐得住不说呢?然而伯爵夫人因此大怒松霞。)那天,娜塔夏就像个木头人似的不说话,坐在一角里只是发怔。大家去遥望莫斯科大火,她也不理。娜塔夏刚听说安德烈受了伤而且和她们同路的时候,她一下里接连问了许多问题。她得的回答是:伤很重,但性命不要紧,她不能去看他。娜塔夏不相信这些话,可是也不再问了,绝口不再提起,只是睁大了眼睛木头人似的坐着。伯爵夫人看见了她这副神气就发忧;她知道这是有一个计划在那里酝酿。她暗中处处留心她。那晚上,伯爵夫人和松霞以及老乳母都在留心娜塔夏有什么举动,但是娜塔夏假装睡着,很耐心等到半夜过后大家都睡了时,她就猫儿似的悄悄起来,偷出房门,悄悄掩进了安德烈所住的那间茅屋。她看见这屋里地上也睡着三四个人,墙角有一架行军床,床前点着有一蜡烛。她像影子似的飘然到了床前,就看见安德烈仰天躺着,脸色很平静;那时屋子里有一个人已经醒了,惊惶地轻声问:"怎的?你是谁,干么?"可是娜塔夏已经到了行军床前。她看见安德烈朝她看,热情地看,他脸上那种天真的孩子似的神气她从没见过,她很快地温柔地跪在他面前。他微微一笑,伸出手来,她接住了这手就温柔地吻着。

以后,娜塔夏就看护着安德烈。她偶然离开一下时,松霞就代她。伯爵他们都私下里说这一次他俩和好是"上帝的意思"。安德烈的病也渐渐有起色了。热度已经低落。医生说只要热度不再高起来,就有望了。安德烈也自己觉得一定会好起来。他的生命力又旺盛起来,他相信活着还有很大的幸福,他要活,他心里充满了光明和愉快。

然而医生所恐惧的"热度再高"果然来了。这是在玛亚赶到的前两天开始的。玛亚在伏罗纳支得了消息,就不顾路上困难,带着小尼古拉来了。娜塔夏不信医生的医理上的话,但她感得安德烈的精神上的变化;"爱"的力量曾经把安德烈从"死"的威胁下夺过来,但现在"死"再度进攻,把安德烈和世上的牵系又斩断了;这一点,娜塔夏深深地感到。她知道安德烈终于不会活了。

像油灯点干了似的,安德烈一点一点弱下去,弱下去,终于死了。

娜塔夏似乎也已经精神上死了。她瘦得可怕,脸上没有一点血色,她不多说话,也不笑,她的眼睛定定地只朝着空中看,她看见"他"朝那边远远去了永久不能回来了。她的穿了黑衣服的瘦身体每天坐在一角里回忆着她和安德烈最近一个多月内的经过。

那时候,拿破仑的大军正在退出莫斯科,正在毫无斗志地要沿原来进攻的路线退回法国。那时候,莫斯科烧掉了半个了。

十二月,大家纷纷回莫斯科了,玛亚也要回去。她拉了娜塔夏同走。她们俩现在是分离不开的好朋友了。娜塔夏并不想去;她觉得她已经死了,莫斯科能给她什么?然而她到底被玛亚拉走。

十五

莫斯科陷落的前两天,彼得从家里后门溜了出去(因为要避掉无数的讨债人),就躲在他从前的共济会同志已故的奥西泼·亚历克西维乞的小房子里;他对那管房子的人说是亚夫人托他来整理已故者的遗著,并且嘱咐他不要对人说出他的真姓名。

这当儿,莫斯科街上盛传政府将武装民众,跟法军巷战。彼得就托那管房子的人弄到一套农民服装和一支手枪,预备去"巷战"。然而"巷战"并没实现,盛传的"武装民众"并没有那回事。而法军前队倒进了城了。彼得于是打定了主意要去行刺拿破仑。他很知道一八〇九年维也纳的一个学生行刺拿破仑不成的故事,然而他发疯似的要实行他这计划;因为一则他觉得他一生完了,再没有幸福的希望了,二则他在奥西泼的小房子住了几天,吃得很坏,睡得很不舒服,他的性情就暴躁起来了。

他预定在拿破仑进城的时候在路上行刺他。他也知道拿破仑进城的时间。然而时间到了时,他还没有动作,他只在那小房子里冥想他这冒险事业。他冥想道:"对了,我走上去……于是突然……一剑或是一手枪!剑或是手枪,都一样。我那时就要说道:'天借我的手惩罚你……哦,捉住我罢,杀了我罢。'……"他连行刺时应当说什么话都斟酌定当了,然而他不行动。那晚上有个法国小军官闯了进来,彼得倒和他喝得稀涂乱醉。

第二天,九月三日,彼得想起昨晚和那法国小军官喝醉了竟把自己的身世甚至连他对娜塔夏的浪漫的爱恋都说了出来,便觉得非常惭愧(他本来打定主意不让人晓得他是何等样人的)。他看见了他的手枪(这手枪昨晚被这屋子里的一个疯子——已故的奥西泼的兄弟——偷去对那闯进来的法国小军官放了一枪,所以已经是空枪了),便又想起他的伟大计划。"时候还不太迟罢?"他自己问自己,于是决定要干了。他把身上的衣服弄好(他是和衣睡的),拿起那手枪就想出发。可是他猛然想到:手枪拿在手里在街上走,怕不行罢;可是手枪不拿在手里,却如何带在身上呢?而且这枪是放空了,再装子弹他又不在行。"用剑也一样。"他这样想。然而他又想起一八〇九年那个维也纳学生行刺之所以失败就为的用了剑不曾用手枪。不过此时彼得的主要目的似乎不在如何使行刺成功而在证明给他自己看他并没抛弃他的计划,所以随便带什么武器都一样。他把那剑藏在贴身,就出去了。

他在街上走过一个火烧场。他忽然忘了他的"正事"去救一个七岁的女孩子,然后又和街上的法国兵(他们抢一个女人的项链)打起来,被巡查的法兵捉住,搜出了剑,就被关在牢里。

到了牢里,他就非常安心了,觉得他的大事完了。他一点也不吵闹。就在牢中,他遇到了柏拉东·卡拉泰夫。他教彼得爱邻人,爱敌人……什么都爱,什么侮辱暴力都不要抵抗。这便是"人生的目的,人生的大路"。彼得终于又有了"理想",他觉得活下去还是有意思的了。

法国军退出莫斯科的时候,也带了彼得走。但在斯木伦斯克过去不远,遇到了俄国的别动队,彼得他们被救下。他要到基甫,但是在奥莱尔就病了。病好了时这才知道安德烈已死,并且他的夫人爱伦也死了。翌年正月,他回到莫斯科,他倒并没想起洛斯托夫家,可是他去慰问玛亚公主的时候,突然遇见了娜塔夏。于是这个半死的娜塔夏突然又全活起来,而已经"自由"了正待从新做人的彼得这回不再迟疑了。

十六

上面的叙述实在已经很长了,然而尚只是《战争与和平》中最小的一部分,就是和彼得与安德烈有关系的故事。《战争与和平》有很多的人物,可是这许多人物中间自始至终在不断发展的——在生活之浪涛中体验出人生之目的的,似乎就只有彼得和安德烈他们。在这一点上,彼得和安德烈的故事也可以说是书中最重要的故事。

安德烈是一个能干的高尚的人,然而不是托尔斯泰所喜欢的人物,因为他不愿"宽恕"别人;他的不愿"宽恕"别人,即使别人痛苦,也使他自己痛苦,到他知道"宽恕"之可贵时,却已经迟了;这一点是托尔斯泰所力说的,而彼得的生活恰好是安德烈的对比。"说教者"的托尔斯泰在这里和在《阿娜·卡来尼娜》(Anna Karenina)①一样,他的主见牢不可破;但是同时是伟大的艺术家的他在这里也给我们看了比《复活》好得多的社会人生的复杂图画。我们也许只愿把《复活》读一次,但是《战争与和平》却读了两次三次还觉得不够似的,原因就在于此。

因为托尔斯泰虽然终于使彼得所找得的人生目的是原始的基督教义,是无抵抗主义——实在说来,在《战争与和平》结尾,彼得并不是纯然的无抵抗主义者,在"尾声"中彼得和娜塔夏谈起他的政治活动(指十二月党)时,娜塔夏曾问倘使柏拉东·卡拉泰夫知道了他(彼得)的办法,赞成不赞成呢? 彼得想了一想回答道:他也许赞成。——然而托尔斯泰把一个好心的然而有点糊涂,多"理想"然而容易幻灭,容易动摇——这样一个彼得,一个十九世纪初年俄国贵族知识分子,写得再深刻也没有了,这是比彼得之终于找到人生意义对于我们更有意思。同时,安德烈之悲剧的生涯所以使我们很生感触的,也不在他的不愿"宽恕"而终至于太迟,却在他的虽然老感得"现实生活"的不对而只打算用刺激(战争)来排解——他不肯有一个"理想",他蔑视"理想"! 如果《战争与和平》对于我们有什么教训的意义,那么,其意义在此而不在托尔斯泰这"说教者"所注意力说的地方。

至于在技术方面,《战争与和平》将永远是宝贵的杰作。这不是几句话所能说得详尽的了。

---

① 《阿娜·卡来尼娜》 通译《安娜·卡列尼娜》。